聯合文叢 130

失蹤的太平洋三號

◉東年／著

大海是我的故鄉（新序）

東年

有一位詩人，年輕時寫過這樣的句子：雨下在全世界的屋頂上。

另有一位小說家、電影評論家、教授，寫過：年輕時候，站在碼頭，想到自己航海的夢想無法實現而黯然淚下。

還有一位唱片公司的創意執事，曾經邀寫一首歌詞。

這三位基隆同鄉，使我想寫一首長詩，就是一張唱片那樣長的歌；我想寫一陣雨，從海鷗飛翔的深海一路跋涉遠洋、近海、港灣、碼頭、街道和屋頂，下進人們的心底。

我畢竟沒能那樣浪漫。

浪漫，這譯詞的通俗意思是風雅或羅曼蒂克的情調。但是，這譯詞的原意還有冒險和英雄氣概。我當然不能說我的基隆同鄉沒有這樣浪漫的騎士精神。基隆因為經常的雨和海，也美名為雨港；來自那裡的作家和藝術家，似乎比來自他鄉的同儕多一分憂鬱。

不知何時開始，每年新年元旦和農曆新正的時刻，雨港中來自世界各地的船隻都會鳴起汽笛，使這個港都的夜空突然震動起來。這種聽起來像防空警報的嗚咽對我們的父母輩而言是戰亂的訊號和回憶，我們這種戰後新生代一聽就會被提醒台灣海峽的緊張敵對，而我們的子女一聽就感覺太平盛世，新年開始。

但，平常時刻，無論日夜，如果在基隆街上一而再、再而三、不停的聽到急促獨鳴的淒厲船笛，特別是海上有暴風雨的時候，那表示可能港外發生船難。

航海，如果是謀生需要，談不上有沒有勇氣，生活所迫吧。寫《白鯨記》的梅爾維爾，曾經在南太平洋三條捕鯨船上做過兩年半的水手。寫《黑暗之心》的康拉德，從波蘭移民到英國，或許沒別的生計而去航海。

航海，曾經也是一種夢想和偉大事業，這就需要極大的勇氣和狂熱。在西方航海大發現的時代，那些航海英雄四出尋找新航路、新大陸和島嶼，爲現代世界開啓新頁。達爾文的小鷹號航旅，使他發現物種進化的原理。

由於特別的因緣，我也跑到海上去了，並且在一九七六年寫出這本書的初稿。

一九七〇年代，港台之間的華航班機機翼軟得像飛鳥的翅膀，特別是如果起航前候機室的廣播表示機件故障待修，班機需延後四十分鐘起飛，那麼坐在窗口望一眼搖曳的機翼，沒有誰會不忐忑是否能夠平安回到台北。

那個年代，台灣的經濟正在起飛；歷經土地改革和六期的四年經濟計畫，台灣的經濟已經從傳統的農業社會邁進工業社會，具有現代經濟的雛形。

一九九〇年代就要結束了，今天全球國際航線上的班機，到處可以看到衣著鮮麗的台灣觀光客、從容自信的台灣科學家、工程師、企業家、留學生和商人；只有那些政客笑不出來吧？但是，在一九七〇年代，由於海峽兩岸的高度敵對，出國觀光未開放，大陸探親更是免談，經濟也未發達到經常會有商人出國公幹。那大量出現在某些國際航線班機上的台灣人，或許是去非洲的外交農耕隊和換班的國際商船船員，這些人的形象大抵體面；或許就是看起來像東南亞難民的遠洋漁船船員，他們的皮膚乾燥黝黑，因爲經年日曬風吹雨淋和浪花濺身的鹽醃。他們之中的大部分低級船員，由於手指長時拉扯或摩擦漁繩，長了厚繭和硬皮，甚至於無法彎曲抓筆，在海關的申報表格上塡寫自己的姓名。那個年代，有近七〇〇艘台灣遠洋漁船散佈在太平洋、印度洋和大西洋；或在南半球或在北半球；這是台灣最早期的國際經濟活動的一種。雖然海上陸上的經濟形態會有不同，但是在國際經濟體系中，做爲最底層的勞力密集工業區，廣衆勞工的辛苦姿態卻是一致的。

政府部門，當然會吹噓台灣的輝煌經濟表現，是他們的智能和功勞。當報紙鼓吹周休二日，那些所謂工商企業大老或龍頭無不表示異議；那種高姿態也彷彿沒有他們，台灣就不可能有什麼經濟奇蹟。事實上，台灣的經濟奇蹟是二次世界大戰結束後，國際政治和經濟領域發生重大變化，所提供的特殊機遇。因爲台灣位於東西兩大戰團之間極敏感的前哨地，在防止共產主義南下的總戰略目標下，美國將之納入遠東戰略防線上而加以經濟援助。如果衡量台灣的經濟是如此不久前才從零開始，像是撿到的，政府、企業家和社會大衆或許可以持平的想：只是同舟共濟吧。

同舟共濟，這當然是個白日夢；但，如果人們看透了海洋，體驗過船的生活，就會了解這種白日夢會是場好夢。

歷經半世紀的緊張，台灣面對的最大奇蹟，當然將是：不會有共產主義南下。因爲，各種意識形態的對抗，無論有無理想，在這二十世紀末突然間都偃旗息鼓，資本主義暫時或絕對贏得了勝利。一九八〇年代，台灣開始轉進資訊工業，在經濟上繼續有好進展。而，在這前一年開始，大陸的農村改革使中國農民的收入翻了一番，贏得了八億多人的支持；在發展輕工業和中型工業的斬獲，繼續贏得幾千萬工人和管理人的支持；知識分子和大學生之中或仍有異議，但在大陸廣大的人口中，這整個階層只佔極少數。中國大陸明顯的，在走南韓和台灣的舊路，並且奮起直追。

傳統的中國文化或台灣文化，講究的是勤奮工作和自制。無論如何，自我克制，這種共通的太平洋亞洲文化中一項重要的特質，使日本、南韓、台灣、香港、新加坡以及目前的東南亞數國，能妥善的安排政治民主化和經濟發展的優先順序，而成功獲得國家政、經及社會現代化的成果。那些企圖在一夜之間，如西方所要求，建立起西方式民主制度的國家，像菲律賓等其他亞洲國家或非洲、拉丁美洲以及東歐諸國沒有不失敗的；前蘇聯在一夜之間崩解，是最簡白的例證。

荷據台灣時代，第一個來台灣傳教的荷蘭牧師，名叫喬治・肯迪尤斯。他於一六二七年五月四日來到赤崁，是非常虔誠熱心的基督徒。由於勤學過平埔族多種語言，他專文報導過當時台灣的風土人情。在他的報導中，我們可以看到福爾摩沙的無政府狀態，不像別的地方有國王或類似的領袖能夠統宰一切，而原住民間以部落爲單位的爭鬥是相當慘烈的。

這種昧於內鬥的情景，在台灣島上似乎是一種常態，或歷史性的輪迴。但是，沒有誰能將這種不幸歸咎於宿命。這是未開發之境以及先後有移民地區，可能發生的人類通病吧。

沒有一位國王或類似的領袖能夠統宰一切的社會，尚且也是民主社會的必要條件之一。事實上，喬治·肯迪尤斯牧師三百七十年前所見的台灣平埔原住民，正是具有民主制度雛形的社會。這個社會有類似歐洲議會的委員會，由大約四十歲的十二人組成；面對重大問題時，委員會召集全部落開會，由委員諸人充分表示正反意見後，再由全體民衆自由表決。這個社會的法律相關刑罰，也不拘束或傷殘人的身體。這當然也可能是某種理想所造成，但是，處於發生爭端時會互相獵殺人頭的鄰閭間，這種單一社群中實施的民主和寬容也是現實的需要；畢竟如此利於融合一體，較不易被滅絕。

一九二〇年代以來，台灣新起的知識階層能趕上西方的重要思潮，同步思想人類的各種問題。今天，在人文社會科學的領域裡，台灣當然也有相當質與量的知識精英，遺憾的是當這些精英解釋台灣各種問題時，多只能拿其西方宗師的有限教條勉強亂套。我常想，像台灣這樣不到八十年的時間中，從封建社會快速演化成現代社會，其本身有可能即是一個可供人文社會科學研究的富藏。假使我們的政治精英、知識精英、學者和作家，能夠拋棄各種意識形態和教條，踏實面對及探索台灣的現象，特別是民衆能夠獲得更好的教養，表現得更理性，台灣必然可能以更好的姿態進入二十一世紀。

《失蹤的太平洋三號》被某些評論家讚譽爲「數十年來眞正開展了中國海洋文學風貌」的長篇小說之一。我不清楚中國海洋文學有什麼樣的風貌，數十年來又是何指。但是，在台灣文學中，無疑它是獨一無二的深海上的長篇小說。也有評論家說，這小說爲整個民族做了深沉的精神分析；這點，我當然可以同意。

這是一個新的時代，有些舊的事物能夠換上新裝和新的事物一起走入新的世界，而有的被歷史的尾巴掃進垃圾堆。《聯合文學》初安民總編輯發願：要盡可能搜齊，重新出版名家的作品，《失蹤的太平洋三號》僥倖能忝爲一目，或許因爲它是罕有的海洋文學作品，或許因爲它是個探觸到多種人性的寓言。

我自己更感欣喜的是，重讀這本小說，使我想起自己曾經在南大西洋的深海某處，一時興奮從船上跳下水游了一會兒。那片深海，或許從開天闢地以來就不曾有人和她那麼親近；這使我在陸地酣睡多年的心神爲之一震。忍不住，要讚嘆一聲：

大海是我的故鄉。

王家騏的回憶

1

一九七七年春　英國倫敦

一九七五年冬天，我無意中在紐約甘迺迪機場遇到華北的父親。幾年不見，這位一向精神煥發的船公司老闆竟然露出衰頹的老態。

「華伯伯。」我禮貌的招呼說：「你去那裡啊？」

「你是……」緊緊的握握我的手，他說：「喔，王家騏，我要去芝加哥看華北的二姊。」

「華北近來好吧？」

「華北?!唉，他在南非沉船死了。」說著，他眉頭一皺，淚水湧上了眼眶。

我十分吃驚：我們那樣一個年輕、富有、聰明而且正直優秀的朋友，怎麼會——什麼在南非沉船死了。

我們都還有一些時間，於是就近在一個Snack Bar弄了兩杯咖啡。外面正在下雪，透過大片的玻璃窗，我們可以看到滿天亂飄的雪花和厚沉的雪地，熱咖啡使我覺得暖和，不過這樣一個意外的消息使我沮喪。

「你要去那裡？」

「我去澳洲。」我說：「我去雪梨。」

「哦。」呆了片刻，他說：「關於華北，呃，你們是從小一起長大的朋友，你想你對他了解多少？」

這問題把我難住了，自從出國讀書幾年我不知道我們的朋友華北又繼續想些什麼。

「我已經有五六年沒和他好好談過什麼，呃。」點燃了一根香菸，他說：「我想，事實上我並不多也不曾好好的和他談過什麼，我太忙了。你知道他從小看了許多事情，遭遇了許多挫折，把自己，幾乎把自己弄瘋了。我很想幫他忙，可是，嗯，我想除了時間和他自己，誰也幫不上他忙。事實上我也只能夠從醫生那裡知道一點情況。而醫生除了判斷一些病徵，好像潔癖、狂鬱、精神略微分裂等等，也弄不清楚原因。呃，他太清醒了，我的意思是他不肯說實話，他沉默得奄奄一息，但是眸子裡有火光，是啦……」彷彿在回憶華北的臉孔，他接著說：「他的眸子裡藏有清朗的火光，我明白那種眼神，他心裡藏有東西，許多東西。」

「他心裡的確藏有許多東西。」我說：「也許太多了，把自己弄亂了。」

「對，正是這樣，有一天……那時候他剛離開學校……呃，他就閒在家裡，每天垂頭喪氣的在街上逛，像個漫遊症的病人，日夜在街上逛，在碼頭邊逛，這家咖啡廳坐坐，那家咖啡廳坐坐，有時候獨自一個人，有時候和你們那個好朋友李梅岑。我時常碰到他們，基隆很小，就那麼幾條街。嗯，他們總是談個滔滔不絕。有一天，我和公司一個職員在一家西餐廳招待幾個西班牙人，西班牙話我弄不大來，除了做決定我沒什麼可以聽的，所以尖起耳朵去聽華北和梅岑在後座談什麼。他們正在談佛學，談一個和尙或者一個羅漢，反正就是釋迦牟尼一個智慧最低的弟子，這個弟子因爲智慧低只能做些灑掃的事，可是就那麼啊掃啊也悟了，掃出道理了。那時候不記得是華北還是梅岑說，他們兩個人的心地太雜太亂了，應該好好的掃一掃，這種說法很叫我開心，可是他們狂笑了片刻就接著談別的東西，談修正主義這類共產世界的分歧和馬克思原始思想中明顯的混亂關係。老天！我父親的理想竟然把他們弄成這樣的怪物。」沉默個片刻，他又說：「對於你的童年教育和生活，你有很特別的印象嗎？」

「嗯。」我訝異的說：「是的是的，甚至於就在剛才，在外面的，在外面走過雪地的時候我還想——」

望著手錶，他說：「我看以後我們有機會再談這個，我們現在還是回過頭來談華北，嗯，也許你還能夠幫我理出個蛛絲馬跡……是這樣的，有一年的夏天，黃昏的時候，我走出海港大樓，在基隆車站附近的碼頭看到他悶悶不樂的坐在一根纜椿上。寶貝兒子，我說，我能夠爲你做什麼事嗎？或者說請你讓我爲你做一點什麼事吧，你看，我們差不多有兩個星期沒碰頭了，然後我現在看到你坐在這裡發呆，看看你的頭髮，你多久沒理了，好在你沒弄出抓蝨子的樣子。我一向對他很嚴厲，那天我心情特別好，而且他坐在那裡發呆的模樣很有趣，所以我無意中就溜出抓蝨子那樣的玩笑。按往常的習慣，他是不會理睬我的；他總是對我保持沉默。這次，他卻認眞的說：我想上船，我尤其想弄一條帆船自己一個人去環遊世界。這個怪異的念頭使我很詫異，不過我也覺得很安慰，無論如何他終於想做點什麼事了。好啊，我立刻說，我會爲你想辦法。幾天以後我就安排他去亞東無線電補習班學習收發電報，在交通部交通研究所通信班參加函授，以後，我爲他在賴比瑞亞買了一張無線電報務員的執照，並且安排他在我們太平洋平安輪上工作。平安輪那個船長懂得怎麼弄帆船，他學得很認眞，他眞是學得很認眞，而且差不多兩年，他就把什麼航海啦，輪機啦，無線電收發報機啦都摸熟了。第三年，他大姊華南在紐約港爲他準備了一條大約六十呎的帆船，可是問題在他大概還患有閉鎖症這類的毛病；船才跑了兩天，他就發覺自己無法孤獨的待在船上。這以後，他就在我們自己公司的這條船跑跑，那條船跑跑，最後一次好像是在，呃，吉祥號吧。船期結束的時候，他從歐洲搭機繞日本回來，有一個晚上忽然和我說：我想弄一條抓鮪魚的遠洋漁船。坦白說，搞了一輩子的船，我從來不知道那些漁船中，什麼是抓鮪魚的遠洋漁船，又什麼是鮪魚。在我發楞的時候，他又說：那種船在海上一待就是百來天，和帆船的境況差不多，我渴望那種長期遠離陸地的滋味，海水可能把我的心洗乾淨，我將在海上待個兩年或者三年，我的精神可能會好些。可憐的孩子，我能夠體會他的願望，而且我想，這好，這些年來他差不多把商船搞熟了，如果他能夠定下心，正好可以接我的棒子。唉，我沒想到他會沉在大西洋！是這樣子啦，我爲他買了那條遠洋漁船，大約有三年新，在高雄，我有一個朋友是港務局的驗船師，他說那條船的情況很不錯，我們只需敲一點鐵銹重新上白漆。她看起來眞是很漂亮，我們爲她命名爲太平洋三號。關於太平洋三號，國內的報紙曾經刊過一小段的來自南非開普敦的外電報導，簡單的說明她在外海失踪。起先，因爲罹難者的家屬常來公司哭鬧，這件事使我們公司的職員印象很深刻，有些好事的人更因爲華北的怪異行徑而胡思亂想。最後嗎，像任何俗事一樣，隨著時光流轉再沒誰記得什麼太平洋三號，或者我那個可憐的兒子，但是他們的胡思亂想和耳語卻使我產生一點希望，甚至於我好多次在夢中遇到他，而且直覺他還活著，在什麼遙遠的地方，爲了什麼原因才一聲不響。通常，在海難之後，那些罹難者的家屬都會懷有這樣的希望和錯覺，我當然也不例外。而且有些奇怪事，比如說，爲什麼他突然想弄那麼一條奇怪的船，對了，我也想起你們的朋友李梅岑，或許他知道一點什麼東西，他應該知道一點什麼東西。我到處找他，可是沒有人知道他在那裡，自從他母親過世以後他就不見了，連他兩個哥哥也不曾再回到你們那個村子。還有，說來奇怪，太平洋三號也帶走了兩個你們的童年好友，什麼名字我一時忘了，這不是很奇怪嗎？華北爲什麼要這麼做呢？無論如何這可不是兒戲。越想越奇怪，我忍不住就親自跑一趟開普敦，當然，我看不到什麼太平洋三號，雖然那裡有許多臺灣去的那種遠洋鮪釣漁船——你有李梅岑的消息嗎？」

「沒有。」我說：「我們也已經很久沒連絡了。」

「嗯，這兩個瘋瘋癲癲的孩子。」嘆了一口氣，他說：「除了沉船的可能，我問來問去，問不出什麼奇怪的東西，而且開普敦海岸電臺那幾天的氣象紀錄和日本JMC電臺的氣象報告，也都播報過幾次風暴，我想太平洋三號眞是碰到風浪了，你認爲呢？」

「我不知道。」猶豫了片刻，我坦白的說：「不過我曾經想，我們之間的幾個朋友，像華北，像梅岑，總有一天會非常有成就，你知道他們從小就表現得很特殊，像是天生要來做什麼驚天動地的大事，嗯，或許那船眞的沉了，或許那船到中國大陸去了。」

爲了什麼原因，當我們分手的時候，華先生緊緊的抱了我一下，使我覺得鼻酸。

2

我們的朋友李梅岑似乎也失踪了；我寫了幾封信問了幾個朋友，他們除了重複他多災多難的傳聞也不知道他的行踪。這件事使我很納悶，禁不住就把他和華北聯想在一起；事實上，他們總是在一起，雖然生活環境使他們在氣度上有許多差異。

無論如何，太平洋三號離我的教學生活有一大段距離，我到澳洲的後半年，在毫無結果的翻閱一堆過時的人民日報之後，就逐漸將她淡忘。第二年冬天，學期將結束的時候，在旅行社的整片牆上，當我無意間望著一張印刷精美的世界地圖，非洲大陸南端的好望角突然在我眼前閃閃發亮——這個刹那間的錯覺再度喚醒我的好奇心。於是，在前往英國的旅途中，我安排了南非開普敦的幾天逗留。

3

既然打算在那裡待個幾天，我一進市區就在街上找旅店。門房看了看我的護照，先是不肯我投宿，說這違反政府的規定，後來勉強答應我留下來，但是必須在旅客登記簿撰造一個日本人的姓名。關於南非的種族歧視我早有聽聞，總以爲那只是黑白之間的差異，沒想到竟有這番領教。

我禮貌的加以婉謝，然後平靜的請問這個認眞的蠢蛋有沒有別的地方可以讓中國人投宿；他指點我去Shore Plaza。我想那一定是個不會令人愉快的地方，因爲計程車顯然是越跑越遠離市區，不料它看來比我剛才瞎碰的地方好許多。我有些疑惑，不過，很快的，當我在櫃枱輕易取得鑰匙的時候，我想，或許任何地方都會有一些足夠淸醒和公正的人，蔑視任何愚蠢的政治所擬定的無聊制度；當然，這也可能只是見錢眼開的生意經。無論如何，我不肯費心去想這些事，我只想一個安靜的房間和舒適的床。

電梯裡面有幾個洋人，從他們的嬉笑和談吐，我聞得一些海水的味道；在四樓的走道上，我遇到幾個日本人和洋妞，他們形骸放浪的模樣也使我想起那些漂泊的海員。我才想：這巧，我似乎不必跑太遠去找碼頭，就聽到附近響起一陣船笛，接著又在鄰房門口聽到裡面一片麻將牌的洗涮聲和幾句耳熟的三字經。

走進房間，拉起窗簾，我一眼就看到幾條街外，一排倉庫後面參差排滿商船的桅杆。做爲銜接印度洋和大西洋的轉口港，這個開普敦港的確廣大；站在窗前，我能夠看到幾條堤岸筆直的伸進港灣，停滿了來自世界各地的各種船。我也看到了那種漆白的遠洋漁船；比較那些艨艟巨輪，他們顯得又矮又小，但是連串的聚在幾處堤岸邊，看起來十分結實而且賞心悅目。我不知道這個港口是否和臺灣的港口一樣列爲禁區閒人不得通行，而且我非常疲倦；我洗了一個熱水澡就躲進暖和的被窩，好睡了一個下午。

櫃枱的小姐告訴我開開普敦港是可以自由進出的，那時候滿天的陰霾似乎又凝重幾分，而且寒風開始瑟瑟作響；我厭惡這種慘淡的感覺，不過整個黃昏到深夜，我還是跑遍了各個碼頭問了每一個我所能遇到的臺灣船員。這些漁船隨著漁季跑東跑西，南下北上，似乎沒幾個人還記得什麼太平洋三號，失踪的事更不用談了。

隨後的兩三天，我把這個海港附近的街道也弄熟了，任何船員可能去的角落我都去了，而任何我們的朋友華北和梅岑可能流連的場所我也沒放過。我想我必須結束這種海底撈針的探索，不過，我這樣做似乎引起了許多人的好奇；好多次有人在街上碰到我，竟然主動的問我有沒有獲得結果。

有一天晚上，在一家酒店，兩個船員陪伴下，一個自稱曾經在太平洋三號幹過大副的人跑來看我。這個四十來歲的人穿得很單薄，身體瘦削背略傴僂，窮酸的臉色和黃濁的眼睛使他看起來更像是生病的。事實上前年他剛病過一場；正因爲這樣，太平洋三號最後一次離開普敦港的時候他沒能跟上船而獨自回臺灣。回臺灣以後，他又上了別條船；他剛從堪那利亞羣島的拉斯港來開普敦，無意中在碼頭上聽到人們談起我在探問太平洋三號的行踪，以爲我是個故友，就興冲冲的跑上街來。

我們彼此都以爲能夠從對方探得一點太平洋三號的消息，當然，我們都失望了，無論如何，做爲一個大副而且是最接近太平洋三號最後一個航次的人，他還是提供了我許多資料，比如華北、船長以及所有船員的性格和生活點滴、整條船的情況以及許多瑣事。從他的描述和充滿憤怒的回憶，我還聽得許多太平洋三號的恩怨。

或許那幾個喜愛施用暴力的船員曾經在船上弄出什麼不可收拾的亂局，或許太平洋三號眞是單純的遇上了致命的暴風雨：這是我最後的結論。那個晚上當那個名叫袁爲禮的大副離去的時候，我想我眞是可以結束我的胡思亂想，將剩下的半瓶白蘭地喝個迷醉，在那個寒冷的異鄉旅店謀場好睡，然後在天亮的時候跑到機場去搭任何一班飛往倫敦的飛機。可是，差不多是午夜的關頭，有一個奇怪的年輕人，穿一身黑呢大衣，臉色蒼白，一頭長髮披至腰間，像幽魂般的飄過酒店的大片窗子，使我在迷醉之間悚然驚醒。我愕了片刻，以至於片刻後衝出大門，竟然沒能在夜街上找到他的影子。

沒有幾個臺灣船員對於這樣一個怪異的年輕人有任何印象，有印象的人則認爲他是一個日本人。街上做生意的白人倒是有許多人對他有深刻的印象，因爲他說得一口流利的英語、服裝整齊而且氣質深厚；不過，大部分的人也認爲他是日本人。有一個俄國人告訴我他是中國人；這個俄國人開一家供應消夜的舞廳，有一陣子他們時常在一起喝酒夜談。這個俄國人不肯告訴我他們總是談什麼，不過他想那個年輕人很久沒露面可能發瘋了；我立刻想起我們的朋友華北和梅岑，尤其是華北，他們兩個人都喜愛在冬天穿黑色大衣或白色風衣，而發了瘋的人才會留那般長的頭髮。

我再度看到這個奇怪的年輕人，是在一家叫做Apache的牛排館。我不曾預期在那裏遇到他，我原本只想吃完晚餐喝完咖啡，聽一點音樂，然後大約八九點的時候在不遠處一家義大利酒店，或者十一點以後在較遠處街下坡的一家希臘酒店遇到他。他這樣的突然出現使我很緊張，尤其因爲他一進門就筆直的朝我走來。眞慚愧，多年在國外流浪使我對於政治十分敏感。

我不認得他的臉，或許眞是那個俄國人所說的：他不叫華北也不叫李梅岑，他叫陳或者張，是一個我不認得的人；或許因爲他的頭髮太長遮了大半張臉，而且我們已經好多年不見面了。我實在不必緊張，他連瞧都沒瞧我一眼。他筆直的走過我身旁，在面街的牆邊折往陰暗的角落，將自己埋在那裏發神或發呆。這裏的任何人對他來說似乎都是不存在的，他甚至於沒望一眼走上前去招呼的服務生，只掏出一張鈔票囁了囁嘴皮。那時候音響正在播放莫札特的C大調第一號法國號協奏曲，是否他正在其中發神？這給了我一些刺激；這個法國號的曲子在我們幾個朋友之間算是很熟稔的，因此他的沉默使我很心疼。我再沉不住氣了，捏起一根菸假裝去借火。

我招呼了兩次才能夠把他從沉思中喚醒；他恍恍惚惚的望了我一眼，經我第三次招呼才明白我的意思。在打火機的火光裡，我一邊點菸一邊打量他陰暗的臉孔。老天，他的鼻樑上和右唇邊有我熟悉的淡隱的小疤痕。我幾乎要喊出他的名字了，不過念頭才轉我就立刻嚥下那口氣，整個情況——我是說，他的單獨存在搞亂了我對太平洋三號的猜想。而且，他恍惚的眼神顯示著心神散亂的病徵，我想我必須慢慢來，明天或者後天。

華北的自白

一九七六年冬　南非開普敦

王家騏整理自錄音帶

1

嗯，在開普敦你如果臉色白一點，服裝整齊一點，大家就會當你是日本人。

你為什麼對我這麼好奇？

呃，夜裡的這條街上我有許多朋友，在這個港口裡我也有許多朋友。我剛聽說有一個英語說得非常好的年輕人，不知道是日本人還是中國人，到處在打聽一個臺灣來的年輕人；你是那個人嗎？

你嚇了我一跳，當你用英語問我是不是日本人的時候，我眞是嚇了一跳，我差一點騙你我是日本人，因為我恐怕你是日本人……呃，坦白說吧，我曾經在這條街上開槍打過一個日本人。

我不想談，這件事說起來很複雜。

你來南非做什麼？

嗯，我能夠了解，商場如戰場，你眞是應該保密。

我嗎，我，我怎麼說才好呢？嘶，我在養病，我寧願說我在旅行，不過我最好乾脆承認我有精神病。

沒關係，反正我已經說了。

喔，我就喝這麼些，謝了，我並不是來喝酒的，事實上這麼一些對我來說已經算多了。我只喜歡坐在這裏，聽一聽音樂，看一看窗外，當他們打烊的時候，我就回家睡覺。

我家嗎，嘶，在Avenue Road，大概十來分鐘的車子，你呢？Shore Plaza，那是個好地方，我也曾經在那裡住過。

嗯，開普敦我眞是很熟，但是僅限於港口和這幾條街。

船上的生意嗎？呃，這裡有兩種船：商船和遠洋漁船，其實，船上的生意已經有幾個人在做了，一個姓李，一個姓劉，一個姓——嘶，想不起來了。那個姓劉的生意做得最好，不過他已經死了，現在是他女婿接著做。他們都是幫船上採購伙食，菜啦，肉啦，這些東西。另外有一個人專門收購漁船的鯊魚翅，就是所謂的魚翅；這個人原來是臺灣漁船的船員，逃船了，和一個荷蘭人合作，幾年來已經發了大財。有一個廣東老頭子在這條街的上面，就是過去一段路；他開了一家金龍餐廳，生意我看是馬馬虎虎。

嗯，你說得對，這些生意都太小了。收購鮪魚是個大生意，不過日本人壟斷了。其實這裡的黑人市場可以考慮，南非這個國家有百分之七十多的黑人，你可以賣他們鞋子、雨衣、手套、玩具啊這些東西，或者便宜的收音機啊錄音機啊。較好的電子產品市場被日本人獨佔了，再不然的話，這些富有的白人恐怕也只有對歐洲的產品有信心。你看，有一次我善意的要給一個領港人感冒藥吃，他不吃，他說他只吃日本或德國製的藥；他是個德裔的白人。

領港人嗎？喔，那是港務局派出去帶船進港靠碼頭的專家。

是的，我有一點神經質，你使我有一點緊張，而我，我說過我有病，事實上前一陣子我才鬧過一場瘋病，這幾天剛覺得好些。

那是冰雹的聲音，你看，有點像雨。

雪是有的，只是一點點，而且只下在山頂，只是一點點。我倒是喜歡雪，雖然冷許多；它下得無聲無息。我很怕下冰雹的聲音，呃，我最怕的是雨，不過很難說，我分不清楚，我是又怕又愛——我們來瓶白蘭地好嗎？我請客，你不必客氣，他們認識我，會算我便宜，價格差很多。

嗯，我突然想喝多一點，太冷了，不過我恐怕已經喝多了。我曾經兩次因爲喝酒被送進醫院的急診室，不是因爲我喝得過多，而是因爲我實在不能喝。

嗯，爲什麼你使我有點緊張？我這樣說過嗎？

喔，我的意思是，我曾經恐怕你是日本人，因爲我曾經在這條街上開槍打過日本人，而且我說過我有病，我已經很久沒有和人適當的交談了，尤其是中國人。

我不是不願意和他們交談，那些生意人只會和你寒喧幾句，問你是那一條船的人，你們菜買了沒有？要不要買我的菜，我的菜便宜喔！那些船員不清楚你是中國人還是日本人，也沒空或者興致去結交陌生朋友。比如說角落那桌人吧，他們是臺灣來的，這裏的中國船員幾乎都是臺灣來的，不管他們是商船或者漁船下來的，他們都只顧喝酒、談笑，然後去酒吧——就是舞廳去找女人，而我是個不相干的人，我不是一個朋友、同事或熟人。所有使自己孤單的人，事實上對別人來說都是不相干的人。

有啦，昨天晚上我在上面那個十字路口遇到一個船員，穿得很邋遢，我一眼就認出他是臺灣漁船的下級船員。我禮貌而且充滿溫暖的心意和他點個頭，於是他走上前來問我這裡有沒有妓女戶；我說這裡沒有那種路邊擺的妓女戶，我原可多說一些，但是我只能說到這裡，因爲他匆忙的繼續走他的路。較晚的時候，我又在另一條街遇到一個臺灣船員；他捨不得坐計程車，迷了路。我說：你直走，右拐，走下坡，再左轉，一直走就是South Arm那個碼頭的海關口了；他說謝謝，然後同樣匆忙的繼續趕步子。就是這樣，有幾次，我也曾經認眞的主動和人交談，總是這樣的結果；請問貴姓？那裡來的？講一點無關痛癢的話，沉默，喝一點白蘭地、威士忌、啤酒或者可口可樂，然後再見，嗯，再見。喔，我好像和你談多了，我想，對不起，我應該說再見了。

坦白說，我對於你這樣的問法感到很詫異而且很不耐煩……爲什麼詫異；嘶，也許我不明白你的意思，或者你誤解了我的意思，呃，你是否認爲我所以沒和別人交談，是我自己的過錯；尤其因爲我是個病人？

當然當然，人和人之間的隔閡本來就是稀鬆平常的事，那麼說，是我誤解了你的意思……我的詫異嗎？你看，除了姓，姓什麼？嗯，對不起，姓王，我一點兒也不了解你。我沒有責怪你保密的意思，我詫異的是你進行交談的方式，我必須先提醒你，我們是陌生人，然後提醒你，一個船上的人或者商人，就我的了解都不會使用你的交談方式。

是啊，我當然明白除了個人演講，任何交談都會以持續的問句來連接，可是，我的意思是你超乎尋常的認眞。你看，你自己問過了那些話：你是不是日本人/你爲什麼覺得我好像對你很感興趣/你怎麼會和領港人在一起/你在船上幹什麼/我使你緊張嗎。呵，我想你就是那個到處在打聽一個年輕人的那個人吧？

嗯，也許我自己的問話也不尋常，讓我想看看，喔，我頭痛了。

是啊，呵，我根本不必費神去想這些事，這樣的交談結果是自然形成的，尤其因爲你一開始就用英語問我是不是日本人，而我正好有心病，呵，我也眞是個病人。

沒啊，我沒生氣，眞的，如果你了解我們這種病人，再不然的話，我事實上也是非常冷靜的人……聰明人，嗯，也許你說得對，如果我們的意思沒太大出入——聰明人，嗯，不過我仍然懷疑你，你看，你一進門就走向我這兒來，好像我們是熟朋友，約好的，沒人這樣做的……嗯？那爲什麼，爲什麼你會在街上停下來，特別留意一個坐在對街窗邊的陌生人？

坦白說吧，我覺得你像個警察。

算了，我如果想知道的話，我很快就會問明白。

我想我們沒辦法再談別的了，你看，我們已經談得這麼混亂了……我眞的沒有生氣，爲什麼你會覺得我生氣，或者說我爲什麼要生氣？

我明白你所說的，我曾經就是那樣，像每個人，當他們生氣的時候他們氣在臉上或者心裡，可是有的人沒有心了，更不要說臉——我說得太複雜了，簡單的說吧，因爲我的病，我已經死了。

我要走了，我們會再見嗎？

嗯。

呵，是的，那一天我們碰巧又見面的時候，我們一開始就要談別的，呃，晚上在這裡你走夜街嗎？我是說夜路……沒什麼，我是好意，你應該聽說黑人現在不太安分了，所以你要小心，不要走暗路，我只是這個意思。

2

你怎麼知道我在這裡？

是的，每天晚上十一點鐘以後，如果我在街上我大約都會先來這裡。鄉愁？呃，也許，我不太清楚，也許是也許不是，何況我是病了。你看，我幾乎只是來這裡，觀看窗外來來去去的船員和吧女，喔，我恐怕用錯了字眼，當我們說吧女的時候，我們指的是妓女，但是在這兒她們不全是，她們有些只是來玩玩，散散心，忘卻一些苦惱。無論如何，就算是妓女吧，我也願意把她們看成 A bunch of flowers，嗯，就是一叢花或者一束花的意思。

船員嗎？他們自己說他們是死了還沒埋的。這話也相當有意思——你看，這樣陰沉的夜色，這些夜底的遊魂。

爲什麼我們不談輕鬆的事？我們昨天不是說好了……喔，是的是的，是我自己帶錯了頭，唉，我這個瘋病，我一開口就把話題弄得這麼沉重，對不起，我太久沒和別人交談了

——唽，我必須躺一會兒，你不介意我閉起眼睛躺一會兒吧？

沒什麼，我太敏感了，我剛聽到海鷗的啼聲。

是的，那就是海鷗的啼聲。

好吧，讓我們再喝多一些，今天晚上好像比昨天晚上又冷了一些，而且蕭邦這個 *Fantaisie* 使我很苦惱。今天晚上我會失眠，而且恐怕會連續失眠個幾天。有一次他們播放那個莫札特的 C Major 長笛和豎琴協奏曲，使我失眠了三天，然後第四天早上的一場雨，使我病了將近一星期。

浪漫，喔，不，這有點脆弱的意思，我認爲我並沒這麼脆弱或者這類情調。不錯，蕭邦的 *Fantaisie* 充滿了情緒的狂亂、委婉和傷感，但是莫札特那曲長笛和豎琴卻是另一番情趣——非常不同的情趣。當然，做爲最古老的樂器，長笛和豎琴各有淒冷的音質和神秘的韻味，但是整個協奏曲都在輕快、端莊與和諧中進行，非常純淨，只會令人喜悅。

是這樣子的，它們引起我自己一些特殊的回憶，在我的童年——喔，我不想談。

我爲什麼要一直看你嗎？你自己怎麼想呢？

我已經弄清楚了，你就是那個警察或者那一類的人，所以我們不必躲迷藏了，你究竟找我有什麼事？

太平洋三號！噢！老天！什麼太平洋三號？

喔，我想起來了，那條遠洋漁船去年或者前年沉了。

我當然知道啊，報紙寫過啊，報紙這麼說啊。

那個人？我看看，我，好像見過這個年輕人，呃，他是幹什麼的？無線電報務員，嗯……我想起來了，是的是的，我見過這個無線電報務員——怎麼，那條船有什麼奇怪的事嗎？他和沉船有關係嗎？那條船不是沒有任何生還的人嗎？

我們沒有談過什麼，呃，眞是不記得了，在碼頭上總是沒人記得誰談過什麼，也沒有什麼人能夠談出令人印象深刻的東西，除了你，呵，好了，你是那個要找人的人，而我，我大概有點像你所要找的人，是這樣吧？

嗯，我確實是有點像照片上的人，噓——你把我嚇壞了，眞危險，如果你一下子把我嚇瘋了，我可能以爲我是個鬼魂，我可能精神錯亂得不可收拾，突然一下子撲過去咬你的喉嚨，呵呵呵，呵。

我實在記不得我們談過什麼，再說，我也不願意再談什麼沉船，嗯，那些鬼魂對我來說是太重的負擔，喔，我的意思是談死人對我來說是太可怕了。

是的，無論如何我不願意談，而且我要走了。

沒啊，我只想離開這個酒店，它差不多要關門了，它每天十二點鐘打烊，至於開普敦，我想我可能還會待一陣子，然後，呃，我暫時還沒決定。

明天？我不知道，如果今天晚上我失眠了，呃，也許——你這裡要待多久，我是說你會在開普敦待多久？

嗯，我們應該還會碰頭，我們下次再……呵，是的，我們眞應該一開始就談輕鬆的話題，請你不要介意，你太客氣了，我眞的沒有生氣，而且，呃，而且如果你是個警察，那是你的職責。你願意陪我走一段路嗎？

喔，是的，太晚了，要不然我們還可以去碼頭走走。好吧，我們各走各的。再見。

3

你是怎麼進來的？

嗯，爬牆是警察的專長，不過我還是要謝謝你，謝謝你來看我，我可能又病了，我已經三天沒睡覺，沒吃東西，我，嗯，你聽這種風雨聲。

你究竟是不是警察？

那你從什麼地方來的？

基隆！基隆？喔，你究竟是什麼人？來開普敦做什麼？爲什麼老是纏著我，你看，我騙你說我住在 Avenue Road，你竟然找到了 Victoria Walk，你跟蹤過我呵？

帶我回家?!你沒辦法，你沒辦法弄我走，誰都沒有辦法弄我走，我有這傢伙！

你不必害怕，我不會傷害你，我再不願意傷害任何人，這槍是爲我自己準備的，我不想再發瘋，如果它再發作，我就會在我腦袋上放它一槍，對不起，請你不要靠上來，請你不用怕，只要你不靠上來什麼事也不會發生，你可以到那邊去坐。

喔，你不能翻那些本子和那些信，你，請你立刻，立刻把它們收拾好，對，就是那樣，你把它們帶過來，慢慢的，好，就站那裡把它們遞給我。

謝了，現在你可以回去坐好。

現在你坦白說，你究竟是什麼身分？

我看你是嚇呆了，你放心，你會活著，你可以吸一口氣看看，呵，是不是喘過氣來了？你放心，我發誓不傷害你，你坦白說吧？

王家騏？喔，王家騏，是的是的，難怪有點面熟，我怎麼都不會想到你會在這裡，老天，你怎麼這樣作弄我，噓，讓我喘一喘氣，喔，你把我嚇壞了。

不用了，謝了，我一點兒也不想吃東西，我只是想睡，想好好的睡一覺，我們彼此都冒了危險，我想我現在可以好好的睡一會兒了，嗯，我既冷又餓又病……我……

我……

李梅岑致華北

一九七三年春　基隆寄出

我們永遠的朋友華北：

從阿姆斯特丹寄來的梵谷畫冊已經收到了，拖延這麼久才回信實在很抱歉。說來話長，這一寫我今晚也許要熬夜，也好，反正我最近總是失眠。

這一陣子，我的生活又有一番波折；老天保佑，最近似乎每隔一陣子，我就會陷進一種令我激動的境況。或許可以這麼說，幾乎已經沒有什麼事物再能安慰我了。前不久，我還能夠欣賞音樂、藝術與自然景象，並且能夠從閱讀和思想獲得樂趣；現在，對於這些我十分厭煩，差不多是厭惡呢。

農曆年的前兩天，我母親死了。

我沒和我哥哥他們商量，自己借了錢把她火化；其實，她也曾經說過死後要把自己燒成乾淨的灰塵擺在廟裡。我的哥哥很生氣；他們是不是眞的生氣，我不清楚，他們罵我野蠻、神經病和畜生，我都沒辯解。無論如何，我這麼做對他們來說是僅有益無害。想想看，他們不必披麻帶孝過新年，好不容易掙得的一點財富也不會有意外的虧損。可是，他們始終對我成見很深。老天作證，我仍然愛他們，因爲他們是極平凡的人。

我實在不該和你談這些瑣碎的事，請你原諒，在這個世界上只有你是我的眞朋友，像親兄弟。

起先，我母親在一陣感冒之後啞了嗓子。這個可憐的窮婦人早就發覺自己的嗓子有些失聲，但是她寧願變成啞巴也不肯花錢。我硬將她送到附近的一家小醫院；她咳嗽過度傷了聲帶，只需休養幾天。我沒再特別留意這件事，直到某一個夜裡無意中聽到她的呻吟。這次，我把她送到海軍醫院照X光；醫生說她氣管裡長了東西。她仍然視死如歸，我完全能夠了解她這種愚蠢而悲慘的念頭；不過，當我說我們可以賣了房子醫病的時候，她竟然跪倒在我面前，哭著請求我一定不要這麼做，倒是令我大吃一驚。

我曾經徵求我哥哥的意見，他們並沒有我爽快。我想，繁榮的經濟環境已經讓他們被迫或自願的變成冷血的賺錢機器。可憐的人，他們竟然試探的問她究竟覺得如何，好比是否很痛。如果痛得厲害，他們就認定她沒什麼得救的希望；這是他們在她背後和我說的。

我母親並不直截回答他們問題，只平靜的說：她活得夠久了，把我們扶養成人，她已經對得起我們的父親和祖宗；我那兩個哥哥能夠在困苦中完成大學教育，找到正當工作並且結婚生子，她也覺得很欣慰。至於我——呵，一談到我她就掩面啜泣。

我不明白她的眞正意願；她是個謙卑而且沉默的人，從來不表示自己的喜惡和意見。我瞞著大家把房子賣了；因爲房子又破又舊，只賣得十萬元。拿到定金，我立刻想送她去臺大醫院，可是那天港裡臨時又進來了兩條印度船，公司忙不過來，我只好趕去支援，一直忙到夜裡才能回家。我實在很不想再去回憶那個悽慘的場面，不過我既要寫個通宵——嗯，為了省錢或者固執的想救回房子，她竟然把自己吊在屋樑。我險些沒能把她救下來，當她醒來的時候，我們忍不住就抱在一起痛哭。

她變得更沉默了，時常整個晚上睜著眼睛，而我只好守在她的床邊打盹。為了這個緣故，我請了長假而哄她是辭了工作。她了解我的脾氣，我這麼做使她很著急，對於我的安排就順從了。

我帶她去臺大醫院照了一陣子鈷六十，情況聽說不錯。她說她覺得好多了，而醫生也說我們可以回家靜養。沒想到回家以後，她又把自己吊了一次，鄰居發現的；在公司接到電話我立刻趕回家。她咳得很凶，而且唾液裡有血。

我們又回到臺大醫院的癌症病房，這次醫生只照了X光，就送她到內科轉診。我很焦急，三番兩次的纏著醫生問東問西，但是醫生總是閃爍其詞或者支吾不語。醫生——事實上，他們是一羣教授、講師、助教和學生的組合。我能夠問得的較確切回答是：現在我們應該先做的是把出血抑止住，然後等著看片子。我母親卻開始說話說個不停，說一些我童年得意的事，讚美我、鼓勵我。她這種反常的跡象使我更加心憂，因此我又再三的去催促那些醫生。

那些醫生實在令人心煩，這個推說應該找那個，那個推說應該找這個，然後這個那個都說應該去找主治大夫，而主治大夫很忙；他是個教授，白天要開會上課，晚上要忙自己的診所。或許你會認為他們對我冷漠，因為我弄得他們心煩。不是這樣的，我曾經站在他們的立場來想這件事，換句話說，從好的方面來說，他們不想讓病人及家屬擔憂，可是從病房裡的流言和護士的暗語，也就是說從壞的方面來說，他們等著病人送錢。唉，如果眞是如此，那麼，在幽暗的古老的臺大醫院裡，這些醫生就像一羣吸血鬼了。

有一天晚上，我到醫務室去探問一個護士。那時候値班的醫生不在裡面，這個年輕的醫生或許蹺班了，像是在學校時那般溜一堂課或兩堂課。拗不過我的請求，那個護士就鼓起勇氣取來我母親的病歷簿，隔著窗口翻給我看。英文閱讀對我來說大抵是無礙的，但是裡面夾雜太多的醫學名辭，我仍然沒能看出結果。

第二天早上，我就我所知道的去哄騙一個年輕醫生。我說我有一個同學的父親認得他們裡面的一個敎授，據說我母親氣管上的癌已經擴散了，我甚至於冒充內行的問他，是否擴散的情況已經到達淋巴腺和骨髓。這個年輕醫生始終沉默不語，因此我裝出愁苦的表情，請求他無論如何透露一點消息，那怕是暗語。我又說我母親在外面有些帳務，如果情況眞是不妙，我好做準備，以免到頭來借給人家的錢沒得討，欠人家的錢任憑人家要。這些誑語把他騙住了，他顯得很爲難或者很困惑，猶豫了片刻，他拿出病歷簿翻了翻說：她的情況已經控制住了啊，我不知道你怎麼聽說的，而且認爲情況那麼嚴重。

我聽了很高興，立刻跑去告訴我母親。她只是皺眉頭，這又使我擔憂。

臺大醫院，不錯，必然有許多學識深厚醫術高明的醫生以及精良的設備和器材，可是我終於想通了，這一切只會被費心用於頭等病房。我的懷疑是有根據的，你看，我母親進來已經兩個星期了，除了葡萄糖和幾粒藥每天沒能吃什麼東西。有的醫生怨說她太神經質，他們的理由是就算她眞不能呑嚥，他們曾經想從她的鼻腔送一條軟橡皮管以便輸送液質食物，卻因爲她的敏感沒能成功。起先我也懷疑我母親所說的；她說，她認爲她的食道破裂了，食物根本嚥不下喉嚨，而一喝水就嗆進氣管。我總是勸她無論如何要勉強呑飲一些東西，甚至於開玩笑說：或許她只是因爲吊繩傷了一點喉嚨，結果因爲不食不飲而把自己餓死了。她並不覺得好笑，她病哼一聲，楞直了眼神說：傻孩子，我眞能吃的話，我怎麼肯餓得這麼頭昏眼花，而且我也想活下去啊。這時候，我才發覺，無論她是如何挨餓而病懨懨的，眼神卻日漸精燦。

對於她無法飲食的情況，我哥哥猜想她的食道是被擴散的癌細胞塞堵住了，而那些醫生則始終不清楚她的食道究竟發生了什麼事；他們旣不憂慮也不猜測。

每天早上，一個年輕醫生帶來兩個或三個更年輕的實習醫生。他們解開她的衣釦，用力按捺她的肚子，一路按到她的胸口，這裡敲敲，那裡敲敲，拿聽筒這裡聽聽，那裡聽聽，用英文講些內臟的名詞；這些都和她的食道沒有關係。有一次我眞惱火了，當他們還用那種夾雜英文名詞的方法交談的時候，岔口問那個年輕醫生她的喉嚨究竟怎麼了。我母親雖然憂慮，也很客氣的懇求他說，如果需要割掉喉嚨的話，變成啞巴她都無所謂，她甚至於說她一向沒太多話說，用手比就夠了。經她這麼一哀求，那兩個年輕得像嬰孩的實習醫生就煞有其事的翻看那本病歷表；這次我在旁邊看得很清楚，那上面根本沒有提到她的喉嚨。我老實不客氣的指明這點，那個年輕醫生才想起應該去調X光片來看。老天！

儘管想起這件事，那個年輕醫生並沒立刻調閱片子，是啦，他必須繼續在那些病房一路看來看去，但是回到醫務室卻要經我兩次催促才著手塡寫調閱片子的傳單。

我的希望立刻又鼓舞起來；我想，他們將會在片子裡看出她破裂的食道，立刻開刀將傷口縫合，然後她就可以進食。如果她只是餓壞了，她吃飽了肚子就可以跳下病床大步的走回家。如果她還病著，至少她也還有希望吃飽了去拚命。我在醫務室前的走道走過來走過去，每一來回就瞥一眼那個醫生的動靜，看他是否在看片子。唉，這些醫生，讓我用現成的例子說說他們；那是一個女雇員對他們的評語。這個女雇員坐在醫務室門邊的窗口，大約是做收發單據這類報表的。我來回踱步那條走道的時候，曾經看她指著一排試管，粗聲粗氣的說：喂！你們這些什麼醫生，這些東西在這裡已經放大半天了，快發臭了，要做組織培養還不趕快拿走。至於她自己，其實也好不到那裡；我走來走去累了，又跑去催那個醫生，結果發現那張調閱X光片的傳單原來就擱在那個雇員的桌上，而她正和一個護士在聊電視劇。

那個早上醫生沒能看到片子，因爲她們聊過頭了，而X光室或儲片室也下班了。

我始終沒能問出她的喉嚨究竟怎麼了，他們說那次的X光片沒照好，又照了一次；可憐，我母親必須抬著走了，照X光片的時候，幾乎也無力站起來。而且，她開始發高燒了。醫生仍然不慌不忙，只給她葡萄糖點滴、消炎針，另外加了一個冰枕。

在她發高燒的第三天下午，主治大夫出現了，他仍然不多說什麼，不過這次他暗地裡給了我一個電話號碼，要我連絡一個外科醫生。想起可能要開刀治喉嚨，我很興奮，立刻就去打電話。那個外科醫生也不多說什麼，只要我當晚抽空去他家。他的沉默寡言立刻又弄得我愁雲滿腹，是否這裡暗示了壞消息？或者要我去送紅包？我瞞著我母親溜出去了。

這個外科醫生也是個教授，四五十歲的年紀，帶個細框金邊眼鏡；因爲臉色肅穆灰白，我總覺得他的臉像貓頭鷹。他讓我坐在脫鞋間，不過，我必須說仁愛路上這個大樓公寓的脫鞋間看起來很精緻。我的心很亂，不過如果需要送紅包的話，除了拿不出太多，我早已下定了決心，所以我直截了當的問他我母親的境況。

老樣子，他也是守口如瓶，只反問我：在癌症病房，醫生爲她照了多少單位的鈷六十。我不知道她照了多少單位，不過我想起那兩天在一本雜誌上看到的，有關放射線照射過量和位置偏差的問題——現在，從他猜疑的口氣，我想，或許那些實習醫生用了過量而且照得偏差，把我母親的食道也一併燒壞了。我又拿上次哄騙那個年輕醫生的那些話來套這個醫生：是否她的癌細胞已經擴散到淋巴腺和骨髓。他說這很難講，淋巴腺又細又密，在X光片上不一定能夠看出來。然後，他告訴我兩種開刀方法。

第一種：他們要在她的肚子上切個小口，直接把液體食物送進胃袋。因爲食物送進胃袋會使她流口水，他們還得在她喉頭切個小口，裝根管子來流出她的口水，以免帶細菌的口水感染她食道和氣管的傷口；即使這樣，這個危險仍然無法完全避免。

第二種：把胃袋吊高，食物可以通過食道；這樣，她還可以享受飲食的快感。

談到這裡，我已經被血淋淋的傷口逼迫進一種悲哀收場的感覺，就又拿我們欠人家和人家欠我們錢那謊言來套他。他說：按他的經驗，經過開刀的癌症病人十個死十個，因此，我們也可以決定不開刀，省些錢。

老天！我應該怎麼和我母親說呢？

難道我能夠說：媽媽，你要選擇怎麼個死法？

我無法不說什麼，我瞞著她會有用嗎？在繼續發高燒的情況中，她遲早也會有死的恐懼，尤其因爲那些醫生始終不來碰她的喉嚨——此外，正也因爲如此，我想，她可能不是那個外科醫生所說的十個的十個，或許當她吃飽了肚子恢復了體力，他們將會發現她只不過是食道破裂了。無論如何，開刀來看看食道的究竟應該是値得的，事實上，這是在開始也是在這最後關頭的希望。

我終於和她說要開刀的事，但是沒談結果的可能。她很興奮，整個晚上更加輾轉難眠，天亮了就再三催促我去釘牢醫生，恐怕他們又疏忘而拖延過日。那天早上，塡好開刀同意書，在前往開刀房之前，她還勉強的掙扎起來，把頭臉仔細梳洗一番。坦白說，那種興致勃勃的樣子，再度加強我那種她只是餓壞了的幻想。

她在開刀房待了將近三個鐘頭，當房門打開的時候，我沒在裡面看到那個教授，我也不知道那些年輕醫生是怎麼弄的，他們在頸側和腹部所切開的刀口很長，弄得她一身血漬——我無法再寫下去了，我一寫淚水就湧出眼眶。

我最親愛的朋友，我承認我是個不愉快的年輕人，在我這樣的生活環境成長或許是主要原因，我所以說得不肯定，因爲在別種較佳或者更佳的——好比你的生活環境也可能成長出不愉快的年輕人，再說，我們的村子也成長出幾個愉快的年輕人，像我的兩個哥哥。這些愉快的人，或者因爲氣質呆鈍都不再繼續去處理精神的黑暗。或許不愉快，像憂鬱苦悶這種心理狀態是每一個年輕人必走的成長過程，專家能夠一口氣提出數十種原因，好比這種階段中我們會有反抗權威和習俗的意向，有性慾無法發洩的苦悶和焦慮等等，但是這些指的只是一般狀態，而且正如他們所說的只是一種過渡的現象。我要說，我所以這麼不愉快，現在我明白了，主要是因爲道德理念的激情和固執。

最後，我要告訴你的是，天就要亮了，我將搭第一班火車去高雄，幾天以後，我會搭一條遠洋鮪釣漁船離開台灣。我想我該去車站了。

船到馬來西亞的檳榔嶼，我還會再給你寫信。

祝福你！

我們永遠的朋友　梅岑

一九七三年春　比利時安特衛浦寄出

我們永遠的朋友梅岑：

我從海岸電台轉到你們船上的電報，你是否收到了？如果沒收到，讓我再提醒你一遍：我已經匯了五千美元到檳城，船進港的時候，記得到你們公司的代理行去拿。

我想，你已經下定決心了，所以你會匆匆忙忙跑上那麼一條小船。我不知道要說些什麼，這麼多年來，始終在海上漂泊，不知不覺中我的心似乎被海水洗乾淨了。我很想好好把這種轉變詳細告訴你，可是，眞糟，我仍然力不從心。我仍然病著，不過，說來奇怪，我的這些病好像也已經把我從各種可能的危險中隔離出來。想起這種轉變，我覺得有點慚愧，不過，無論如何我現在眞像一個新生的嬰孩，而且已經在另一種秩序中逐漸穩定成長。

我希望這樣的自白不會加深你的煩惱，事實上對於我們來說，此刻，我們只不過是分別加強我們共有的兩種心性，呃，我仍然盼望你再三思，反正你現在要去中國大陸機會多得很。我也盼望繼續得到你的任何訊息，分擔你的愁苦分享你的歡樂。此外，我最盼望的是，除了寄給你書我也能夠像這次這樣一行接一行的寫信。

唉，我已經好長的一段日子，不曾這樣寫出東西了。爲了避免再多的言辭可能造成我的思路紛亂和感覺不平衡，以至於我又犯舊毛病，總是無法做出一個安心的結尾，而神經質的把信放棄，並且不願把信寄出去。

請你同意我把信在這裡打住。祝福你，並且以最眞摯的感情祝福你母親在天之靈。

我們永遠的朋友　華北

李梅岑致華北

一九七三年夏　南非開普敦寄出

我們永遠的朋友華北：

電報、信和五千美元我都收到了。

坦白說，你的信使我很難過，我有種被遺棄的感覺而更加孤獨。當然，我也必須坦白說那不是你的錯，而是我自己的自私。無論如何，我就是因爲這種感覺，無法在檳城給你回信。

你一定會覺得詫異，爲什麼這封遲來的信不是寄自中國大陸、寄自檳城，而是寄自遙遠的南非。說來眞叫我懊惱，嗯，或許我眞是一個被命運特別作弄的人。因爲人地生疏我沒敢在檳城開溜，我太緊張了。你看，我在檳城碼頭附近一間福德廟的門口遇到一個戴墨鏡的中國人，那個人的臉色很蒼白，像間諜片裡的角色，他望著我，我不知道爲什麼他會那樣專心的注視我，不過他提醒了我必須小心的辨明——呃，他並沒說什麼話，我的意思是，我突然想起要在一個陌生人的臉上區分他是那一邊的，將是困難而冒險的事。我沒來由的害怕，並且拔腿就跑。我一面跑一面想：等下個航次吧，我應該等我把檳城弄熟了再做打算。

眞要命，我們沒在赤道附近抓到魚，船長臨時決定南下，結果我們一路抓魚一路跑到非洲來了。有一天我問船長我們是否還會回檳城，他說我們再不會去檳城了，這又使我心慌；我也吃不消這種船的苦活。我是慣於吃苦的人，可是說眞的，那種苦太過火了，尤其因爲我夜裡鬧心事總是失眠，白天的粗活和濕冷的風浪就可能把我累死，於是船靠開普敦我就開溜了。

本來，我以爲我可以在這裡找到中共的船或者什麼機構；唉，我在檳城丟失了大好的機會。這南非是個堅決反共的國家，我跑了好幾個港口和城市，像德班、東倫敦和依麗沙白。我沒辦法再跑遠了，我預感不太好，好像走進了一條死巷。

我在離開高雄之前，跟公司借了五萬元，還了債自己沒能剩下多少，所以關於你寄來的五千美元，唉，好吧，總有一天我會還給你。

因爲衝上頭的酒氣使我無法再寫了，嗯，這一陣子爲了逃避移民局的搜捕，我暫時躲在一個吧女家，呸！我竟然墮落到這種地步。

我們永遠的朋友　梅岑

華北致李梅岑

一九七三年秋　西德漢堡寄出

我們永遠的朋友梅岑：

沒想到你越跑越遠，我一直在等你的信，還以爲你已經到中國大陸去了。

船員溜上岸的情況我很了解，實際上你並沒有陷入絕境，你有許多錢，那是最好的護身符。再說，你如果落入南非移民局的手裡，他們也不會關你多久，我記得南非是關七個月吧，然後你就可以搭機回臺灣，這種情況實際上最好，每一個飛機場你都會有機會，不過，我不確定，因爲我不知道在被驅逐出境的情況下，你是否會有別的情況發生，所以我仍然希望你會再三思。

關於那五千美元，我希望你把它忘了，原本我就是要送你做盤纏。請你無論如何不要放在心上，儘管隨意支用。在我那段人生中最黑暗的日子裡，你曾經極慷慨的讓我分享你的友情和勇氣，現在輪到我了，嗯，其實我早就應該讓你分享我的財富，說來慚愧，我從來沒想到這點，而你從來也不開口，請原諒，我一直病得迷迷糊糊。

我們的航期下次進港就結束了，我父親還沒決定要不要把吉祥號開回臺灣去整修，不過，無論如何我就要回家了，我已經三四年沒回家了。

我在想，我，我也許可以去南非看你——

老天，我腦袋裡突然溜出了奇怪的念頭——我將會再和你連絡，請你一定留在開普敦等我的消息。

我們永遠的朋友　華北

太平洋三號航海日記

一九七四年五月　南中國海

王家騏整理自華北的雜記

遠洋鮪釣漁船太平洋三號，只有三十公尺長八公尺寬；大約就是兩間教室大的模樣。因爲船小，駕駛房後面那些高級船員的房間安排得非常擁擠而且簡陋。報務員的臥房，事實上除了一張床和一張有靠背的椅子，擺滿了兩組無線電收報機和發報機，只留得一點兒轉身的餘地。他的隔壁是大副和二副的臥房，他們在狹長的房間裡分睡上下舖。船長，隔著走道，在他們三個人的對面，擁有同樣多的空間，不過他的房間必須撥出一半做海圖室，擺一張工作桌和一台無線電探向儀，另外還一部探測水深的機器。走道的後頭通往他們這幾個高級船員的餐室；駕駛房在走道的前端，以單層的板壁隔鄰船長室和報務員的臥房，狹長的空間裡排滿了電羅經、舵機、磁羅盤、雷達和兩個工具箱。

把舵的人長得矮瘦，因此腦袋顯得突出；他們給他一個大頭的綽號。在他面前，九片長方形的鋁框窗間隔的排滿了駕駛房的視面，在他的背後，嵌進板壁，小小的神龕裡供養著一張紅紙，上面用毛筆草略的寫著眞武大帝和天上聖母，此外，香爐兩旁掛滿了許多船員各自從各種神廟求得的保命符和香袋。

「喂——寶童！」大頭不耐煩的喊：「換你咯，已經超過十分鐘咯，還不來啊？我舵兒備放落去咯。」

「呃。」黑暗的角落裡，寶童呻吟著：「你替我牽到一點鐘，我可再奉你一包菸……兩包……三包啦。」

「啊——我各自也暈屆備死咯，來啊！」

「拜託啦，我眞正暈屆軟糊糊，腳都沒力，親像備無命咯。」

「姦，什麼無命，小小的暈船，緊來緊來！」扔下舵輪，大頭逕自走到駕駛房另一個角落的工具箱，爬了上去，伸直了腳擱在雷達的箱蓋上，靠牆坐著休息。「緊來喔。」他說：「船已經走歪咯。」

沉吟一陣子，寶童掙扎的爬出那個黑暗的角落。這個身材魁梧的年輕人被暈船完全弄垮了，提不起勁把舵，勉強把了幾下就軟下腳把自己掛在舵輪上，奄奄一息的望著眼前的玻璃窗。

窗外是漆黑的海洋和沒有星光的夜晚，窗上映著一點羅盤燈的螢光、兩朵神明燈的腥紅和他們兩個人陰暗的影像。

「喂！」大頭說：「你船頭歪咯……喂！睏去嘍？」

晃了晃腦袋，望了一眼羅盤的盤面，寶童開始一圈又一圈的轉動舵輪。

望著大幅度擺動的船頭的黑影，大頭說：「你是想備駛回頭轉去高雄呵？」

「呵，我……咦？大頭，頭前有一隻船。」

「那位？姦，那是月亮。」

「月亮那是按那？」

「那是新月，月眉啊。」

「喔，原來如此，呃——喔，你那也會暈船？」

「嘻，我出港前那暝和丁香姦七便啊。」大頭說：「船長也暈船啊，這些有牽手的，轉去厝裡緣那是姦屆塗塗塗，軟糊糊，呵，不過——呃，明兒早我就會活跳跳，而你這款菜鳥兒則還可再東倒西歪，暈兩三工兒才會喘氣。」

「呃——」

「這番還算便宜，沒什麼風湧，上回我們也是位高雄出港，在菲律賓睹著風颱，大家暈屆備死備活，孤一個船長較勇，駕著駛船駛一工，那當瞬若是船備沉，我看大家也目珠直直，一軀懨懨。」

「呃——我沒法度啊。」寶童說：「我姦你娘沒法度啊。」

「什麼沒法度。」望了望壁上的航海鐘，大頭說：「你才駕半點鐘久。」

「噁呼，四包菸怎樣……五包，你這個夭壽烏龜，好啦，奉你半條啦，姦，半條還嫌少喔？」

「嘻，好好好，看你可憐。」接了舵輪，大頭說：「咱們還備走差不多四五工，而你第一工就暈暈死，那有法度，僥倖呵，明兒再就可能會看到陸地，那當瞬你大概就會醒過來。」

離岸後第一次看到陸地，大部分暈船的人都醒了過來；即使天邊的山影只是茫茫天地間稀稀散散的，望著，他們的腳趾頭已經開始蠢蠢欲動。第三天，較接近陸地，大家更是興高采烈的左右指點，談著低矮的熱帶樹林、礦質的紅泥土、異鄉風味的房子，以及偶爾漂過的做為家居的漁舟。

沿著馬來半島右岸，他們駛出南中國海，經過新加坡外圍的一個離島轉進麻六甲海峽。整個晚上他們都在海峽中航行；晴空萬里，殘缺的月亮仍然照得馬來半島和蘇門答臘滿地銀光，因此，海峽看起來像是一條浩浩蕩蕩的大河。

駕駛房的板壁只塗了一層透明的氧乾漆，黃臘臘的；千印總愛將它和棺材板的顏色連想。他曾經幹過屠夫，身體雖然矮小卻長得很結實，不過他仍然暈船；每次船長隔著板壁對他斥呵他才能勉強振作一陣子。

「是誰在牽舵兒？」探頭望了一望他的臉，船長狠狠的拍他一記後腦，氣憤的說：「原來是你！你是怎樣啦！船牽來牽去黑白牽，我備按那睏？再個，你看，你有看到頭前一隻船兒沒？你備和伊相撞喔！森木呢？」

「伊去下面咯。」

「下面？好好好，這軀好，這軀一定是去博牌兒，這番賀我掠到咯。」說著，船長氣呼呼的跑過走道，摸黑往船員的住艙跑下去。

一會兒，那個名叫森木的三副，匆匆忙忙的從駕駛房的側門溜進來，趕忙接了舵輪說：「是你跟船長報馬嚄？」

「沒啦，我那敢？」千印說：「我——」

「沒？沒伊那會知？伊即才在睏啊。」

「唬！你過再走，備走那兒去？」嚷著，船長又從走道衝進來，狠狠的也在三副的後腦上拍了一記。「值班不值班，給你爸溜去博牌兒，啊？我給你們講過幾遍，你們還是備博，禽牲講不聽嗯，後番你們誰若可再賀我掠著，我就叫伊棉被捲捲，轉去，你喔，你喔，你得要各自想呵，年紀不小啊，而每航海都博屆空空，孤一軀人帶兩粒卵泡轉去呷軟飯，不見笑！四五十歲人咯。」

罵完了，船長走出駕駛房巡視兩側的航行燈，然後站在船舷拉尿。

「都是你。」瞪了千印一眼，三副說：「一定是你給我生壞話。」

「唉，我咒詛，我根本就沒講半句話，是船長伊各自走出來看頭前那隻船——」

「有一隻船那有要緊？我有教你紅燈對紅燈駛，青燈對青燈駛啊，直直駛就是嘛，什麼好緊張的。」

「我知啊，是船長緊張啊。」

「伊上愛緊張，緊張大王，還足沒膽，我從來不脈睹著這款沒膽的船長。」

「喂，伊青燈在這邊，咱們得要往左邊駛，但是你看，印尼那邊有一隻小船。」

「印尼是倒一邊？」三副伸長了頸子在窗上張望。

「這邊啊，那是不是巡邏船？」

「沒關係啦，咱們又不是在伊們領海抓魚啊，咱簡略路過啊。」

「你還是不好駛甚越去，按那較安全。」千印說：「你沒看報紙在講，菲律賓和印尼時常牽咱們的漁船去。」

「喔。」三副往右邊轉了兩圈舵輪，又回轉一圈說：「姦，我又過再輸五條菸去啊，唉——」瞥了一眼進門的船長，他忽然提高嗓子說：「牽舵兒的要領是按若：方向盤走左邊舵兒就要旋正邊，方向盤若是走正邊舵兒就要旋左邊，紡舵兒要緊，越緊越好，要不，船頭就會歪來歪去，按那呵船就會駛慢，檳城眞趣味喔，什麼查某也有，看你是備愛泰國的、馬來西亞的、印度的，還是咱們河洛的，都隨在你看隨在你檢，嘻，隨在你姦。」

「你這個老猴脯，你認爲你還是嫣頭少年嗯？」船長指著前面駛近的商船說：「好好給我看著啊，船頭按若歪來歪去，是會相撞喔。」

「免驚啦，你放心去睏啦，我不是戇仔啊，我備去檳城撞爆孔，我撞這隻船做啥？嘻，千印，你講對不？」

「嘻。」

早上八點三十二分，他們終於抵達檳榔嶼；這是一座鐘塔所標示的時刻，他們紛紛的把手錶校正。這座鐘塔近在岸邊，而濱海的一些磚房也近貼得幾乎伸手可觸；街道隱伏在高低不齊的檳榔樹後面，走著閒散的行人和三輪車。港道上有一艘漆色紅烈的救火船在噴水，像是閒著沒事，戲耍著玩，到處是返航的小漁船和熙攘交梭的載客舢舨；平靜無浪的海面，映著這一切被朝陽照亮的倒影，上下一般清明。

下錨不久，船頭遠處立刻出現一條海關的小艇，來了兩個移民局的職員：一個馬來人，一個閩南人。檢疫局隨後來了一個眉高眼陷的馬來人，緝私抄班的小艇大約晚了一個鐘頭才來。這些人辦事都不認眞，而船長按惡例各發給他們幾張蓋了船長印鑑字條；憑條，他們可以去船務代理行兌領紅包。

驗完關，船邊立刻靠上許多載客的舢舨。排頭是個戴草笠的老頭子，穿著黑色長衫和寬鬆的土布褲；他往船上扔上一個大麻袋，然後攀船垣跳上船。

「咦！禮仔！」他走向大副，親切的說：「眞久沒見咯。」

「呃。」瞇起近視眼瞄了片刻，大副抬起手來和他握手說：「失禮！失禮！我目珠少許疵，沒看著你，你那會知我在太平洋三號？」

「我即才載一個韓國人去那邊，適好看到你在駕駛房門口，你這遭做船長咯？」

「沒啦。」大副說：「還是大副啦，這幾年來攏找沒機會咧，你那布袋底啥？」

「沒啦，一點兒蛤兒，想備和你們換一點兒米，若有糯米是上好，我今兒日娶媳婦哩。」老船夫說：「你備找幾位朋友來我厝飲酒嘸？」

「好啊，那上好上歡喜啊，恭禧恭禧。」大副說：「你先來我房間坐一下，那米我會叫煮飯仔去處理，另外我有帶臺灣的米酒出來喔，嗯，我眞久沒來檳城咯。」

對於一些老船員來說，檳城算是舊地重遊；他們身上多少都存有一些美鈔或馬幣，一會兒，陸陸續續的就上岸去了。留在船上的船員和值班的人，等著船長去代理行借零用錢；這一陣子就聚在船後的甲板賭博，每一個人都想從別人那兒贏一些去岸上揮霍。

一九七四年五月　寄達馬來西亞檳城

我們永遠的朋友華北：

非常高興你要來看我，而且帶來一條船和兩個朋友；這消息令我十分驚異，我日夜在想：你究竟在想什麼。我實在不該這麼心急，一旦你離開臺灣，也許到了檳城就會寫信來告訴我眞正的原因。

大抵而言，我的心情仍然很差，雖然你寄給我的錢使我生活得很安穩；嗯，十分安穩。我痛恨南非，任何有良心的人都應該予以詛咒。你看雙層巴士那些被隔離在上層的黑人，是不是像是被吊在街上的路燈桿上？而這裡有色人種不能去，那裡有色人種不能去，也都使我想起公園裡中國人和狗不准進入的可悲歷史。這一切眞荒謬；想想看，一個日本船員在這裡是榮譽一等公民，而我是二等或三等公民。開你一個玩笑，如果你來南非小心你的膚色可能會變黑。

我必須盡快離開南非，否則我眞會發瘋，尤其我目前這種腐化的生活，我一想就做嘔。每天晚上七、八點，我和那個妓女一起離開公寓上街吃牛排，然後我們上舞廳，我不會跳舞，所以我呆坐著看她和日本人跳舞，然後我們回家性交，呸！我應該使用較典雅的字：作愛。我不說作愛，因爲我沒有愛，我只有怕，怕我不夠賣力而被她一腳踢出門。其實我可能自己太敏感了，或許她眞的愛我，當她喝醉的時候，她總會說：帶我去臺灣吧。但是，她的語氣令我生氣。這個沒煩惱的番婆，她應該跪下來請求的，但是她只是說：帶我去臺灣吧。我不知道她是否曾經也對日本人這麼說過。日本人喊她 Sakura，你可以想像她曾經多麼吸引人；那個時候，或許日本人曾經對她說：和我去日本吧。對於這樣的邀請，她可能只是呵呵一笑，所以她留在這裡繼續灌了許多白蘭地、威士忌和啤酒，而尤其是啤酒使她略微發福。結果，當她說帶我去日本吧，日本人只是呵呵一笑；於是，她和我說：帶我去臺灣吧。喔，老天！我眞不該對這樣可憐的女人做這麼尖酸的嘲諷。坦白說，做爲第一個和我睡覺的女人，我對她還是有相當的感情，我眞可能愛她。嗯，無論如何，開普敦附近的好望角使我發瘋，想想看，在過去的歷史中的一段日子，許多白人強盜路過這裡，在好望角上望著印度洋季風，充滿希望的想：帶我去中國吧。結果，我有今天這般的下場。

我最親愛的朋友，在這樣沉痛的意識中我忍不住就更加想念我的母親。嗯，我應該從這裡繼續寫下去。事實上，這以後的東西我原來應該寫在前次你收到的信裡，可是我當時人在臺灣，恐怕郵件檢查而有所顧忌。

讓我們再回到我母親去世的那個除夕——呃，我無意再去回想我是如何的忙完她的後事，只簡單的說我差不多是忙到除夕那天的中午。我長睡了一個午覺，大約睡到黃昏。不嚴格的算，我們那個村子可以說是窮人的村子，大部分人家的房屋是傳統的平房。夏天，不論房屋新舊，照滿了陽光襯密了林蔭，整片鮮亮的磚紅色的確能夠給予人們愉快豐盛和祥和這類溫馨的感覺。可是，冬天，沒了藍色的晴空，整個村子浮滿一片灰色陰霾，這種慘淡的氣氛，即使年節中最響亮的鞭炮聲也無法沖淡，最濃厚的鞭炮煙霧也無法遮掩，尤其因為東北季風鎮日颳個不停，整個冬天裡黑色的樹枝不停的搖曳出顫悚的瑟瑟的響聲，而綿綿不絕的春雨和梅雨也長期的令人沮喪而眼瞼潮濕。整個黃昏，我趴在你祖父那棟別墅的陽臺看海，直到夜色完全沉落。在一陣寂默之後，一些吃完年夜飯的小孩開始在幾處幽暗的路燈下聚集，笑著，在天空中燃放爆竹，叫著，而許多人家也紛紛傳出鬧酒的歡呼。在飢餓和寂寞中，我繼續抽菸，繼續傷感情。起先，這一切愁苦的思慮只是紛亂的在我的腦海裡起伏，然後，當我注視著我們以前的家園忍不住就眼淚滿眶，而在視覺的同時，腦海裡穩定的浮現連串清楚的影像，像是一場令人心酸的電影。

嗯，我從來沒有機會愛我的父親，分擔他的辛苦和寂寞；當他死了之後，我才發覺我從來不曾懷有這麼清楚的念頭。那時候，我想我應該安心下來滿足我母親對我的願望，去追求一般的成就和歡樂。但是，我無法喜愛這種膚淺的俗世生活，結果，可憐，我因為想愛世人而喪失了愛我母親的機會。

在我們童年的朋友中，有些人因為父母的政治仇恨或者野心，從小就被弄得很狂野。比如劉家銘，始終在他父親的安排下學這個學那個，而無論他學什麼，都是被安排去做一個反對派的領袖，或者說去做一個群眾的領袖，而不管那些群眾是多少人，想什麼。對他父親來說，這種個人意志的執行和願望的達成，就能夠滿足而稱心快意了。有時候，這種小小的沒太大理想的野心也不是能夠輕易達成的，比如林士傑，他父親從小學開始就為他弄各種家教，最後，除了戴一副深度眼鏡看起來還略有模樣，勉強卻只能謀個推銷飼料的工作。為了一點同樣或者略異的政治原因，我父親和母親喪失了舒適的工作和生活。如果他們曾經還繼續想什麼，擁有我，實際上他們會有較厚實的機會。但是他們似乎不再去想什麼，而總是叮嚀我說：像政治這種東西，離得越遠越好。就這麼樣，我從來不知道他們曾經想的究竟是什麼。我曾經試探的和他們談專制政府，談共產主義、民族主義，或者談民主與自由，他們都保持沉默。當他們輾轉幾處終於在我們村子落腳的時候，比較我們村子裡大部分的人家，我們的生活情況實在更差，因為我們家只有他們兩個人在外工作，而大部分人家的子女都能夠自己謀生並且貼補家用。這樣的差異主要是在於他們受過教育知道教育的長遠價值，而且他們深愛子女。為了子女的教育他們犬馬般拖磨，實在不是一般人所能了解；他們對於子女強烈的愛，也不是一般人所能體會。比如說，我們村子裡有誰家的小孩生重病，大抵而言，總是在剛花一點錢的情況下就放棄了，而全心全意去求神明。我們家的妹妹得了肺癌，他們始終不肯放棄醫藥的治療，以至於妹妹死了之後，我們的生活也因為大量的債務而更加困苦。儘管如此，他們仍然盡力使我們兄弟留在學校。從我那兩個哥哥的發展，我們可以了解他們總是只為我們的幸福著想，而沒有夾雜自私的意願。這麼說來，我的狂瘋的理念，對他們來說是加倍的殘酷了。

我非常疼惜那個老房子，現在仍然如此。那裡的每一棵樹，每一朵花，都是我們家人親手種植的，早就茂茂密密長得像扎實的窩。此外，如果計數死在那裡的三個親人，我們眞是在那裡灑了心血。當我瞞著我母親把房子賣掉的時候，我再三的在心中暗誓：我會回來的，總有一天我會回來的。可是，事實上，那天晚上，當我望著它的時候，我已經沒有任何機會去挽救它了。雨季結束的時候，新房主就會把它拆除去新蓋水泥樓房；而且我已經打定主意離開台灣。

有時候，我仍然愛猜著玩，如果我當時有錢，比如說從你那兒借到錢買回那個房子，是否我現在就不會淪落在異鄉。我的答案是否定的；從小，無論是有意的或者無意的發展到這樣的境況，我似乎不可能安靜下來了，而且我會時常去想死去的親人，不想他們的病而想他們窮。這一切我絕對不肯歸咎於命運這樣抽象的意義，而要抗議這個殘酷的世界。

我發誓不再空想和猶疑，這只會腐蝕我的身心，我要行動，我要到中國大陸去，眞是不見黃河心不死。

我們永遠的朋友　梅岑

華北致李梅岑

一九七四年五月　寄達南非開普敦

我們永遠的朋友梅岑：

寄來檳城的信，我已經收到了。

我了解你的心情，可是我不知道要怎麼安慰你，事實上，太平洋三號才離開高雄我就想每天好好的給你寫一點東西，同時對我自己做一番徹底的整理。結果，到了檳城，我還是只能給你寄出明信片。就那麼簡單的寫幾個字的明信片，你一定很失望而且焦慮，所以我想盡可能的補寫這封信。嗯，我這信好像開了一個很好的頭緒——嘖，我還得努力……這麼說吧，我眞希望能夠立刻在開普敦和你會合，然後，我們也許會把太平洋三號開到中國大陸去。

坦白說，我的意念並不很堅決；事實上，我發呆了將近半個鐘頭才能繼續把信從這裡寫下去。

關於共產主義，有人說它是人類的墳墓；我認爲這個認知並不深刻，正相反，我認爲人類是共產主義的墳墓。我想，我在這觀念上洞悉了一項眞理，一種人性的極限，這使我疲倦。不可否認的，在某些年代裡，共產主義本身與世界對抗的一種特質，使中國得以避免繼續被帝國主義蹂躪和瓜分，可是當帝國主義繼續以另種經濟掠奪的方式施行其殖民精神，共產中國除了暫時的苟且求活，無論因為內部的瓦解或者外來的壓迫，也許都終將難免最後的崩潰。這是個黑暗的時代，中國仍然在十九世紀的陰影中掙扎。關於文化大革命，我曾經和你提過北京哲學界的背景。現在，對於那種極左或極右的總路線的爭執，我有了新的看法。事實上也不是什麼新的看法，我只不過是把它放在十九世紀的背景前來檢視。我認為那種在一國之內爭執總路線的問題實在愚蠢——呃，事實上，那場革命也談不上什麼哲學可言，不過是一場政治的角力而已。只有在愚蠢的群衆中才可能產生政治的混亂，親愛的朋友，您不必惱火，對於群衆愚蠢的說法我絲毫沒有輕蔑的惡意，我不過是就客觀的現象來說明：沒有自覺和意願的群衆，才可能讓那些搞政治的人任所欲為。你曾經說：那個追求完美自身為一無神世界的基督，追求世界為一平等、民主與自由天堂的馬克思，事實上是有理想的。我同意你的看法。可是他的理想雖然一方面在資本主義世界修正了那種沒有道德與良心的自由資本主義，最後僅淪為所謂被奴役國家發展民族主義的手段。做為一種手段，共產主義不可能形成一種普世的理想，僅可能做為一種過渡的歷史現象——呃，以共產中國來說，幾場外國電影，或者電視節目和夾雜在其中的商品廣告就可能使它崩潰。大抵而言，歷史部分循環的現象可為我這段說詞做註腳。無論如何，那種理想，在馬克思之前，無論中外，早已存在過許多人的胸懷中，並且再三的被埋葬在他們的墳堆裡。

這點，我希望在我們會面之前你會加以深思。

從前，爲了鼓勵和安慰我，你總是勸我多爲你描述那些異國的港都和風景。我從來沒做過，我只是給你寄風景明信片和禮物。事實上，我也從來不曾在那些異鄉盡情暢遊過；連個想頭都沒有。總之，我就是有病，我無法在那些美景或新奇的事物中得到喜悅，正相反，我覺得悲哀。幾天以前，我在麻六甲海峽的南口看到一個小島，島上的樹叢間窩著一棟瓦紅牆白的小洋房；那裡的海水不再滲雜馬來半島的黃泥，呈現一片明麗的蔚藍，平平靜靜的，也是一片安祥的景色。但是，隨後的兩個小島卻有實彈操演；天上掠過一對紅十字鏢形戰鬥機，另兩架灰暗的轟炸機在島上低飛盤旋，投下的炸彈在樹林裡冒起濃密的火煙。我總是這般全盤的看景色或者看事物，我如何可能快樂呢？

今晚我終於能夠多寫一些，因爲回頭讀這封信，我想或許這次我可以談談檳城。

坦白說，檳城和你的信都使我傷感，我一開始就鬧鄉愁。嗯，我原來答應帶千印和寶童上街去逛的。那時候我正在房間換衣服，船上沒剩幾個人，輪機也停了，到處靜悄悄的，窗外遠處，兩條渡輪正要交會，我的視線隨著其中一條望向馬來半島的西北角，那是一片被熱帶樹林雜亂覆掩的陸地，看起來像是長滿荒草的沙洲；樹叢間正升起一縷灰藍色的炊煙，當它的尾端逐漸淡化而消失在蒼茫的天空中，我就開始鬧鄉愁。我知道我只要上岸胡鬧，那怕只是走一走我就會覺得好些，可是問題在我一鬧鄉愁就發病，大約有點像拒絕症那樣的病徵。我只好睡覺，我甚至於沒胃口吃晚飯。

親愛的朋友，如果我眞發瘋了也好，我可以在醫院裡治療——喔，這什麼話！喔，我眞是莫名其妙。無論如何，我的問題是我隨時可能在清醒和發瘋間游移不定。此外，多年來我已經習慣了晨昏顛倒的生活，我在白天除了被船長喊醒來收發電報就是關在房間裡睡覺。船上的人都笑我分不清太陽和月亮了；他們說得對，我難得看到刺眼的太陽，偶爾醒得早倒是看得到日落。當然，月亮是我最熟悉的，而黑夜使我覺得安穩。

在檳城的第一個晚上，我拿了一把椅子坐在向岸的船舷乘涼。赤道的夜空非常清朗，繁星滿天閃耀。除了梯燈照亮的海面，四處非常幽暗；有一條舢舨從裡面划了出來，船長在上面放聲大喊。聽到船長的喊聲，坐在駕駛房聽歌仔戲唱片的輪機長立刻將光禿的腦袋探出門。早些時候，這個輪機長已經表示不上岸了。現在，船長告訴他有一本公家的船票可能用不完，他可以不必花錢坐舢板。他有點猶豫了；嚷著說他沒有皮鞋穿，只有一雙舊布鞋。他終於還是決定上岸了；他匆忙的跑回住艙，穿上一件不合身的短袖白襯衫和一條舊的深灰色西裝褲。走下船橋的階梯，他把腳擱在船邊的牆垣上繫鞋帶，一邊繫鞋帶一邊自嘲說自己是個鄉巴佬。我從來不曾在船進港的時候看過衣著這樣邋遢的船員，這使我吃驚；不過，隨後來的廚子顯得更窩囊。

那時候，船長和輪機長搭的舢舨已經走遠了，這個廚子在船後賊頭賊腦的探看了幾次才走出來。他穿一件汗濕了大片的黑襯衫，領口脫落了兩個扣子，長袖一高一低的捲至肘間；褲子是舊式的西裝褲，腳管在外面摺一道邊，邊上的縫線脫開了顯現幾個缺口。走到我身邊，他停下來逐一的把兩隻腳踏在船邊的欄杆，拉了拉發縐的褲管一邊和我聊天。他說所有的報務員來檳城都會去一家什麼舞廳聚會，連絡感情，而且那裡的小姐又白又嫩，而如果我不想上岸，我可以在船邊掛一個大燈，然後拿手網撈小魚玩。當一條舢舨靠上船，他就匆忙的跑開。因為波浪使舢舨在船邊搖擺，而廚子腳踏日本拖鞋從船上跳下去的時候沒能站穩，手上的報紙就鬆了手掉下海。船伕手快的探身去抓它；報紙泡爛了，他只能抓到一角，於是三大包大盒裝的味素在燈光照明的水裡閃閃發光。廚子跟著探手去抓，抓住了一盒。

我假裝沒看見，趕忙離開船舷走進駕駛房。駕駛房裡面坐著一個輪機部的船員在發呆。這是一個山地人，長得瘦又黑，但是黑中帶有幾分病黃色。他差不多是四十多歲的人，船上大大小小的都以他的姓喊他孫子。看到我，他憨直的笑著點個頭。當時，我們兩個是船上僅剩的兩個人。這個可憐人是初次離開臺灣到國外的，但是國外仍然隔著一片海面對他來說顯然缺乏足夠的吸引力；我想，他心疼來回渡船的一元馬幣。老天可憐，這合算才臺幣十五元，我掏出一張十元和一張一元的美鈔，請他上岸去幫我買一個椰子和一張風景卡；我說我不急，他可以在街上逛逛再回來。他不肯；他以同樣憨直的笑婉拒了，並且以疲倦為藉口來維護自己的自尊心。我知道他是渴望上岸的，整個晚上他既不聽那些歌仔戲唱片也不聽國語或閩南語流行歌曲，就呆坐在駕駛房角落遙望夜街的燈火。我不明白他的想法，或許他只是不懂如何去弄那部電唱機，而又不敢開口。

所有上岸的人都到了第二天中午以後才陸陸續續的回來；他們說，碼頭上鬧了整夜的群架。先是臺灣船員圍毆了三個韓國船員；打傷兩個，逃了一個跳海游回船上。然後，兩條韓國船的船長，帶了大部分的船員上岸去報仇。那些韓國人個個都能打幾手跆拳，而且船長帶著槍；他們逢人便打，臺灣船員嚇得都躲在街上，直到韓國船出港。

我在第二晚上才上岸；那個碼頭你是否還記得？現在回想起來，我發覺它眞有趣，無論如何我也願意詳細加以描述，以探知我記憶的取向和意趣。那個木板和木樁架構的舢舨碼頭，實際上是一段斷橋。一盞路燈朦朦朧朧的照著碼頭下面橫著並排的舢舨和小木梯，幾個馬來人坐在路燈下乘涼。斷橋船的碼頭連接一條窄巷子，兩旁有些門口還坐著閒磕牙的婦人，吱吱喳喳的像夜鶯。巷子底端是兩家併鄰的閩南人開的雜貨店，帆布涼篷下的長板凳和他們對面人家的屋簷下坐滿打發時間的船員。店鋪後面，延展跨海的地板上擺著桌椅……那裡賣麵食和滷菜，有人在裡面罰酒拳。「呷涼水哟！」看店的小姑娘用閩南語和我打招呼；嗯，我記得有一年我第一次在新加坡上岸，聽到兩個賣冰的小孩在爭吵，那時候我聽到的第一句話是「姦你娘」；雖然是粗話，聽起來很親切。

這雜貨店也代船員寄信，所以我在那裡買了風景明信片。

木板巷子出去幾步路接著陸地，幽暗的夜街深長而寂寞。隨意繞了幾條街，我只遇到一個身圍長布裙的印度人趕路，還幾個在街邊建築或者人家屋簷下隨地睡的馬來人。走了走，我無意間走進一條華人的街道，面對一道圓開拱門的高牆，牆上騰龍舞鳳的花鏨三個金色字樣，是間廟嗎？神廟的屋頂兩邊飛揚，簷下懸著一盞中國宮燈，隱約襯出屋頂上的琉璃瓦邊和奇形花飾。站在門口，我望著模糊的廳堂，裡面擺著香爐、燭臺和魂旛。我想走進去看看，可是深長的天井黑黝黝的像個陰森的陷阱，而且夜深了，我繼續走了一段路，就喊三輪車回碼頭。

對於這間怪異的房子我非常好奇，想弄清楚是否就是你所說的那間福德廟。可是，第三天早上走錯了一條街，我迷失在城裡。那條街躺在陽光的背面，而頹舊的建築物充滿羅馬的風味；我想，這是英國人或者日本人在這裡留下的標記。在那裡我遇到了寶童和千印，另外兩個人是三管輪和倉庫長。這個倉庫長頭長得很大而且暴了幾個牙，穿一條深褐色喇叭褲和雜花色的大領襯衫，這樣的裝扮將他暗色的皮膚襯出一層髒氣。三管輪是個胖子，穿一件黑色無領衫；因爲肥鼓著一個大肚子，牛仔褲擠滑在臍下。雖然胖，他全身的肌肉看起來算是結實的，臉孔也是四方有力，不過臉色發青而且點著幾個乾燥的紫色豆瘢。比較起來，我們那兩個童伴的穿著比較樸素，但是他們的談吐也相當粗俗。

他們正要去逛妓院，看到我就嚷著沒錢，又各向我拿了十塊美金就興沖沖的爬上三輪車。

和他們分手，我繼續走那條街，然後右拐走另一條陽光橫溢的大道。走了一段，我鑽進一條窄巷；這裡，燕子窩在人家屋簷的樑上和廊下。我穿過滿天低飛的燕群，走向遠處一角清眞寺雪白的方堂和高浮在天空招人祈禱的拜塔。不過，在途中，我從另一條巷道看到了一間中國寺廟。我想，這才是你所說的那間福德廟。

這廟的廟前立著一座落地銅鼎，煙氣沸騰的燒著一杜雙蛟合抱的龍香。廣場上，許多穿旗袍的華人婦女大把的抓著香條在拜廟堂。我也看到了你所說的那個帶墨鏡的人；你把他說得那麼詭異，使我也莫名其妙的恐懼。我立刻大步的走開；離開那裡，我信步的走向一棟灰藍色的建築，是個法院。每個窗口都擠滿看熱鬧的人；一輛警車開近大門，拉拉扯扯的弄下幾個帶手銬的馬來人和華人。法院裡面傳出一陣又一陣激烈的辯論，我坐在院地邊的矮牆想聽個究竟，但是馬來話我聽不懂，我抬起頭去看漫天的樹林，微風靜悄悄的在墨綠色的葉叢間挪移出零碎的湛藍色天空；我不知道爲什麼，這風無聲無息的飄落了幾片嬰兒手掌大的綠葉子。那時候該是上學和上班的時刻，馬路上很安靜，忽然一輛敞篷的轎車在我面前急駛而過，我看到一張白人微笑的臉孔，聽到一陣華人女子年輕驕縱的笑聲。

親愛的朋友，我很高興一口氣寫了這樣的長信，尤其是在記憶中穩定的把握住了視覺、聽覺和意識，使它們在一種秩序中呈現一種景象。過去的好多年來，對於各種不同國度的港口我都只能留存相同單調的印象：街道、建築、樹木、車和人；沒有情節。此外，我要提醒你留意，雖然我寫的是一個你曾經走過的異鄉城市，但是隱約之中我寫了時間和歷史。呃，這話很含糊，事實上，我，我的意思是，我應該能在這場描述裡面更進一步的談我的感覺、我的想法或者一些深刻的東西，但是我沒把它們寫出來，我無法把它們寫出來。因爲我自己仍然沒有整理淸楚，或者說——喔，我該怎麼說呢？

算了，我就這樣把它寄給你吧。

開普敦見！

我們永遠的朋友　華北

太平洋三號航海日記

一九七四年五至八月　印度洋

王家騏整理自華北的雜記

1

他們在檳榔嶼補足了淡水和食物，加滿油，在第三天的午餐之後起錨航出麻六甲海峽北口，從蘇門答臘上端折進印度洋。日落的時代，他們遇見一艘天藍色貨輪 Jens Maersk 號，接近得能夠清楚的看到兩個赤膊的黑人坐在船邊削馬鈴薯。黃昏的時候，他們經過 Puperak 島，距離很遠，只能看到一堆灰暗的影子。整天全無風浪，海面非常平靜。夜裡，他們卻駛進了一團熱帶氣旋。

許多人又暈船了。

把舵的是三副，而千印癱瘓在駕駛房角落。

「這款日子是備按那過？」千印呻吟著說。

「時到時擋，久就習慣。」三副笑咧了嘴說：「我初次行船的時瞬，也是暈屆有夠淒慘落魄。」

駕駛房的側門忽然被用力拉開，走進了一個人影。

「這誰？」放下舵輪，三副貼上臉看。「喔，失敬失敬，來者是咱們的大頭兒兒，嘻，這早就備來接班咯？」

「接班？免想！」大頭吼著說：「我來討我的錶兒！」

「錶兒……嘻，我會還你啦。」

「我我我，我不管。」大頭說：「大家事先講清楚的喔，你講船若開而錶兒沒還我，你就備賠我五十塊美金。」

「五十塊美金？啊，甚過傲慢啦，你那錶兒又不是新的啊，你知我當好多錢？我才當四十塊馬幣，算算才值臺幣六百塊，我還你六百塊臺幣還是錶兒嘛。」

「姦，有這款不見笑的人。」大頭說：「你按若做人就沒意思咯，講什麼你的老相好破病咯，沒錢看醫生咯，哼！我好心卻去奉雷撞，是我哀求你給我借錶兒去當錢嗎？姦，什麼大頭啊做人要有同情心，像在咽弦兒，在唱歌，喔，你假使我不知你在彈什麼算盤？我沒你憨喔，你想的孔縫我都知喔，姦，沒錢也備隨人姦雌門！」

「你講這些話什麼意思？」

「你管我講什麼話，有才調你還我錶兒嗎！」

「千印！」指了指舵輪，三副喊著說：「換你來！」

千印爬下坐位，軟弱無力的抓著舵輪，腦袋垂在胸前，而三副爬上那個角落的座位劃亮了一根火柴點菸。在火光中，大頭看三副穿一身草綠色的軍服十分威武，而自己露出內衣褲的四肢相形之下非常瘦弱，猶豫片刻，罵了一聲就推開側門走出駕駛房。

那陣熱帶氣旋一直鬧到天亮，中午以後海面才漸漸的平息下來恢復赤道水域應有的寧靜。空氣又開始悶得令人發汗，而烈日曬得海面萬千刺眼的閃爍鱗片和整片浥浥浮升的水氣。

這樣的悶熱天氣使暈船的新船員繼續昏睡和嘔吐；老練的船員則因爲幾天後就要投繩釣魚而精神振奮。

三友裸著上身把舵，不時拿手背抹汗。他的身體因爲做過幾年鐵工曾經打得十分結實，不過邁入中年了，發福得圓圓滾滾，臉上的橫肉也因此柔和許多而顯現一種浮腫的醜陋。他的同班同伴是個年輕力壯的年輕人，正坐在角落抽菸；剛醒來，看起來還有點睡眼惺忪的樣子。

「嘻，學仁。」望著水平線上一艘橫行的貨輪，三友說；「我講一個笑詼分你笑，嘻。」

「嘻，緊講啊。」

「舊年呵我們在東非洲的蒙巴薩，而有一暝呵，是半暝，我們幾個人在吧間飲屆少許醉，即備轉去船而在半路阻一隻計程車，我即才開門備入去坐，嘻，裡底一個人啲哩咕嚕不知在罵啥，還給我踢出來。」

「是按怎？」

「是按怎？嘻，昨昏跟咱們相閃路那隻商船，頂頭那兩個在甲板切馬鈴薯的黑人，你有看到沒？是啊，黑漆漆而又是半暝，我那會看到有人坐在車內。」

「嘻，是啊。」

「嘻，不過黑人雖然黑又不好看，但是雌門孔是眞小孔喔，白人的雌門孔就甚大孔啦，嘻，我那會不知？我都經驗過啦，舊年我們在開普敦，有一暝一個白人小姐來我們船裡飲酒，飲屆醉茫茫，我們所有的人，孤船長一個人沒，都給姦咯，姦屆爽歪歪，一個姦一個舉水管在沖，按那一個續一個姦，有的豬哥還姦兩三番，嘻。」縮起頸子，三友笑皺了獅子鼻和橘皮臉，抹了抹口水又說；「我絕對沒騙你，你不信呵去問船長、清海和大頭——咦，你也是東港來的呵？」

「嗯。」學仁說：「爲禮、清海、清江、金庸、羅貴和我，一二三四五六，我們都是東港來的，住共村的，那清江和我還是換帖的，眞正一念一的好朋友。」

「嗯。」沉吟了片刻，三友說：「我聽人在講你老爸是在做村長。」

「是啊，伊還是一個小學的校長，你看。」從口袋裡抽出一封信，學仁說：「伊這批是用毛筆寫的，而那種批紙是畫山水用的。」

點著腦袋讚賞，三友說：「伊的字眞是有兩三撇兒，我若寫得出這款字，我過年一定備去寫春聯賣錢。」從信封裡抽出一張小女孩的照片，他說：「這你的查某子呃？會行咯，生做眞古粹，唉，我也有三個查某子，但是生做足敗，像我，可憐，敗查某嫁不到有錢人。」

把照片放進信封，他掏出信來。「嗯，這小字看起來又過較粹……錢沒賺到沒關係，和別人要好好相處——和別人要好好相處是什麼意思？喔，大家要和好，相處就是和好的意思啦，而——團體生活是磨練自己的好機會，嘻，學校長眞是有樣有博喔。」

「是啊，學校長加減都有飲一點兒墨水啊。」

「大家要什麼，喔，好好相處，那當然是應該的，和氣生財嗎，而若講錢沒賺到沒關係，這文章就不通啦，錢一定要賺到，錢若沒賺到，這款風雨中抓魚兒的生活就不値咯，以後你就會知。」說到這兒，三友收歛了輕鬆的笑臉，抹抹額頭、臉孔和頸子上的汗水，認眞的轉了兩圈舵輪，把航向校正。

臺灣的遠洋漁船把印度洋劃成東邊三個漁區，西邊兩個漁區。他們一口氣跑過兩個東邊的漁區，鑽進印度洋的腹地。跑了兩星期，船位大約在中國大陸塔里木盆地中心做垂直線相交澳洲雪梨做平行線。這一路來他們既沒遇到船隻也沒看到山影，而且天氣變得非常嚴寒，風浪也一場壞過一場。天空裡時常好多天都看不到一點藍彩，總是低垂著濃厚的雨雲化不開。

船長喜愛這樣的天氣，他認爲成羣的鮪魚正在下面的深海中迴游。大清早，他就率領幹部和全體船員在工作甲板上丈量漁繩，整理釣具。

逆航惡浪，甲板前後顚簸得很厲害，左右也不停的搖來晃去；船員之中時常有人跌倒，不過，除了寶童和千印，其他人都還能夠站直了工作。

「喂！」船長凶惡的喊著：「醒起來啊！空缺是一人一份啊！」

「嘿嘿，泰國查某囝兒呵？」二副咬著香菸，瞇起眼睛戲弄說：「爽呵？眞爽呵？」

板著臉，大副扔了一些漁繩到他們面前，冷冷的說：「起來起來！坐在那兒做什麼碗糕！」

撞到一陣高起的浪峰，船頭突然高仰而起。在一陣虛浮的感覺中千印打個痙攣立刻趴在甲板嘔吐，迎面聞到那股羶腥味寶童也發出共鳴；因爲早就吐空了肚子，他們只能伸長頸子像公雞般的空啼。

「泰國小姐呵。」三副接著嘲弄說：「好厲害的桃花野馬，兩個人爬上岸就競頭前走，嘍，還排在我頭前，黑白務按那，兩個人都務差不多半點鐘久才出來，我想一定都爆炮溜皮咯，實在眞姣務喔。」

所有的船員都戲謔的哄笑起來，而船長氣虎虎的脫下他們兩個人的雨帽，拿杯口粗的水管沖他們腦袋，把他們沖倒在甲板。

在閒散了半個多月之後，這一天的苦活弄得大家都筋疲力竭，所以晚飯後除了值更的人全都爬上床蒙頭大睡。

幾天來一直在鬧心事，許裕榮總是輾轉難眠。空躺了大半個晚上，待別人都沉睡了，他打開床頭燈拿起一本勵志的書來讀。但是，這不濟事。住艙的板架因爲機艙的震動和浪擊船身的壓力，不停的咯吱作響，而且從牆上的小圓窗他也時常看到淹過的海水而膽顫心寒。這個面貌清秀細手嫩腳的年輕人，原本在臺北一家貿易公司做外務員，眼看老闆輕易的大把大把賺錢數鈔票，心裡發癢就想湊點本錢自己也來搞貿易。算起來他是個膽大的人，不過他的心也細；他看準了一種跡象：在臺灣的海關，最近幾年一直有海潮般湧出的加工貨品，任何人只要沾到邊，或者想一個念頭，那怕是弄出一些刷鍋子用的菜瓜布，就會發財，變成暴發戶。職業介紹所的人說遠洋漁船有的像商船那麼大，而且同樣一個船員也能月入數萬。他報了名繳費三千，他們爲他找到這條船。起先發覺受了騙，他並沒完全絕望；他想這漂亮的船或許眞小，但是如果抓到魚了他或也眞能撈一票。於是，他依然興致勃勃的去買幾本勵志的書和一條游泳褲，心想一種充滿浪漫情調的海上生活。現在，他覺悟自己是太幼稚了。

他懊惱得讀不下書，掙扎幾次終於又熄了燈，眼睜睜的望著鼻尖前的水密窗。那個小圓窗隨著船身左右擺動，時而埋進水裡時而仰向天空。忽然，他看到夜空裡灑滿了腥紅色的星點，當窗子再度埋進水裡的時候，他想起剛才好像也在一角月色中看到濃厚的油煙。於是，他趕忙翻下床，從後門跑上甲板去看機艙的煙囪。

煙囪冒著濃厚的煙團，一團接著一團，間而吐出熾烈的舌狀的火光。

他趕忙又從側門跑進船員的住艙；輪機部的人就住在梯下：兩個幹部的房間住著三個官員，另四個輪機員分兩層睡統鋪。輪機長的房間反鎖了，他用勁的敲了幾下，喊了幾聲，沒應聲，他立刻跑到隔壁的房間，去找另外兩個人。二管輪掩了床簾睡在上鋪；三管輪仰躺在下鋪，大約是翻看電影畫報睡去的，畫報上的封面女郎微笑著倒在床邊的地上聽他打鼾。因為肥胖的頸上的贅肉壓阻了氣管，這個三管輪的鼾聲嘈雜得像蒸汽機而起伏的胸腹震顫得像鼓風箱。

「喂！大塊大塊！大塊——仔！」推了推三管輪的肩膀，裕榮說：「煙囪爆火咯！船備燒去咯！」

「啊？」睜開睡眼，三管輪說：「什麼？你講什麼？」

「煙囪爆火咯！你還在睏！」

終於驚醒了，三管輪趕忙爬下掛梯到機艙把輪機停熄。輪機部的人都被吵醒了；沒能好睡，每個人看起來都很沮喪。

「你這個大塊呆，好好好。」船長在機艙頂上的天窗，比著食指放聲大吼：「你值班給我逃走去睏！豬喔？大豬喔？船備給我燒去喔？」

輪機長也氣得火爆，瞪著兩只沒睡足的紅眼睛咬牙切齒的對著三管輪罵個不停。一邊罵他一邊到處敲輪機；揣摸了半天不確定或不知道故障的原因，他下令拆機器。

「我看一下好否？」三管輪囁嚅的說。

「看？看尻瘡啦看！」輪機長鼓著眼珠，噴著唾沫說：「你若看會曉，我這輪機長是做假的喔？我講拆機器你就乖乖兒去拆機器，去抓槹來！」

經他這麼再一聲大吼，站在旁邊袖手的二管輪和四個輪機員就散開去找工具，而三管輪急忙去搬滑輪和吊鍊。

忙了一夜又一天，這些機艙裡的人都被油汙弄得全身漆黑，髒頭髒臉；不過，拆洗過的輪機再度轉動的時候，煙囪的排氣就沒有再冒出濃煙和火光。

航向西南偏西，他們繼續航行。

沒有任何船員知道船在那裡了，而除了船長也沒有誰知道他們要在什麼地方開始抓魚，直到某一天的晚飯後，船長在駕駛房的黑板上寫下了各種工作的指示。

裕榮試了好多次想算出究竟是五月幾日，可是他發覺他已經完全弄混了。外面有些風浪，鑽進門縫的冷風令人哆嗦，他縮起頸子趴在舵輪上。駕駛房附近的房間都熄了燈，他背後的走道一片幽暗，只有下住艙梯口的小燈從折角照出些微灰銀色的光暈；走道壁上吊著幾件大副和二副的工作衣，隨著起伏的船身搖來搖去像極了飄浮的鬼影。他疑神疑鬼的時常回頭探望，而面前的視景也使他心神不寧。沒有月光的深夜，他幾乎看不到船頭和前面的甲板，只能模糊的看到船頭三角地那間庫房的幾條輪廓那裡面堆放了救生衣點了一盞小燈。他覺得他像是虛浮在一片黑暗中，隨時會發生恐怖的事。

在這樣恐怖的感覺中，他再次懊惱自己冒冒失失的跑上這條船。他希望這條船能夠早日抵達開普敦，以便開溜，然後回台灣另謀生計。

有一個黑影在他背後晃動，他回頭一看差點撞到，驚嚇得鬆了把舵的雙手，縮起肩膀，並且在喉間發出一陣顫悚的哀鳴。

「看到鬼喔？」

「喔，大副。」

「孤你一個人啊？」大副說：「還一個誰？」

「二副，呃，伊在睏。」

「睏！值班在睏？你去給叫起來。」

「不要緊，我們即備下班咯。」

「什麼不要緊。」拉開駕駛房的門，大副就地往船舷的走道拉尿。「你們和接班的人稍等得要去出魚餌，而你一個人會通做啥？等一下你備按那去叫接班的人？」說著，大副跨出駕駛房往船後走去。

被喊了幾次，二副才慢吞吞的爬起床。

看了看壁上的航海鐘，二副說：「時間還未到啊。」

「是啊。」裕榮說：「大副叫我給你叫起來，伊即才起來放尿，沒看到你，轉而叫我給你叫起來。」

「姦，伊各自不曉叫喔，伊睏在我頂鋪啊？」說著，二副摸到駕駛房的角落，爬上工具箱繼續賴在那裡睡。

接班的時候到了，裕榮搖動舵鈴通知機艙的人停船，然後開亮了駕駛房頂上的兩只水銀燈。二副站了起來，整整衣服，帶上手套和罩頭罩臉的毛線帽，冒著寒風走出駕駛房，到工作甲板邊的冷凍房去搬餌料箱。

強烈的水銀燈照亮了工作甲板，不過黑夜又深又廣，那片甲板看起來就顯得格外低陷，像是陷進了漆黑的海面。燈光中，桅杆間拉緊的一組無線電天線在強風中瑟瑟作響，而一波波擊碎在船舷的浪頭在空中濺灑濕冷的雨花。

羅貴揉著睡眼走下梯子，望一望海面忽然慌忙的回頭跑回船橋。

「喂！做啥？」二副說：「鼾眠啊？」

「喔，呵，我看花咯。」瞇著小眼睛，羅貴笑著說：「船搖過來，海面爬起那高，我看做海漲。」

「姦，若海漲你根本就免走咯。」

他們把餌料箱用輪帶機傳送到船後去，由裕榮和德安接去擺好在工作檯邊。結束了工作，羅貴跑到船後蹲在舷邊一個鐵架上拉大便，然後回到駕駛房。關上門，摩擦著冰涼的手掌取暖，他說：「呵，即才船歪屆甚厲害，我給海面看做海漲，驚一下險些漏屎。」

「這個印度洋我走二十年咯，還沒聽過什麼海漲，暴風就有啦，若講咱們這小隻的船，奉那浪頭一撥就扳邊咯。」

「嘻，講暢笑。」

「講暢笑？我講眞的。」德安說：「我以前走過一隻船，叫做雷達一號，就是按那扳沉去，全船的人都死翹翹，簡略活三個，我就是其中一個，姦，我在海裡泅一禮拜才睹到一隻法國船，我命大，哈哈哈！我實在是命足大。」

德安有五十幾歲了，不過長得高大又壯，笑聲非常響亮；因爲他的皮膚黝黑，在黑暗中只能看到他隱約的眼白。羅貴覺得那笑聲像是發自魅影，立刻就噤聲不語，抱起膝蓋縮緊瘦小的身體蹲在駕駛房角落的工具箱上，望著海面發呆。

2

兩隻水銀燈照著船後的工作甲板和船外的海水，燈光裡的海水被螺旋槳的葉片攪成喧嘩的泡沫，白花花的在海面形成一條蜿蜒的河道。一個剛被扔下海的玻璃浮球，在水銀燈下泛出晶瑩的綠光，追隨著水道中遠去的一盞海燈，而那盞海燈已經遠遠的漂進夜的深底和稀疏的星點綴連。

在棧房裡，千印將一團團漁繩抱起來放在一條鋁槽上解開，再將各繩團的繩頭打活結相連成一條幹繩。

鋁槽懸空，斜擱在棧房壁上和船後的矮牆。大副坐在鋁槽尾端的右手側；他把瘦長的秋刀魚鈎上魚鈎，然後將那些帶鈎的支繩逐一的扔下海。三副坐在他的對面，在鋁槽的另一邊；他將一圈圈的幹繩撒開來扔下海。

在另一個棧房裡，陳俥取出玻璃浮球，逐一的結在竹竿上。金萬接著將這些做浮標和計數用的旗竿，結在支繩上。

這是第一班的人，他們即將完成半數的工作，第二班的人就被喊醒來吃早飯，然後由二副帶班接下後半數的工作。這時候，天色差不多亮了。海面到處可見滾動的泛白頭的灰色浪潮，閃爍著陰森森的寒光，而成群的海鷗低飛著搶食未及沉下海的秋刀魚餌。

最後扔下海的是一根大旗，船長被喊醒來把船遠航到上風處，然後停下船來隨波逐流。這裡的雲稀疏的鬆散在天空的底層，像霧。他趴在駕駛房的窗口遙望水平線上那根搖晃的大旗，和十字排開的小旗。

「你有看到大旗沒？」望著路過的廚子，他戲謔的說：「我看你一定看沒，你的目珠已經博痲將博花咯。」

「博痲將目珠那會花？精閃閃喔……嗯，今兒日的湧足壞——嘍！我看到了。」廚子指著水平線說：「在那兒！」

「魚兒在吃餌咯。」

「嘻，講的較快。」廚子說：「聽講石油起價咯？」

「魚價也會起啊。」船長說：「這番我一定會賺到錢，我備買一間厝，剩的錢嗎我備在海峽的拖網船和人混股，而我閒閒就來高雄港內，找那種拖柴塊的小船做船長兼駛船，上下班的生活實在足涼，你呢？」

「我嗎？」得意的搖晃著頭，廚子說：「嘻，我備來前鎮加工區附近，開一家飯館，兼賣狗肉。」

「飯館，哼！你？」船長咧了嘴角，輕蔑的說：「你沒板嘹啦，我看你是擺麵攤的命喔。」

「你看我衰謝啊？呵，我若衰謝你會好屆那去？龜笑鼈嘛，是不是？嘻。」

「姦，我備燒香咯，神明櫥兒去給我洗較清潔些。」船長說：「早起，大副那班人有撒冥紙沒？」

「有啊，撒兩紙箱喔。」廚子說：「而風黑白吹，吹屆四界都有，連我倒在睏也撿到四五張，嘻，你放心，我一定會保庇你抓到魚大賺錢，嘻。」

吃完中飯後，他們立刻開船去撿漁繩的繩頭。

三副站在船邊，左手握著揚繩機的煞車桿，右手不時的將支繩和主幹繩分開。寶童和千印站在他的下手處，接過那些沒釣著魚的支繩，取下魚餌，將繩子捲收成圈。主幹繩不停的被揚繩機的導線滾軸捲絞出海面，三友坐在揚繩機的後面；揚繩機上的轉輪把主幹繩在工作桌上自動的圈成一疊，他負責將每一段的活結解開和分段。金庸坐在他的下手處，將主幹繩夾疊從船邊傳回來的支繩堆成一團。陳俥負責將每一團漁繩打綑，搬到輪帶機下面排好。

除了廚子和一個在機艙值更的輪機員，全體船員都在甲板上分了工。沒魚上鈎，那些待命的人閒著躲在角落聊天。

風浪不時的從船垣上的小門灌進甲板，或者結實的撞在船頭，越上空中然後瀑布般沖下來，因此甲板到處濕漉漉的。

「來咯！」二副拉著一條緊綳的漁繩，笑著臉。

那些待命的人趕忙跑上前去，而所有的新手也都興奮的趨上前去想看他們生平第一次看到和釣到的鮪魚。

德安和寶童接下二副傳遞來的漁繩，兩個人戰戰兢兢的合力將那條鮪魚慢慢拉出水面；

大副抓著一根帶鈎的竹竿，將鈎子砍進魚肚子把牠拉上甲板。

魚在甲板上蹦跳的聲音使大家都眉開眼笑，坐在駕駛房觀看的船長卻仍悶臉；他預期一次好頭彩，結果等了半天只釣到一條五六公斤的小魚。

三副在駕駛房操舵；探頭望了一下甲板，他說：「大目。」說著，他拿起粉筆在黑板上的大眼鮪欄上畫了正字的第一橫。

「大目?你才是大目！」船長說：「你目珠博麻將博花咯。」

「喔。」又在窗口探看一次，三副說：「嘻，是黃鰭，這若小隻的黃鰭，嘻。」

「小隻?小隻也是錢啊。」

又有魚上鈎了；大副正在教新船員如何去除魚腮和清理肚腸，立刻扔下屠刀去取鈎子。那是一條將近二十公斤的長鰭鮪，背色墨藍閃亮腹色雪白而滲有銀色的光彩，藍帶的邊層隱約還有綠斑和黃紋，紡綞形的身體圓滾而結實。

接著上鈎的一隻鵝般大的海鷗；那是凌晨搶食魚餌不慎咬到魚鈎，被漁繩拖進深海溺死的。他們砍開牠的嘴巴，取回彎指般大的魚鈎，將屍體扔下海。

整個午後，除了兩條鯊魚，再沒任何東西上鈎。

當夜色完全暗下來的時候，一彎明銳的月刀已經高懸在船頭三角甲板上的桅杆。風浪鬧得更加厲害，隨著船身搖晃，這片月刀一會兒沒入船垣像是跌沉下海一會兒又急速的砍向中天。甲板到處流動著積水，撞得兩邊船牆上的排水口活動鐵門碰碰作響；時常有船員不小心被絆倒而各自在甲板打滾，或者在角落擠成一團。

大約五十公里長的漁繩已經收回了三分之二，他們總共只弄到六條長鰭鮪、三條黃鰭鮪和五條大眼鮪，另三條黑旗魚和一些鯊魚翅；這樣可憐的成績大大的傷了船長的顏面，使他羞惱得整天都一言不語。

輪機長不在意這些；整個下午，他用細尼龍線和小魚鉤在後甲板釣海鷗，玩得很快活。這些海鷗，在晚餐的時候，大部分已經被船員們祭了酒埋進肚子。剩下的一些細嫩的胸前肉，輪機長打算在收工後炒生薑和麻油慢慢品味。

現在，眼看風浪拖延了收工時間並且未卜何時才能收場；等不及，他就熱了船長的電爐，在船長室用一只平鍋把肉炒熟了。

「嗯，香烘烘咯，酒啊，酒來啊！」他嚷著說：「倒在瞑床做啥？酒趕緊拿出來啊！」

沉吟了一聲，船長勉強的爬了起來。

「嘆大氣？唉！船長人這若嫩稚簡直無卵泡，實在呵無路用，那酒放在櫥兒底而人目珠直直倒在瞑床，唉，船長人得要每日飲屆滿面春風，手氣才會旺啦。」輪機長在門口探了頭往駕駛房喊：「清海！來喔！來飲喔！」

「我在等大副來接班。」二副說：「嘻，我杯兒已經準備好咯，我看我坐這兒飲就好啦，而肉撥幾塊來，嘻。」

船頭右側，兩支工作燈明亮的照著船頭撞開的浪潮；染了瀝青油的漁繩穿梭般的持續從浪潮中鑽出來，緊張的顫彈出一陣陣的霧氣。枱面上工作的船員被船頭甲板後延的護板遮住；坐在高腳凳上，二副只能夠看到他們的肩膀和忙個不停的手。船慢慢的又航進了一陣雨霧，甲板看起來更加濕冷也更加陰暗；透過水滴沾滿的窗玻璃，那些穿黑雨衣的船員看起來更像演戲的皮影。雨越下越急，窗子模糊不清了，二副開動鉗在窗玻璃的旋轉輪窗，離心力甩出去的雨水將小輪窗內的玻璃洗得剔透明亮。突然間，他看到一陣洶湧的巨浪把船頭高高的抬出海面，於是許多船員在甲板上跌得東倒西歪，並且和一條割完魚翅而分了屍的鯊魚混成一團。

「索兒斷去啊。」大副走進駕駛房，脫了雨衣說：「湧愈來愈粗咯。」

「喂！爲禮，來來來。」輪機長在船長室隔著板壁喊：「來飲一杯，索兒斷去是小得職啦，你先來飲一杯。」

大副在配電盤上摸了摸開關，弄亮屋頂上的探照燈，一邊望著海面一邊脫雨褲。寶童踏著窗沿攀上屋頂，把探照燈在船頭兩邊的海面探照了片刻，照到一支旗竿。二副打了一個半滿舵，將船頭右移。

「那是第二支。」大副指著另外一支旗竿頂端的螢光板說：「這邊這支才是，要駛返頭，姦，你們那班的角色眞差，索兒根本都接沒著，而索兒也沒撒開，絞絞做一堆。」

聽到這話，船長就隔牆臭罵二副。

「罵我有什麼用？」嚼著鳥肉，二副說：「都是新腳啊，而晚時起的索兒根本就不是我們那班落的啊。」

「好啊好啊，你這個餓鬼，你到底想備呷到那時？」船長說：「你較緊落去幫忙清索兒！」

「啊——沒魚嘛，趕啥，奉伊們加做加學嘛。」

二副把船開近那根旗竿，三副擲出一根帶爪鈎的標竿去鈎漁繩；他試了兩次才能把繩子鈎住。幾個船員幫忙把漁繩拉上船，理出了繩頭三副把它套上揚繩機的轉軸。

飽食了肉喝足了酒，船長和輪機長各自分頭去睡；二副回到甲板去工作，而大副留在駕駛房操舵。

近視眼，大副看不清楚放在斜邊的電羅經；他弄亮磁羅經裡的燈光，而且挪近了高腳凳以便把那個磁羅經的銅殼夾在膝蓋間取暖。在駕駛房待不到半個鐘頭，他就開始打盹。

「喂！」二副一邊喊，一邊指了指海面。

晃了晃腦袋，大副醒來把航向校正，直到漁繩在船邊保持了一個適於繼續收回的角度。為了保持清醒，他開始哼歌謠。這些歌謠，無論是閩南語流行歌曲或者民謠，他都沒能完整的哼出來，而且除了不時的荒腔走調，他也都信口編插一些淫邪的詞句。

陳倬從走道走進駕駛房，數了數黑板上的漁獲正字，就爬上角落的工具櫃坐在窗口看甲板的工作。

「你坐在這兒做啥？」

「我在機艙值更啊。」陳倬說：「你們駕駛房足寒而我們機艙足熱，嘻，坐在那兒我一直盹龜，所以二管輪叫我起來透透空氣。」

「伊應該在甲板啊，那會避在機艙？」

「我不知樣，船長講伊免落甲板啊。」陳俥說：「那是當初船長和伊約好上船的條件啊，伊甚老咯。」

「你緣那甚老啊，而你那得要落甲板？」大副說：「是不是？船長那話根本就不通。」

「喂！」二副又在甲板上放聲大喊。

「姦，索兒又斷咯。」大副按了屋頂上的探照燈的開關說：「你們那班的人腳手足差！」

「呵，我和你共班你沒記得，我是第一班啊。」

「喔，有看到旗兒或是海燈沒？」

「沒……那是不是？」

「那位？」大副瞇起眼睛看了看。「姦，那是海鳥。」

探照燈除了海鷗和魷魚，始終沒能照到別的東西。

「死人啊！棺材啊！姦！連索兒就接不好還想備抓魚！」大副趴在窗口往下面甲板放聲大罵，這一罵，火氣上頭了，又生氣的跳下坐椅把那隻笨重的高腳凳抓起來摔地板。

被吵醒了，船長穿著褲頭就跳下床。聽說繩子找不到，他也趴上窗口生氣的往甲板破口大罵：「你們這些飯桶！會曉呷飯否？姦你們娘！飯桶飯桶！都是飯桶！」

遺失的漁繩總共是一條幾公里長的主幹繩、五百條左右的支繩、四支海燈、一些玻璃球和旗竿以及一個漂浮的自動發報機。

三友爬上船頭的三角甲板坐擠在矮牆下抓著欄杆觀望，千印、寶童和裕榮縮蜷著寒慄的身體，趴在駕駛房的屋頂，各分了一個方向在海面上瞭望；其他人在駕駛房的兩邊走道或蹲或坐或站，但是似乎都觀望得不起勁。

「早起到這瞬已經十六點鐘久咯。」大副說：「早起是什麼水流？」

船長只顧專心的聽無線電探向機，但是在那個頻率上除了雜音他沒能聽到任何有意義的信號。因爲漁繩上那個漂浮的自動發報機每隔三分鐘才發一次一分鐘久的信號，他小心的守聽了半個鐘頭才放棄。

「早起是什麼水流？」大副又問。

「你各自是第一班落索的那會不知什麼水流？」船長說：「位這瞬開始向西走半點鐘，南半點鐘，過來嘛，西，過來北，過來西北，都是半點鐘，還過來嘛，東一點鐘，西南一點鐘——」

「稍等，稍等，等我畫起來。」說著，大副拿起粉筆就要畫黑板，可是這才發覺自己沒識得幾個字，一時也搞不清楚要如何標示那些東西南北。

「探向機收不到信號啊？」二副說：「這臺灣仿製的實在眞古，眞沒路用——」

「出去出去！」船長不耐煩的揮揮手說：「你也出去兜看，你避在厝內做啥？這兒燒嗯？」

他們繼續在黑暗中摸索，終於累壞了。又冷又倦，看不到任何苗頭，德安埋怨幾句逕自走回住艙；其他人看他的榜樣，立刻跟著散了。

三友繼續守在船頭，屋頂上的千印、寶童和裕榮也仍然待在那裡。可是，海面和天空始終一片漆黑，莫說漁繩上旗竿上的螢光板，連個水平線的影子也看不出來；到處只聽得瑟瑟的風聲和浪潮滾動的怒吼。

「咦！」寶童說：「姦，下面的人都走了咯。」

「姦，備走而沒稍通知一下。」千印說：「給咱們當做憨呆，好好好，咱們也來走，喂！裕榮，備走咯，大家都走了咯，喂！」往船頭揮揮手，他又喊著：「三友！大家都走了咯！」

看到他們濕淋淋的走進住艙，坐在餐桌旁抽菸的金庸幸災樂禍的笑著說：「喲！你們三個有夠打拚喔，這瞬才落來，我們早就都落來吃點心睏啊，你，嘻，你們是不是避在那位轉而睏去啊？」

「姦！」瞪著空鍋子，寶童說：「點心都呷屆空空，一點兒都沒給我們留？」

「誰知你們沒落來。」金庸說：「嘻，眞衰謝，連點心都沒點到。」

千印脫下雨衣，顧不得濕衣服就鑽進被窩。

裕榮托著茶杯到廚房去漱洗。

三友最後回住艙，一眼看到鍋底只剩下幾截麵條，滿臉怨氣就爆開來，大聲的說：「你呷幾碗？」

「沒啊。」裕榮趕忙掏出牙刷說：「我也是即才落來的，和你共款，連一支麵條都沒呷到。」

「姦你娘！」三友走出廚房，在走道上一路走一路罵：「你們這些禽牲，沒良心的豬狗！點心呷了了，一點兒都沒留！我憨大呆嗯！姦你娘！」

除了等接更的德安和羅貴，住艙裡的人都埋頭熟睡了；有幾個人被三友的吼聲驚醒了，不過都沒有誰聽清楚他在嚷什麼，而且也都立刻又閉了眼睛跌回夢鄉。

「這隻船一定不會賺錢。」德安說：「一開始就抛沒索兒，那是新索兒呢，至少值二十萬，大家都要賠喔，而賠還不是上衰的，你想就知，減那些索兒以後咱們會減抓好多魚？」

「不會啦，那有那衰，探向機若收到信號就找會到。」三友粗聲粗氣的說：「你希望索兒抛沒嗯？」

「姦，我無聊在跟羅貴開講，開講不行喲？」德安說：「探向機？哼！探向機若聽得到信號早就聽到啊，我看還是趕緊做新索兒來補，才是正經的頭路。」

「啊。」羅貴說：「船駛轉去高雄上好啦。」

「嘻。」德安說：「你們這些新腳這麼都想備轉去咯，呵？」

「那索兒按若就抛沒去，我實在想不通。」

「那會想不通，奉水流去啊，不知流去那位啊，若是講探向機勇，收得到信號就知是那一個方向，若是像按若收沒信號就要靠運氣啊，尤其這瞬咱們的方向早就走花咯。」德安說：「以前我們也睹著一便，探向機緣那無效，我們走來走去，走五六工都找沒，呵，半路睹著一隻美國船，足大隻，足粹，緣那漆得白雪雪，看是客輪，我們那個報務員是海軍出身的，會曉那種旗語——」

「什麼旗語？」

「就是舉旗兒用手講話啊，那客輪足高而咱們這款船足矮，沒人看著伊的旗兒，伊轉而爬去厝頂給旗兒吊起去旗桿，而三四個船員隨伊大聲哀，手一直搖，嘻，嘻，聽得足淒慘，正正是牛嘶馬嚎，有啦，這番有效咯，那客輪駛返頭在我們船邊旋圈兒，而報務員用無線電和伊們講美國話，但是沒效，美國人根本不了解什麼漁索兒，大家裳穿粹粹，駕在船邊看趣味，其實伊們根本免了工駛船去找索兒，伊們用伊們的探向機探，跟咱們講方向，咱們各自去找就好啊，但是伊們根本不了解咱們是靠索兒呷飯，伊們孤知樣鮪魚罐頭好呷——姦，講來講去伊們就是不了解，要沒像伊們月球都走得去的人備在海面找索兒實在眞簡單，姦，伊們就是不了解，旋兩三輾就走咯，而我們報務員一直拜託都沒效轉而目屎流目屎哭，船長叫伊免哭，伊卻愈哭愈大聲，又講什麼咱們中國人實在眞可憐，嘻，有樣，咱中國人實在眞可憐，你有感覺沒？」

「有啊，像我啊，我有路無厝，嘻。」

「嘻，而我有厝沒路。」德安說：「僥倖我們尾來又睹著一隻臺灣船，伊們的探向機一開就聽到信號，我們轉而隨伊們後背駛去找，嚄，講好歡喜就好歡喜，那當瞬大家看著索兒頂頭那臺發報機的天線搖來搖去，目屎都流出來，實在眞可憐。」

3

繼續空忙了將近一個星期，船長決定放棄那些漁繩和那個漁區，提前去大西洋；因此，朝西南的方向直奔了三天，他們更加遠離印度洋的船團，而繼續孤獨的處在印度洋的底部。這三天裡，他們也拿備份趕製了漁繩補足遺失的。

這裡的天氣和風浪遠比他們過去所經歷的都惡劣，但是，出乎他們意料，在一連八天的工作中，他們一口氣抓得兩千多條各種鮪魚和旗魚，直到一場極凶惡的暴風使他們不得不停下工作，在狂風怒浪中漂船。

洗完澡，三管輪把塑膠水管圈捲好，用一塊布包起來藏進工具箱的底層。站在鼓風機的吹口把頭髮吹乾，他值的機艙更差不多也就結束了。於是，他爬出機艙回房間去。在他的房間裡，裕榮面朝門內坐在門欄上而大頭躺在床上；這兩個人正因爲什麼事談得很憂愁。

「你的房間那會輪機停了還會燒？」裕榮說。

「我各自做一個電熱器吊在壁。」三管輪說：「這就是啊，熱度會當調高調低，分三段哩。」

「機關還足多，你看。」大頭碰了一個開關，牆上掛的一些卡通人頭立刻都搖擺起來，而床頭的日光燈也立刻忽白忽紅而且明滅交替。「咱們這個大塊呆人眞巧，可惜，是一個沒錢人，要不伊早就是一個博士啊。」

「嘻，我免什麼博士，那無效。」三管輪說：「我若是有錢，我就備來開一間汽車修理廠——」

「咦，大塊，你這身軀是在機艙洗燒水的呵？」嗅了嗅三管輪的胳膊，大頭說：「眞香，聽講你們機艙有一條水管會當拿來兜熱水洗身軀，你們藏在那位，相報一下啦，我已經兩個月沒洗咯，備生蟲咯。」

「好啦，在工具箱內的下底層，用布包著。」三管輪說：「我看你免洗咯，你已經生銹啦。」

「嘻。」大頭說：「較晚一些，我備偸溜去洗。」

「咦，大塊。」裕榮說：「聽講有人備在開普敦偸溜，你有意思沒？」

「我，呃……」

「你兩個小漢囝兒寄人顧，實在不是辦法，那個查某你又不是眞熟，你不驚伊給囝兒賣去？你要知呢，你是兩年以後才會轉去高雄喔。」裕榮說：「而且我聽講這一暫兒石油大起價，而魚價卻大落，我看，咱們還是趕緊轉去臺灣找頭路較實在。」

「漁價落啊？」三管輪說：「大頭？」

「嗯。」大頭說：「聽輪機長和二副在講。」

「姦。」沉吟了片刻，三管輪說：「我那兩個囝兒實在有樣眞小漢，唉，嘶，我看大頭的意思，伊若備走我就走，伊若不備走我就不備走。」

「魚價當然有起有落啊，看好壞運啊。」大頭說：「前一陣兒泡沒索兒算是足壞運，但是這一暫兒，姦，按若每工三百外尾在抓，咱們會發財喔，按若的魚色三百尾就至少有四噸半，一嚬算落屈九百塊美金好吧，四嚬半是四九三十六，三十八，四八三十二……呃，哇，算不對咯，九五四十五，九四三十六，啊四十較好算啦，四四十六，差不多十六萬，按若算，咱們這八工已經賺……嗯一百二十八萬。」

「那有這若好賺。」裕榮說：「你沒算油錢、魚餌、老闆的成數和你的成數。」

「我知啊。」大頭說：「我至少也分有一萬塊啊。」

「啊，沒可能時常有這款好光景啦。」裕榮說：「而這款風湧按若摔按若撞，實在是在賣命，我一定備走，堂盛也備走，堂盛也備走——你們不好和別人講喔，我答應伊不會講出去的，姦，甭講這款風湧，單那些東港來的王兄柳弟就活備氣死人，昨昏若不是伊們人多，淸江一定會打輸，大家都看得眞淸楚，堂盛的腳手較猛眞多，姦，氣起來我也備和伊們拚，備拚大家都來拚，我的拳頭又不比誰軟啊，唉，管伊們去死，我是一定備落船的，無論如何我絕對不備在這做奴才，大家都分一份，我爲什麼要做比別人較贅？」

離他們不遠處的餐桌上，幾個人正把麻將牌搓得唏哩嘩啦響。

大副靠牆蹲在椅子上，除了必須瞇起近視眼看牌，他的臉上沒任何表情。他不像別人那樣輕易激動，雖然他的呼吸和心跳隨時隨刻也都跟著輸贏變化不息。贏了，他總是立刻遮掩的摸摸唇上的雜髭，或者拉扯頷下一小撮山羊鬍子。他不敢笑，那怕只是彈動一下下巴或者彎撇一下嘴角；他恐怕他洩漏的每一分喜悅，都會使他們的怨懟加深一層。其實，大家的怨仇早就因爲他衣櫃裡堆滿的香菸和賭債的帳本，牢牢的鎖結了。他也不肯在輸的時候嗟嘆或拍桌子，這樣做他恐怕會減損自己的威風和尊嚴；而他灰沉病敗的臉色，無論如何是無法潤紅或蒼白起來表示一點任何形色。

他佔有的桌角和屁股兩邊的椅子上堆滿了一條條的香菸，那場牌九就結束了；羅貴幫他搬那些贏得的香菸，跟班似的隨他背後離開那個船員住艙。

搬出剩菜和酒，廚子嘻笑著說：「我沒輸沒贏。」

「我輸五條。」羞紅了耳朵，二副凶狠的皺著鼻子斜下了嘴角說：「姦，伊這遭海，手眞旺，實在料想不到，以前伊就像森木和秋合，更博更輸。」

嗤了嗤鼻子，金庸說：「若不是共村來的，我早就賀伊好看啊，伊在甲板按那罵人而各自也不想看麼，伊做大副的人不備去冷凍艙排魚兒，牽舵兒也牽不正，孤想備盹龜，而一罵人嘛，就——」看到大副忽然又從走道冒出來，他趕忙堆起笑臉諂諛的說：「今兒日，又過再賀你一個人通呷咯。」

「我那有通呷？陳俥緣那呷有一寡兒。」大副冷冰冰的說：「有看到我的敇吖沒？」

「我來看一下。」趴在地上瞧了瞧桌椅的腳旁，廚子說：「嘜，在那兒，在椅兒腳。」

大副拿了打火機就走了；大夥兒繼續說他的壞話，每一個圍桌坐的人至少都說了一句，除了陳俥安靜的坐在一旁抽菸。偶爾陳俥也會因爲他們有趣的笑語哈哈大笑，但是他也不和他們一起喝酒；抽完那根菸，他就把餐桌上那些贏得的菸扔上鄰床。

「老孫，拜託。」陳俥說：「幫我坑在我的瞑床頭怎樣？」

「好啊。」

「多謝多謝。」陳俥說：「你沒呷菸，要不我就送你一條，嘻，這免錢的，這都是伊們友孝我的。」

孫泰男正坐在床頭縫補褲子，立刻放下針線，拉開隔床的布簾把香菸整齊的堆在陳俥的床頭。

「你們山地的人眞少沒呷菸的。」陳俥說：「你實在眞古意。」

「是啊。」金庸岔嘴說：「伊們那些番兒都呷菸呷足大，而檳榔哺到嘴齒黑黑黑。」

望了望手錶，陳俥走進走道爬下機艙，在一些活動的機軸上加油。沒事了，他又爬出機艙走到駕駛房去聽人家閒聊。

金萬手上拿著三枝香在拜神龕。

「呵。」陳俥說：「抓到魚才想到燒香呵。」

「咦，黑白講。」金萬說：「我每早攏有來拜呢，今兒日是加拜這拜喔，嘻，加拜加保庇嘛，這香足噴，我在檳城買的，講是印度香哩。」恭敬的鞠三個躬，在香爐中把香插正，他又說：「實在足噴，你們鼻看麼。」

船長坐在駕駛房的角落刮鬍子，他說：「有樣眞噴，你以前各自開店做生意緣那時常拜呵，拜關公呵？」

「呵，拜碗公啦，我以前講眞的是沒在拜啥神。」笑出一嘴金牙，金萬說：「刮嘴鬚的借我刮一下。」

「聽講你的大漢囝兒眞姣，眞會曉賺錢。」

「無效啦，不友孝啦，俗語講一千銀不值得一個親生子，我看是倒反，一個親生子不值得一千銀。」望著小圓鏡，金萬用指尖小心的梳理禿頭邊的頭髮，嘆了一口氣說：「咱們兩個人這鬍鬚有像，禿頭也有像，姦，這些鬍鬚若是來生在頂頭補這個禿頂就足贊，嘻，咱們臺灣人古語講禿頭叫做紅銅茶壺，實在眞有道理，眞趣味，我以前每日閒閒坐在店裡就是飲茶，眞是親像茶壺，嘻。」

「你啊，你就是呷老不認分，備娶細姨，你某和你子才會不睬你。」

「嗯。」沉吟片刻，金萬說：「聽講魚價在敗啊，是眞的還假的？」

「你那會知？」船長緊張的說：「你聽誰講的？」

「中晝呷飯的時瞬，德安、二副和那些東港來的阿舍子在開講，伊們講是輪機長講的，輪機長講是你聽報務員講的。」金萬說：「唉，若是魚價眞正敗，咱們這款生活就眞正不值，那住艙是有夠漚糟的漚糟，雨鞋是四界踏到湯糊糊，菸屎啦，姦，大家菸屎亂叩，菸頭亂彈，還有什麼番兒火枝啦、糖兒紙啦、橡奶糖啦，還有魚兒的臭臊和臭油垢味，奇怪，這些少年仔都不愛洗身軀又愛打手槍，足臭的臭，嗯，我看根本連那些老的也不在洗，尤其那個煮飯的上癲痀，講到伊就會嘸氣，伊每日閒仙仙而沒備掃地，位檳城出港到這瞬我至少也掃有五遍，而伊一遍都沒掃過，伊實在有像豬，人講伊豬伊還敢不歡喜，備打人，打誰？打大頭啊，有一日大頭在甲板笑伊豬，金庸隨就去給伊學壞話，姦，這個金庸是，是狗，我按若講是一點兒都沒傲慢伊，伊呵，誰賀伊蜜兒呷賀伊酒飲伊就做誰的奴才，這是狗嘛，唉，伊們那些東港來的實在都足扨霸，像賊股，講伊們一兩句呵面就烏凶烏凶，備屠備打的，大家按若聚陣就沒意思啦，是不是？」

「是啊。」船長說：「當初為禮就給我講過那些人不好牽，尤其那個學仁和清江，但是清海拍胸坎給我保證，伊們老母緣那給我哀求，講伊們清江是好乖就好乖，姦，什麼乖？那學仁我也是第一眼就討厭，奇怪，校長人那會生出這種壞子？」

「是啊。」陳俥說：「都是烏面將軍，紅蛇赤兒，但是伊們已經各自在變面咯。」

「我就知，講來講去都是為著博局，博出輸贏大家就不好相看咯。」船長說：「我早就應該給你們的牌兒摒去海底。」

「那也無效啦。」金萬說：「若想備博，按若槓錘、剪刀、布就會爽。」

「嘻。」陳俥說：「要不，數指頭兒也相像。」

「唉，伊們這黨實在頭痛。」船長說：「大家若是都像寶童、千印、裕榮和堂盛，這兩年咱們就足有拚頭。」

「嘻。」陳俥說：「寶童和千印，檳城出港那暫兒，你有一遍在甲板給伊們灌水呵。」

「姦。」船長笑著說：「那當時伊們在暈船啊，看不出是好腳手。」

千印和寶童正在船邊釣魷魚；那些蒼白的魷魚在燈光照亮的海水中搶食小浮游物，不停的鑽來鑽去。他們腳下兩個大紙箱已經裝滿了，兩個人還忙個不停。他們各自的漁線又鈎住兩隻胳膊粗手臂長的魷魚；因為剛從暗處鑽出來，這兩條魷魚體色顯得格外鮮紅。牠們的觸腳由四面八方緊緊的鈎住魚餌而被爪狀的倒鈎鈎牢了，一路被拖著走一路掙扎著吐得到處咖啡色的墨汁。

「呵。」千印說：「釣屆足爽。」

「嘻。」寶童說：「爽是爽，但是不會比揪鮪魚兒爽，那揪鮪魚呵是在揪錢咧。」

「是啊。」千印拉上那條魷魚，抓住鈎子的鐵柄用力把牠摔進紙箱。「那羣魚不知還有在這兒嘸，船按若漂一工可能早就漂走去咯。」

「喂！你們兩個，備駛船咯，魚線收收喔。」船長在駕駛房的窗口喊著，一邊按下舵鐘的指示開關，然後熄了駕駛房的燈火。

舵鐘響了片刻，機艙就傳出一陣震動；船身左右晃了幾下，慢慢的開始向前奔進。把舵的人是彭全，穿一身深咖啡色的連身毛衣褲，筆挺的站得非常有精神。

「走幾度？」他說。

「二百七。」船長說。

「按那，若按那我對月亮走就是咯。」

「差不多，按那你就免費心去看方向盤。」船長說：「你眞巧喔。」

「嘻，這種出國的船我雖然是走第一遍，海峽的船我是甚有經驗咯。」沉默個片刻，彭全說：「聽講魚落價喔？」

「是啊，姦，油價起而魚價卻倒落。」

「按那，若是咱們兩年期滿沒賺到錢，咱們得要賠頭家錢，伊才會還咱們的船員證呵？」

「嗯。」

「其實若是不備過再行船，管伊什麼船員證，但是我孤會曉抓魚，咦，在國外寄錢轉去臺灣備按那寄？我想備寄一點兒錢轉去奉我老母。」

「拜託報務員卒你去郵局啊。」船長說：「你實在眞友孝，備五十歲人啦還會想老母。」

「伊老咯，備八十五歲咯，隨時都有可能轉去唐山賣豆干咯，這瞬不友孝，屆時就嚎無目屎。」彭全說：「嘻，像大頭，伊這便轉去，老母已經埋屆無身屍咯。」

「唉，但是那也免什麼怨嘆。」船長說：「船過水無痕，人生到尾就是按若茫茫了了。」

「我看風湧即備停咯，咱們離昨昏的所在有好遠？」

「差不多兩度。」船長說：「咱們二百七按那駛轉去，駛差不多六點鐘久，索兒過再落墜那頭去，差不多就即好到位，唉，希望魚兒還在裡，賀咱們過再抓一下。」

4

難得這樣痛快的抓魚，船長大清早就起來恭恭敬敬的把神龕表裡、果碟和酒杯都擦洗乾淨，祭了一點餅乾和酒，然後爲自己開了一個牛肉罐頭煮麵。

吃完早點，他獨自去工作甲板解開一圈合絞成股的細鋼線，把繫魚鉤的那一頭鉤在壁上一條條抽出來分開；這是船員的工作。心情好，他又做了一些別的事，直到中午。

太陽埋在灰沉沉的雲堆裡，偶爾風勁雲馳才能露出一片白茫茫的影子。墨藍色的海浪在海面晃盪翻滾並且相互追逐碰撞，鬧得滿天蒼白的花抹。一群海鷗像狂風中的落葉，漫天亂舞。這樣的景色使大部分的人覺得快活；一切，都和前幾天相仿。

只睡了半個早上，學仁卻沒這個興致。吃完了中飯，他慢吞吞的抽了一根菸才開始穿工作服。當他走出住艙，全部的船員已經都在甲板上，而船也跑近了大旗。船跑得很貼近，他們只需探身就能抓住旗桿將它拖上船。操作揚繩機的人解下旗桿上的漁繩繩頭，他和清江就合力把旗桿抬離甲板。旗桿是由整株麻竹去根去尾做成的，根頭還綁了一個大石頭做沉錘，很重；他們各在兩頭用肩膀扛著走，仍然吃力得面紅耳赤。他們把旗桿抬上船橋，將它綁在船後的倉庫壁上。

只這麼一會兒，甲板上已經傳出活魚接二連三的蹦跳聲。

「唉。」清江說：「今兒日又備慘咯。」

「姦。」學仁噴了一口菸說：「恐驚會慘到船進港，姦伊娘咧，上好是今兒日就沒油，而船就要駛入港啊，嘻。」

「嘻，那就輕鬆咯，兩個外月沒在陸上行那有親像人？實在不是人嘛。」

「咦，旗魚！」突然指著海面，學仁說：「足大隻的旗魚。」

船長帶頭拉那條漁繩，三個船員跟在他後頭予他助力；在駕駛房操舵的三副離開了坐位，解下船舷欄杆上綁的一支帶鏢頭鏢槍，站在船橋上嚴陣以待。那條旗魚只在海面上跳躍過一次就一直潛在水裡，他們只能夠憑漁繩的角度估計牠的位置，憑手中感覺的拉力鬆緊預告牠的去向。

揉著睡眼，從船後走過來的輪機長說：「你備做啥？」

「嘻，黑旗。」目不轉睛的盯著海面，三副說：「至少也有七百斤。」

「那大尾？姦，是不是黑鯊看做——喔！射啊！」

那條旗魚高高的躍出海面，苦惱的摔晃腦袋把嘴喙上的長劍在空中亂砍，然後，在三副未及射出鏢槍就順勢又衝著鑽進水裡，一股作氣的拖走一大截漁繩磨得那些拉魚的人皮破血流。顧不得手面的擦傷，那些拉魚的人拚命的抓住漁繩；牠的衝勁立刻被迫減緩，而在一陣短暫的僵持之後漁繩又一小段一小段的被拉上船。那些拉魚的人漸漸又眉開眼笑了，而那條旗魚卻也開始前後左右而且上上下下的折騰來折騰去。忽然，牠又勇猛的竄出海面；這次，漁繩被掙斷了。三副趕忙射出那支鏢槍；那些拉魚的人仰天跌成一團，撞得殿後的三友一鼻子血。楞了片刻，大家才想三副那一槍所射進魚體的鏢頭和繩子；可是那條繩子急箭般的繼續穿射出船舷的欄杆，誰也不敢去抓它，只好眼睜睜的看它一溜煙的消失在水裡。

十分懊惱，船長咒罵輪機長和三副，怨責他們不曾及時抓住船橋上的繩子；船員也都把責怪的眼光瞅住他們。三副不敢吭氣，羞慚的低下頭趕忙溜進駕駛房繼續操舵。

「誰應當抓索兒！」輪機長瞪著眼珠子，放聲大吼：「你各自怎樣不走來抓看麼！哼！誰敢抓誰就要絆落海奉伊拖去死。」喘了一口氣，他突然又說：「沒油啊哈，準備駛入港喔！」

「啊？」船長說：「你講啥？」

「我講啥喔，我講沒油咯！船要駛入港咯！」

「眞的或假的？你前日才講還可以再落十工。」

「誰知樣，那是約其略講的啊。」輪機長說：「即才秋合講伊已經打不出油啊。」

「後艙——」

「喳，後艙你敢摸？後艙的油適好入港用啊。」

「這船是一百四十噸的載油量喔。」船長說：「我扳以前的紀錄奉你看。」

「我免看什麼紀錄。」在船長背後，輪機長對三副說：「你講是否？打不出油就是沒油嘛，這用腳頭骬想就知啊，備看什麼紀錄，什麼紀錄也無用啊！呵，你講是不是！」

「是啊。」笑皺了臉，三副說：「差不多要進港啦啊，足久沒摸雌門咯，嘻。」

「哪！」走出船長室，船長指著紀錄本說：「這是舊年的紀錄，平平是位高雄出港，在檳城加油，相款咱們一路抓魚一路駛往開普敦，你算，你算工作日看麼，差不多啊，應當還可以再工作近十工啊。」

「唉，我那需要看，我根本就免算。」輕蔑的揮揮手，輪機長走出駕駛房，一路走一路說：「反正我講沒油啊，備按那打算是你的得職。」

對於駕駛房裡的爭吵，學仁一直很留意。現在，聽得輪機長這樣斬釘截鐵的結語，他心中大樂，忍不住就大步跨下船橋的階梯，急著要去甲板上傳佈這個訊息，沒想到，一陣浪從船邊衝上來，將他和附近的幾個人打倒在船的另一邊。他的腦袋撞在一個鐵架的腳上；脫下毛線帽他往頭頂一抹，抹下了一手熱騰騰的鮮血。

裕榮和清江把他架起來，帶進駕駛房去敷藥。源源不絕的鮮血和海水從他的髮腳沁出來，流進他的衣領和臉上；可是整個腦袋又痛又麻，他不確定傷口在那裡。

「去後壁啦。」船長冷漠的說：「你頭毛不剔，那找會到破孔。」

「姦。」學仁咬牙切齒的說：「我爲什麼一定得要去後壁？我偏備就這兒！」

「在你。」船長說：「我是講後壁的住艙較低，較不會這樣搖啊。」

「你會使用較好的口氣啊，你展什麼威風？我黃某人的血不值錢嗯？姦，來，清江，在這兒辦就好！」

拿酒精洗了雙手和剪刀，清江望著學仁滿頭的血漬卻慌亂得不知所措。

「哼，這沒膽。」船長搶了剪刀，毫不遲疑的把學仁的頭頂剪出一大片突地；傷口沒在那裡。「喂。」他說：「那位會痛？」

趴在工具櫃上，學仁顫抖著身體說：「不知樣啊！假若在頭前，呃，也假若在後壁。」

「哼，這款憨頭。」說著，船長沿著那塊禿地的四周繼續剪他的頭髮。剪了片刻，那個傷口終於露了出來；大約三公分長，像個嬰孩的小嘴巴，並且一口一口地吞吐濃厚的鮮血。

「咦，痛痛痛痛。」

「沒法度啊，要奉伊痛一陣啊。」船長說：「要不，我是備按那清毛屑兒？」

「喔。」

整個下午和晚上，他們不停的拉上魚，而隨著夜色漸暗風雨卻也轉強。甲板上到處是流動的雨水和海水；大部分的人都打光腳板，穿雨鞋的人也都拿破手套截掉了指套將鞋頭包住以免滑倒。

金萬彎著腰在割魚翅。那是一條雌性的紅肉雙髻鮫鯊，牠的鏟形頭部前端各旁長出一個肉錘；長在肉錘上面的小眼睛因爲刀割的慘痛，不停的翻動著瞬膜。割完了魚翅，他換了一把大刀砍牠的身體。他的每一刀都使牠劇烈的顫慄，弄得一些內臟和肚腸各從口腔和陰道口一團團的擠出來。

「今晚到底有確實備返航沒？」

「上好是慢幾工啦。」三友說：「魚這聚不抓，憨仔。」

「是啊。」金萬說：「但是尻脊背足酸而關節足痛。」

「我看也是駛開普敦好喔，魚價在敗，早賣早贏。」

德安說：「尤其那油不知樣到底有無，屆時若是眞正沒油，駛不入港，打電報喊救人，那拖船一來拖，幾噸魚兒就飛去啊。」

「呵，是啊，鮪魚就變做飛魚咯。」大頭露出滿嘴暴牙說：「而萬一若在好望角睹到壞湧，船扳去，大家就沒望咯，隨人顧性命咯，呵，先講好喔，我不會曉泅，屆時各位兄弟若是在海面看到我的大頭浮一下沉一下，拜託呵，一定要救一下喔。」順手拍了拍長泉的肩膀，他繼續說：「尤其是你，勇屆像一隻熊，嘻，你們番兒應該都眞姣泅，咦，你們阿美族有倎海沒？」

對於這樣的笑鬧，長泉絲毫沒反應；他板著臉孔，只顧提起一支海燈離開甲板。那支海燈有一公尺高，架子是銅管打的，架子底部的鐵箱還裝了鉛酸電池，很重。不過，長得狼腰虎背，他提菜籃那般輕鬆。走過階梯和船橋，他解下海燈上兩個玻璃浮球放在煙囪旁邊的空地，然後蹲在電池充電櫃前面換裝電池。

「你這支是第幾號？」廚子說：「五號，嗯，剩四盤咯。」

「今晚眞是備駛入港？」

「當然啊。」廚子說：「咱們船長我最了解，伊足沒膽，嘻，咱們會當來打賭，賭五塊美金。」

「這沒什麼好賭的啊。」長泉說：「今晚呷什麼點心？」

「鹹糜。」

「又是鹹糜。」

「咦，鹹糜按怎？歪嘴雞備呷好米。」

長泉沉默著走進側門的梯口，一路走下階梯一路脫雨衣。在床鋪前他又脫掉濕透的衣褲，坐在床沿把腳擦乾，換一件內褲，然後光著上身穿著拖鞋，走到機艙把濕衣褲掛在熱烘烘的排氣管附近。到處是酸臭的濕衣褲；隔著衣褲的縫隙，他看到輪機上的十二支活塞桿急促的在上下抽動，而值班的三管輪腦袋後仰在椅背上好像是睡著了。

「喂，張仔！」他一邊喊一邊爬下掛梯。

機艙裡充滿了各種機軸滾動的噪音，三管輪聽不到長泉的喊叫，不過，緊接著的一陣刺耳的喇叭聲終於把他吵醒；他立刻把離合器的操縱盤向左轉到底。又一陣刺耳的喇叭聲響了，他立刻把操縱盤向右轉到底；於是，剛跑動的船又慢慢的停下來。

揉了揉睡眼，他伸了一個懶腰，讓開座位說：「即才那瞬船停足久，我卻睏去。」

「大概是大魚。」長泉說：「今晚的魚都足大尾喔。」

「屆這瞬幾尾啊？」

「即才我看黑板，長鰭三百五十，黑鮪二十七，還有其他那個這個。」

「進港的得職決定未？」

「假若是決定咯。」

「姦。」三管輪說：「照我算喔，至少還可以再抓五工才駛入港，那幫浦根本是壞去，油那會打有？」

「你要給船長講啊。」

沉吟片刻，三管輪說：「我看息咯，若奉人怨妒我各自加衰。」

雖然有兩個冷凍員不停的把切剖好的魚搬進冷凍室，大部分的甲板仍然被陸續拉上來的魚擠滿了；死魚一排排發亮，活魚到處蹦跳得像炸彈爆炸。看在眼裡，船長很不甘心；他悶抽了幾根菸，鼓足了勇氣去敲輪機長的房門。輪機長睡著了或者故意不理睬，他只好去找二管輪，二管輪趴睡在餐桌上等著吃收工的夜點。

「秋合。」船長低聲下氣的說：「咱們過來算油量怎樣？」

「啊？」

「咱們過來算一遍油量好否?你要知呢，像這瞬按若抓，差五六工就差至百萬呢。」

「唉。」二管輪說：「我實在給你講，幫浦壞去啦，所以打沒油，但是確實給算算，我看，過再抓三四工兒是絕對沒問題，十工就甚冒險，我已經給你講還可以再抓三四工啊，你不相信，還備過來問，在你啊，看你是備聽輪機長還是備聽我嘛。」

「不是啦。」羞紅了臉，船長說：「以前的紀錄——」

「喳，以前的紀錄那會準?輪機以前比較新啊，兩年咯，一定有磨損的嘛，油一定會呷較凶嘛。」二管輪說：「總講一句，我保證你還可以再抓三工，絕對沒問題，這道理簡單啊，你後壁那艙差不多十噸油，駛開普敦五六工有夠啦，眞充足啦，而這瞬在用的這艙你就盡量用，用屆空爲止嘛，加抓一工算一工嘛是不是?簡單的道理嘛!」

沉默著抽菸，翻了翻以前的紀錄本，船長終於說：「息咯，駛駛入去好啦，加想加煩惱啦。」

「咦?」從後門鑽進來，廚子站在梯上說：「船長，你還沒睏?要我弄一碗鹹糜奉你呷不?我洗過身軀喔。」

「姦!你這個豬八戒!」

「嘻，可憐的豬八戒備入港咯。」

一九七四年八月　南印度洋

我們永遠的朋友梅岑：

幾個鐘頭之前，我們已經轉向西北西航行；好望角此刻是我們正前方三四天的航程，繞過那裡我們就會在開普敦見面。

在過去的兩個多月裡，我們曾經從最平靜的赤道駛進最洶湧的印度洋。我是見過風浪的老手，比較起來，這一路上還沒什麼風浪令我吃驚。可是這船太小，一點兒浪就會拍上我房間的小圓窗。夜裡，它們看起來眞像招魂的小手，或者白色的花記；這種聯想才眞正使我吃驚。

我想我仍然覺得寂寞而且無助，因此，海水已經洗淨我心的說法，對我自己來說仍然是個不明顯的希望，對於你來說則是個善意的謊言。

有時候，我們的船員仍然愛去回憶檳城的歡樂，就談我們的朋友千印和寶童吧；他們總是談女人和趣事。從碼頭開始，他們爲檳城劃出一條曲折的路線，這裡可以找到女人，那裡可以找到樂趣。假使他們再沒機會去檳城，對於他們來說檳城就是如此印象；而如果他們再去檳城，對於他們來說，檳城或許仍然將是如此。

從碼頭開始，你我也能夠爲檳城劃出一條曲折的路線，或許就像我所爲你描述的：這裡昨夜有中國人和韓國人打架，那裡有英國人或者是日本人的殖民標記，這裡有低飛的燕子，那裡有淸眞寺，等等。無論如何，檳城對我來說都可能只是如此。

在檳城，我們各取了部分印象；我們和我們的兩個朋友顯然取得不同。其實，不嚴格的說，這裡面沒什麼差異；想想看，我們都只是取了部分，而且我們都是按各自的需要取了各自的部分。假使我們要認眞區分的話，這裡面的不同只是對於人生的觀點。

顯然的，親愛的朋友，我還沒弄淸楚我的抉擇，所以暫時我願意以俗世的觀點判定：人生只不過是一段短暫的現世，歡樂要沿途拾取愁苦要隨時拋棄。嗯，關於人生現在我自己是無法談的，如果我有勇氣談，我就不會病得這麼混亂；何況我尙未判定。

至於你，我明白，你仍然追求千秋萬世，甚至於永恆。喔，不，我不能這樣談你，我應該談談我自己。我自己曾經或者幾天以後仍然可能會想這個千秋萬世，甚至於爲了民族的自尊和歷史的仇恨，到了開普敦走在夜街上，我仍然可能會在黑暗的角落槍殺日本人和洋人。是的，無論如何，我不應該談你，而應該先談我自己。我自己才眞正是一團混亂，呃，呃，呃，不過這實在眞是很困難的事；每次一碰到邊，我的直覺，病態的直覺就會以死亡來威脅我。那是可能的：我眞是可能回過頭去看自己，結果在自己的腦袋裡放一槍。

我想，我最好是立刻撇開這個話題。

你應該已經收到我在檳城投寄的信和明信片。

關於那信，坦白說我很懊悔；我認爲我說得太多了。不過既然我已經說了，我乾脆就繼續說下去。呃，雖然我提到了要把太平洋三號開去中國大陸的事，可是，像你如此聰明而且敏感的人一定看得出來：我有極大的心理障礙。

一年前，坦白說，我眞是被你突然上船的消息鼓舞了；當我在西德漢堡寫信說我會去南非看你的時候，我想的正是想弄一條船帶你去中國大陸。可是，這念頭只暖了一個晚上。當然，它繼續反覆的騷亂我的心，一直要到三個禮拜後，它才在法蘭克福的寒夜裡完全凍結。

去年我們從哥本哈根搭德航回家的時候，在法蘭克福宿了一夜。我們在黃昏的時候從機場搭車進市區，我的記憶仍然鮮明，那些蓊鬱的街樹和優美的建築使我感動。親愛的朋友，記住這一點：二次大戰後，這裡幾乎是個廢墟。二次大戰離今並不很遠，那個晚上在飯店的收音機裡我還聽得他們找到了一個納粹將軍。飯店就在火車站後面，我幾乎透夜沒睡。呃，我並不是說車站太吵，事實上像歐美那些大都市一樣，黃昏以後街上總是寂靜得像空城。我整夜躺在床上聽音樂，然後我站在八樓的窗口發呆；我因爲從戰火中重新像樣的站起來的法蘭克福，有所感觸而發呆。大約兩點鐘的時候，當然我明白夜街上仍然在表演眞人的色情，可是我仍然被感動。是這樣子的：夜空裡有點霧氣，一個披頭散髮的年輕人在街上擁著一個女孩，他們佝僂畏縮的樣子像是被凍著了；他們正要橫過馬路，一條只須跑三兩步就能橫過的小岔路，我已經說過了這是個空城，那時候更是沒什麼車子，但是他們站在那裡等綠燈。親愛的朋友，那是德國人能在戰火中再度站起來的部分精神和永遠的希望。我，我們沒有希望；這使我心冷，那時候，我再不想弄一條船的事。

離開法蘭克福的時候，我們在飛機上遇到一羣臺灣遠洋漁船的船員；是從西班牙屬地堪那利亞群島的拉斯港來的。這些大部分衣著不整的人，可憐，不知道是因爲不識飛機上警示牌上的英文燈字或者因爲菸癮過大，總是不聽指示自顧自的抽菸。我想，他們弄得那些機員很煩。

當飛機爬升得足夠飛航的時候，有一個機員開始在機艙裡租借音樂插座的耳機。我想睡，我已經失眠了一個晚上；我和他說，我不想聽音樂。我前面坐的一個洋人租了一個耳機；我不知道爲什麼這個人在雅典下飛機的時候把耳機帶走了，或許因爲有些航空公司耳機是免費借用的，而德航要收費使他不開心。

飛機離開雅典在機場上空爬升的時候，我們那些可憐的同胞又開始抽菸了。那個推銷耳機的德國機員，因爲我們曾經在耳機的事交談了一兩句英語，就以英語要我翻譯，叫那些人不要在飛機爬升的時候抽菸以策安全。我當然可能爲他做這件小事的，可是他的結語很令我心煩；他說：你看，機上都沒人抽菸，就你們中國人抽菸。我又羞又惱，想聽聽音樂平平氣，於是走到機尾的服務臺去找空中小姐租耳機。當時那個機員是往機頭去的，當他回頭走到我座位的時候，看看我頭上戴的耳機，看看我前面的空位子，突然說：你拿了這個座位的耳機？

老天原諒我，我立刻打了他一個耳光，並且要他大聲的道歉。無論如何他是不肯道歉了，即使弄清楚我眞是在機尾和空中小姐租的他也不肯。我眞是氣瘋了，我抓著他的領帶要拖他去機長室評個理。於是他和我道歉，這一道歉我心就軟了，我竟然也回他一個道歉；我說：請你原諒我，我需要你的道歉。這一說我心痛了，我的眼淚竟然奪眶而出。坐在我身邊的船長，安慰我說：算了，我們就要回家了。那時候我眼裡並沒太多淚水，在窗口我仍然能夠清楚的看到幾千公尺下的愛琴海，在晴朗的陽光下呈現一片清麗的蔚藍；我想起希臘和羅馬，然後我想起中國，我想起了你，於是我的眼睛又模糊了，而我們的船長繼續再三的說：華北，算了，我們就要回家了。

我沒有隨那班飛機繼續飛行，我在巴基斯坦的喀拉嗤下了飛機；嗯，那時候我離開中國大陸很近，我不記得當時我坐在機場想什麼，因爲這樣的念頭我反覆過太多次。

無論如何我是弄一條船來了。

可是，我，我又，呃，我想，我仍然想這條船最後會到那裡：去中國大陸或者回臺灣，都不是你我所能決定的。我又在說什麼瘋話嗎?不，不是這樣的，有時候我非常清醒；所以那些精神醫生搞迷糊了。親愛的朋友，如果有一天我不幸要在自己的腦袋放一槍，你也應該相信我是非常清醒的。那麼，爲什麼你我都不能做決定?究竟要讓誰做決定?讓我清醒的告訴你，我們必須公正的讓這些船上的人做決定。蠢話!你一定會這麼說，這些俗世的人怎麼能夠做決定?他們的意志是無效的，我們怎麼會倒過來讓他們決定我們的命運?

我不知道要怎麼確切的回答你，基本上這是一個詭辯的難題。我或許可以這麼說，如果有所謂的歷史的洪流，那麼事實上，它是由那些俗世的人匯聚而成的。當他們的力量推聚出一個方向的時候，有些人，像你我會誤認爲我們是引導在前端，好吧，就算我們是站在前端，我們也只不過是站在一個邊緣，因爲，當他們內在的力量又盲目的擠出另一個方向的時候，我們就會發現我們竟然擠在後面，或者被踩在腳底。

我無意使你失望，眞的，一開始——即使最後你失望了，我也是無意的。正相反，以出發點來說，我永遠對你懷著善意，其實我不必強調這點，可是我有點擔心，假使在我的善意中你失望了，那麼我們無法避免的將會面對一種非常殘酷的境況。

大抵而言我們有共同的理念：我們同樣熱愛國家和世人。不幸的，如我們曾經了解而且談過：一個人是無法在感情上同時這麼做，因爲國家是個實際的單位而世界只存在於假想。此外，做爲一個中國人，在我們的時代，單就國家而言已經是個令人困惑的問題。暫時我們不談這個問題，因爲這個問題如今好像只是我個人的問題，何況，嗯，我認爲，喔，不，我只能說暫時我們不談這個問題，因爲就我們對生命、時間和更深遠的這類抽象背景的清澈洞視，這個話題可能仍然是極其愚蠢的。讓我回過頭來重說一遍——大抵而言我們有共同的理念，卻也有許多對這些理念不同的詮釋。這種矛盾從來不曾傷過我們的和氣；當然，這是因爲我們長久的友誼和我們清明的理解能力，尤其因爲在那些咖啡室的沙龍氣氛中，我們像是玩著邏輯推理的遊戲。可是，現在，或者說在短暫的不久之後，面對一片殘酷的海洋，我們卻必須認眞的做意志的對決。

曾經有這麼一次，是那一次呢？我記不清楚了，在我們的激烈辯論之後，你認眞的對我說：無論如何，最後，我還是離不開資產階級的觀點。當時我雖然哈哈一笑，可是事實上你大大的傷了我心。喔，或者我不該用傷心這種模糊的字眼；它很容易和英雄氣慨這類的字眼相混。我看，我乾脆說吧，當時，你憤怒的眼神和鄙夷的嘴角刻劃出一種形色鮮明、氣氛濃烈的仇恨，大大的挫折我的信心和熱情。

對於任何一個，呃，就說一個無產這樣階級的人吧，你知道我一向具有無比的熱情，即使我的信心雜有些微疑問，對於他們的埋怨和憤恨我總是謙和的容忍。我，呃，對於你我卻無法這麼寬容，因爲你是個知識分子——呃，你不只是一個知識分子。在我們的時代幾乎每個人都自認爲算得上知識分子，或者驕狂的自以爲是知識分子；但是，事實上，他們大部分僅能說是具有專業知識或者局部知識，甚至於只具一點點知識。好吧，我這麼說：你是一個高級知識分子。

問題在這裡：當時，在激動的情況下你的仇恨，像閃電般的突然在黑暗中閃閃發亮；這使我的信心大受挫折。當時，面對你的憤怒，我在哈哈大笑的同時心中悲哀的想：你我這種知識分子，實在可憐。親愛的朋友，不談有時候你會激動的忘卻我的友誼和善意，就算站在不同的階級立場，爲什麼我們彼此之間或者其中一人要被傷害呢？讓我說一些蠢話，假設時間能夠停止，單指財富而言，嗯，我們確實能夠詳細計量，區分階級，可是事實上時間是永不停止的，我們永遠無法做這種計量而且無法獲得一種計量的指標，今天的窮人可能是明天的富人，而明天的富人可能是後天的窮人。如果此刻我們是面對面在談這些，你一定會急忙打岔，指明這種貧與富的區別，而肯定階級的仍然存在。嗯，這正是我要談蠢話的原因；我要提醒你，如果你這麼說的話，你仍然是以時間停止的境況爲前提。這是不實在的，這是經過抽象的錯覺。我已經拐彎抹角的說到關節了，莫說持續進行的時間使任何抽象的理念都會失去所依據的事理，且說：當幾乎是全部的人都冷漠的只顧追求私自的財富，而你我這樣的人竟要對這種現實做公正的道德批判，眞是空洞而且不具任何意義。

寫到這裡我禁不住又發呆了片刻，這一路來我所寫的東西一定都會令你吃驚。事實上，在沉默了這麼幾年之後我終於又能集中心神來思慮，而自言自語的雜亂的寫出這些殘酷的虛無的東西，我自己也覺得很吃驚。可是，我無法排斥這樣的結果。

無論如何，我將不再這樣把各種論題都導入虛無：這會使我無法再自言自語，並且勢必造成我們進一步對談的困難。不過，總結而言，吃驚之餘我仍然高興我已經向虛無的中心邁進得更近更快，我直覺我會在經過整個黑暗的領域之後，確實了悟那是個必然的過程。

我希望船能夠跑得更快，嗯，我們就要見面了。

我們永遠的朋友　華北

太平洋三號航海日記

一九七四年八月　南非開普敦

王家騏整理自華北的雜記

1

望了望牆上的鐘，羅貴終於在別人的催促下勉強離開牌桌，去駕駛房值班。

「贏還輸？」德安讓了舵輪說。

「姦，輸，輸啊。」羅貴說：「高雄出來到這瞬，我輸掉七八百塊美金，哼，孤大副那兒我就欠四百，你二十呵？」

「二十二，還一條菸，有一晚你跟我借的。」

「那一條菸我有記得。」羅貴說：「嗯，這些人就三副、二管輪和我——」

「三副和二管輪敢是也有欠你一寡兒？」

「都撥過大副的帳咯，哼，算來算去剩沒幾個人的名沒記在大副的帳簿上。」噴口濃煙，羅貴把剛點燃的香菸扔在地板上踩熄。「走幾度？」

「三百屆三百空五中間，大概備到咯。」德安說：「若看到燈塔的火就要叫船長喔，我可再落去贏幾塊，嘻，我僥倖連續這三晚都贏，要沒，我的名莫是也記在大副的帳簿？嘻。」

量過海圖，船長走到船橋去數燈塔的閃光。閃光的次數不符海圖上的記載，但是他相信他們已經抵達開普敦外海；他記得港外有一個小島，此刻，遠處正有一個小島的影子，而且在它後面還有一片銀白色的燈華隱約弄亮出一角夜空。於是，他下令停船等天亮。

除了幾個一時離不開牌桌的人，其他人都紛紛跑上甲板想要觀望他們嚮往的海港；離岸近三個月，每個人都滿腦子浪漫的遐想。兩三個人耐不住心煩，扔了細漁線下海想釣小魚解悶；還一些人貪圖壯陽的海狗鞭，用繩子鈎一個鮪魚頭掛在船邊做誘餌，而抓著標槍躲在暗處。他們始終沒釣到小魚，到夜深了也沒看到海狗；單調、沉悶、寒冷而且有點令人哀愁的夜，使他們困倦得陸續爬上床。

在黎明的風裡，那片夜看隱秘而美麗的海岸露出了荒蕪的原形；他們以爲的港口只不過是一個荒島和海岸之間的峽溝。起錨後，他們沿著海岸繼續航行。海岸很單薄，灰樸樸的岩山幾乎像城牆般的在海岸線上峭立。隨著船的緩慢行進，裹著曦日的雲彩和清晨的薄霧逐漸消散，終於在晴藍的天空中融化得無影無踪，而山腳下同時逐漸浮出色彩清鮮的房舍和沿岸蜿蜒的公路。狂風和怒浪，像噩夢，已經完全結束了。他們也看不到那些陰沉的灰背海鷗；在他們頭上，滿天成排比翼或者放單飛舞著各種各樣的飛禽，而成羣浮游在海面戲耍的海鳥也歡迎般的啁啾不停。

「這遍沒不對咯。」大頭說：「桌山在那兒。」

「你這麼才看到。」船長說：「錨地在那位？」

「錨地，呵，那是你們幹部的得職，喔，那是企鵝。」大頭說：「那就是海狗，姦，這裡這若聚，昨暝卻沒看得半隻。」

「有啦，半暝我有看到，你們都在睏。」陳偉說：「差不多十外隻，遠遠避在暗中，目珠黃黃。」

「是啊，伊們也知樣鞭一支眞寶貴。」大頭說：「而咱們不知樣那一個憨仔在船邊綁魚頭，就備癡想海狗鞭，嘻，有當時人是比禽牲較憨呢。」

「咦，帆船。」

「今兒日一定是禮拜日。」二副說：「蒙巴薩喔，蒙巴薩在那一國？」

「肯亞。」

「對對對，肯亞。」二副說：「那兒天氣足熱，而帆船頂的法國查某，嘖，都穿三角褲。」

「呵，大溪地也有足聚法國查某。」輪機長說：「姦，歸群倒在海灘脫光光笑瞇瞇，伊們講是什麼天體營，我看那意思是欠爽。」

「欠爽也沒你的分。」二副說：「是不是？」

「是啊。」輪機長說：「咱們是呷不著。」

漁船的錨地停泊著四條臺灣漁船和兩條日本漁船；當他們泊好錨，差不多是中午了。每個人都興冲冲的期待領港船來領船進港，可是那些偶爾才出現的小艇總是跑向商船的錨地。

「姦，眞眞是要泊碇了。」望著不遠處的港口，金萬說：「都沒替咱們稍想一下，咱們在外海按那颱風濕雨艱苦備三個月。」

「誰管你們艱苦幾個月。」二副說：「我講要泊碇泊三四工，你們不信，泊一禮拜都會喔，別的免講，那兩隻日本船若是不先入去，咱們這些臺灣船就免想，而查某呵也免想，備想黑的曚想，若備癡想白的就要各自打手槍。」

連續等了三天，陸續又有幾條臺灣漁船和日本漁船從外海進來泊錨；不過，始終沒有任何船隻能夠進港靠岸。

白天，船員忙著敲鐵銹補油漆；晚上繼續搓痲將摸牌九。耐不住心煩，船長也在船長室和幾個船員撿紅點，賭小錢打發時間。

對於這些牌戲，堂盛絲毫沒興趣，每天晚上他喜歡坐在船邊釣龍蝦或螃蟹。那個捕蝦網是彭全編製的，他們盼望弄幾隻龍蝦或者螃蟹來消遣；但是，這顯然不是蝦蟹的季節。有時候他們也把消遣寄望於那些鴿子般大小的灰白色海鳥；那些海鳥卻沒外海那些飢餓的海鷗嘴饞，即使夜裡浮在海面棲息貪圖船燈的暖意，也不肯離船太近。牠們總是成群結隊的浮在燈光外圍的海面隨波逐流，漂遠了就飛出黑暗棲回原處；然後，累了，牠們把頭埋進翼下任海流在夜海中漂得無影無蹤。

「今天應該是禮拜六了？」堂盛說。

「嗯。」望著手錶上的日曆，千印說：「可是人泡在這裡，一點用都沒有。」

「我實在很想回家。」堂盛說：「特別是因爲我在船上一個朋友都沒有，這船上只有我一個外省人。」

「怎麼會沒有，我和寶童都很好相處啊？」

「但是別人都很難相處，而這種生活太苦了，每天就是工作、睡覺，眞不是人過的。」

「嗯。」

他們懊惱的望向港口；因爲船小，視線被防波堤擋著，他們只能看到林立的帆船檣桅和商船的吊桿。至於陸地，他們只能看到桌山；那山各面爬升得十分急峻，但是半途突然齊腰削平，整個山頂就形成一片桌面。山腳下的坡地也非常傾斜，坡地上的住宅排排櫛比馬路也阡陌整齊，路旁停滿汽車頭尾銜接長排得像積木。這一切在夜裡隱約的像幻影，而街燈燿燿瑩瑩圈綴成一掛璀璨的項鍊；富華的光彩直沖雲霄，並且在屺屼的山岩間輝映出崢嶸的墨金色雕面。

「喂！你們兩個趕緊袴落去！」抓著標槍，寶童一路跑一路說：「海狗來咯！」

那兩條海狗從船頭附近的黑暗海面，一路翻著斛斗游進燈光的範圍，來到船邊嬉戲。

「幫我兜看一下，看有巡邏艇沒。」寶童說：「罰五百蘭特是臺幣三萬塊呵。」說著，他用勁的擲出標槍。

那槍射穿了一條海狗的頸子，另一條立刻鑽進水裡一口氣就逃得無影無蹤。被獵獲的海狗，在水裡拚命的掙扎，弄出喧嘩的濺水聲；他們趕忙將牠拖上甲板。在甲板上牠兇狠的對他們裂開兩排利牙，可是敵不過千印的大木鎚；他用勁在牠頭上敲了兩下就擊碎了頭蓋骨，弄得到處血腥。那些鮮血匯成小溪沿著排水溝流出排水孔，一會兒就把附近的海水染成一片汙濁，而血腥味弄醒了成群的海鳥，從海面興奮的飛起來，滿天聒噪。

2

第四天早上，先是一條日本漁船被帶進港，隨後陸續的又跟進幾條日本漁船和臺灣漁船。

他們在第五天下午進港，倚靠南灣碼頭，這是個L形碼頭；他們緊隨在一條同型的臺灣漁船後面停泊在短邊，長邊的碼頭停靠一條陳舊的賴比瑞亞商船和兩條港務局的拖船。臺灣漁船的岸邊停著一輛警車和箱形貨車。三個白人警察剛從船上抓下幾個邋遢的黑人女子將她們載走。

靠好碼頭，立刻有一個廣東人來他們船邊攔兜生意。這個廣東人長得瘦小而且蒼白，精整的穿一身淺灰色西裝，狹長的臉上長著一對小眼睛，看起來很像日本人。

「嗨！你是顏船長呵，我還記得你。」這個廣東人笑嘻嘻的說：「我是小侯啊，你還買我菜吧？」

「不買。」船長以生澀的華語說：「上次我被你騙去了，你在上面放的菜是好的，下面放壞的，姦，你怎麼不藏石頭呢？」

「嘻，沒這種事，大概是老李啦，你記錯了，對啦，你上次不是買我的菜，是買老李的啦，他喜歡這樣騙人，所以現在沒人和他買了，都和我買了，日本船也都和我買了。」

「好吧，那你送我們什麼？」

「嘻，送什麼？」

「水果啊。」二副岔嘴說：「我們好久沒吃水果。」

「水果，啊，沒辦法啦，物價現在漲得好厲害，我們做生意的沒什麼利潤，我生意也小，賺一點小錢而已。」

「小，你什麼小，你只有𡳞屌比人小。」船長說：「你以前開一部黃顏色舊車，現在——你這車是買多少？」

「幾十蘭特。」

「姦，幾十蘭特？好！我一百蘭特給你買，呵，你到底送不送水果？你趕快送一箱柳丁或者蘋果來我們再談生意。」

「沒辦法啦。」

「啊，你不會做生意啦。」二副說：「人家老劉每次送蘋果啊葡萄啊柳丁啊。」

「那，那我也肯，我只要把它算進菜錢裡就是咯。」收斂了笑容，這個廣東人從手提箱裡拿出一份報紙說：「眞是沒辦法啦，你們看，報紙說下雨鬧洪水，蔬菜短收，就是這一欄。」

「報紙有什麼用。」船長說：「英文我們看沒。」

報紙的頭版上大塊的印著一艘導向飛彈驅逐艦，標題寫著：九條英國皇家海軍船艦組成的特遣艦隊，本日抵達開普敦和西門市訪問，並且將和南非共和國的海空軍展開爲期兩周的演習。

「咦，這幹什麼？」大頭搶了報紙，指著圖片說：「打仗了？」

「沒啦。」這個廣東人笑嘻嘻的說：「來訪問的，只是來嚇嚇黑人。」

「嘻，嚇嚇黑人。」翻著報紙的另一版，大頭說：「咦，這是那一條船翻了？」

「那是先豐昌十二號。」這個廣東人說：「上個星期的一個晚上這裡颩大風，一條日本船被吹跑了，跑去撞它一下，一撞把錨鏈撞斷了，他們來不及開船就被風浪打到伍德史特克那邊的礁棚，呵，翻成那個擺平的樣子，人嗎？人還好，現在住在船員俱樂部等飛機回臺灣——喔，海關的人來了，我要走了，這是我的價格表，看看嘛，比較比較嘛，買我的好啦，我過一下子給你們送柳丁來好吧，呵，再見呵。」

那些海關的人看看證件塡塡表格就走了。船員立刻三五成群的下船去溜腳。船長和輪機長這幾天已經不再嘔氣了，有說有笑的帶了幾個船員，提了兩個水桶去海邊撿海貝和紫菜。

「裕榮。」望著他們的背影，堂盛說：「我們什麼時候溜呢？」

「我看我們不能馬上溜，我們應該先把這地方弄熟了。」裕榮說：「我們最好等到最後那一兩天，開船前一天溜我看是最安全。」

「也好。」堂盛說：「我想先去睡個覺，我這幾天都沒睡好。」

「我也是，我們睡飽了一起上街去走走。」

他們在銀行附近吃晚餐，然後去一家溜冰場。

裕榮買了紙盒裝的咖啡坐在階梯狀的看臺上，堂盛租了刀靴在冰地裡打轉，雖然他不會溜冰，時常跌得四腳朝天，看樣子也玩得十分快活，而且只一會兒就能夠在幾個好客的孩童扶持下順暢溜個幾步路。這給裕榮極大的鼓舞；猶豫片刻，他也租了冰刀跑到冰地上去踢踏。他們原來只想在這裡打發一些時間就去看電影，可是一溜卻溜過了大半個夜晚，直到廣播打烊清場。

「嘻。」裕榮說：「這好玩，我們明天再來玩。」

「我們還去看電影嗎？」

「太晚了。」裕榮說：「我們只能逛逛街。」

夜街的店舖在黃昏的時候都關門了，只剩得餐廳、咖啡店和酒店，而舞廳這時候陸續亮起五彩繽紛的霓虹燈。在柔和的夜色裡，大部分的街道也隱約的埋在寂寞的黑暗中，只留得這個浪漫的角落，來往著吧女、船員和一兩個賣花的黑人小女孩。

沒逛出什麼有趣的地方，他們就停在一家小酒店裡喝啤酒。酒店裡有兩個白人在下西洋棋，另一個白人拿著放大鏡在看集郵簿，此外，還幾張檯子分開坐著台灣船員、日本船員和英國水兵在喝酒。幾個長頭髮的日本船員和兩個白人女孩，圍著兩部電動機器打彈子；機器叮叮噹噹的響個不停。酒店裡滿是煙霧和酒味；大部分的人在音樂中輕聲細語的聊天，不過偶爾會冒出一兩聲醉漢的咆哮。

他們才坐一會兒，門口就探進了大頭和學仁。

「喔，裕榮，你在這兒喔。」大頭說：「你眞可惜，你生做媽頭又可再會曉講一點兒英語，嚄，備暗的時瞬，船頂來一隻金絲貓，伊撞報務員的房間撞那些幹部的房間，都沒人在裡，伊轉而走來咱們船員的住艙，結果嘛，賀學仁搶去啊。」

「姦。」紅著臉，學仁說：「伊根本是備騙計程車坐的，一定是在那一隻船即才姦散，備轉來街兒，講什麼備帶我去伊厝 Sleep，害我覺是好運來咯，隨即隊伊走，哼，我那會知伊和計程車司機講啥，House 啦，Sleep 啦，我是稍可聽有，其他 ABCD 那接連聚夥我根本就像鴨聽雷，姦，那計程車等在碼頭早就開始跳錶啊，跳到街兒來夭壽啊十幾塊蘭特，而入去酒吧伊就叫我買一罐白蘭地，酒飲掉咯——姦，卻去賀一個日本人帶走去，我白白了去二十幾塊蘭特，算臺幣差不多千五咧。」

「呵。」裕榮說：「加減你有消磨一點啦。」

「羼啦，消磨。」學仁說：「一支雌門毛也沒摸到，我這瞬即是備找伊，若賀我抓到我一定打屆奉伊嘴齒沒掉掉。」

「姦，有這款憨呆。」大頭說：「到嘴的鴨兒卻賀伊飛去，嘻，若是我，我才不會奉伊落碼頭，我在住艙即備給伊疊在瞑床插著裡，奉伊雙腳軟軟走不去，嘻。」

「是啊。」學仁惋惜的說：「但是咱們船員的住艙那款亮光床，腳手那會放得開，嘻，根本就沒辦法辦什麼大得職，啊，息息去，這兒有什麼好呷的？」

「牛排。」大頭說。

「牛排沒意思啦。」學仁說：「來去金龍餐廳炒幾項兒菜飲燒酒，我請你們。」

「金龍門關咯。」裕榮說：「我們即才位那兒過。」

「嗯，這開普敦實在沒趣味。」望著那個玩電動玩具的白人女孩，學仁說：「粹查某都賀日本船員兒牽去咯。」

「是啊。」大頭說：「這一暫兒入港不是好時瞬，這一暫兒日本船都在下面抓黑鮪，船都集在開普敦，甭講找沒查某，萬一臺灣船員和日本船員又廝打惹事，咱們若不小心在暗路奉人屠一刀就加衰。」

「廝打，嘜，那我上愛。」學仁說：「我就不相信我會找沒白人查某，行，咱們過再來去舞廳。」

「我才不去，我憨呵？」大頭說：「我錢備坑在口袋底兒燒，嘻，我清裁找一個黑人或是雜種的，反正都是一個孔嗎，呵，我看你還是不好去舞廳較順，屆時酒飲掉查某又和日本船員走，你看得會吐血，開普敦我太熟咯，我知樣，你還是乖乖兒等後航海入港，那當瞬日本船沒半隻，那些臭雌門起癢就會各自爬來船裡找你爽，嘻。」

他們繼續在那裡喝悶酒，然後酒店要打烊了；在裕榮的再三催促下，學仁才死了心隨他們鑽進計程車。

幾乎所有的人都在船上；大家圍著船員住艙那張餐桌的一角，用縫衣針挑食海邊撿來的螺肉。除了聚精會神打牌的人，其他人顯得很沮喪；尤其那些年輕人，過新年般的穿著新衣服，臉上卻露不出半絲喜色。他們疲倦卻不肯上床；守在那裡，好像住艙的後門隨時會出現奇蹟。

最後，在一陣嬌笑聲中，住艙的後門終於冒出兩張臉孔，差澀的走下兩個頭髮鬈短的黑人女人。

「喔。」清江說：「頭前這個奉我。」

「免想！」隨後進門的廚子緊張的說：「頭前那個是我的，伊們是我帶來的啊！」

「喔，簡直是什麼寶貝。」清江說：「那臭頭爛耳，你各自去通呷，去自摸喔。」

3

那些黑人工人收拾了卸魚的工具就陸續走了，而那個法國人整理好魚貨的數量紀錄也隨即開車離去。下了幾天雨，卸魚的工作斷續拖了幾天，換了幾個碼頭；現在，終於結束了。進港的日子並沒先前聽聞的刺激；更多的閒暇使船員覺得更加愁悶，因此，他們更加熱烈的聚賭。

「大的。」羅貴說：「可再，可再借我一百怎樣？」

「一百？」大副數著剛贏的美鈔說：「你已經欠我千外咯，我看你還是去和船長參啇，我這些錢有別的打算，坦白講，明兒後日我備去買一顆鑽石手戒，寄人帶轉去高雄賀寶琴，我順手備寄奉伊一寡兒錢。」

「嘻，你這遍是備戲眞的呵。」

「老咯。」大副說：「好收腳咯。」

「嗯。」羅貴沉吟了片刻說：「船長我看是不可能會借我。」

「咦，你會當借你的安家費啊？」

「喔，對啊，我還有安家費。」搔了搔腦袋，羅貴勉為其難的說：「我來去試看覓。」

離開大副的房間，羅貴在走道猶豫的抽了兩口菸才能鼓起勇氣去探船長的房門。船長正在埋頭檢算卸魚的清單；他希望能夠核算出錯誤，可是算來算去就那麼七十七噸。

「船長。」討好的遞上菸，羅貴笑著說：「我有一件得職，備拜託你幫忙。」

「什麼得職？」船長板著臉說：「想備借錢啊！」

「嘻，沒啦，我想備調用我各自的安家費。」

「你什麼安家費？你的安家費敢是坑在公司奉李經理幫你放利息？」

「是啊。」羅貴說：「你知樣我是沒爸沒母的，簡單一軀人，呃，以後我，自這麼起，我想備給安家費轉來做國外的借支。」

「這不是我的得職喔，我不可能隨便借你喔，你得要先寫批轉去和李經理講清楚，叫伊回批或是敲電報來，我才有一個憑據啊。」

「好啦，嘻，我會寫批轉去，而這番就拜託你先借啦。」

「我沒法度喔。」船長說：「我根本就不知樣你們是按那約定，而你的安家費是領好多。」

「沒什麼約定啊，就按那每個月二千五坑在銀行開我的戶頭生利息啊，二千五算美金是六十幾塊，我三個月，呃，我先借百八塊啦。」

「我不知。」船長說：「我不備管你。」

「啊，拜託一下啦。」

「唷，跟你講沒辦法就是沒辦法。」說著，船長又低下頭去加算桌上的單據。

羅貴繼續站在旁邊裝笑臉說好話，可是船長始終不領情；在片刻的沉默後，他突然走開幾步變了臉色破口大罵：「你這款船長實在甚刻薄，甚差勁，都不會替我們船員設想，不備給我們照顧，你各自憑良心講，若是沒我們船員拚命工作你船長那有錢賺？」

「姦，講癡話，沒我船長你們知樣備去那位抓魚？你們知樣鮪魚泅好深？」

「什麼了不起？不要借就不要借嘛！」說著，羅貴氣沖沖的走出船長室，跳上碼頭。

這時候天色已暗，在碼頭上走了一段路他順道攔一部計程車去街上的金龍餐廳。這家廣東人開的餐廳，位於幾家舞廳和酒吧附近，夜裡總有些生意，不過店裡就老闆一個老頭子和他老婆，兩個人身兼廚師和夥計。

「老闆。」羅貴笑著臉說：「你還認得我吧？」

「喔，當然當然。」望了他一眼，老闆繼續在刀墊上剁蒜頭和葱花。「你們又來喝酒呵。」

「沒啦，今天晚上只有我一個人來，我是想，呃，你要不要找一個人幫忙，我以前在臺北，在餐廳和飯店都做過喔，我也學過你們廣東料理喔。」

「那好。」老闆高興的放下刀子，拿抹布擦著手說：「你能不能幫我開一些菜單，一些你們臺灣船員比較愛吃的。」

「呵，我看我就在你店裡工作算了，你年紀大了，頭髮都白了，何必這麼辛苦。」

「我請人不起啦，人工貴，而且你在船上工作啊。」

「我可以跑下來。」羅貴說：「我不喜歡在船上工作。」

「那不行啊，你跑下來，船一開移民局就會來抓你。」

「喔，我可以先躲幾天啊。」羅貴興奮的說：「這可能改變我的一生喔，也可能為你賺大錢喔，我願意拿很少的錢為你拚命工作。」

「那沒辦法，我藏了你是犯法的啊。」老闆說：「眞正沒辦法啦。」

「好吧。」羅貴羞紅了臉說：「給我炒盤牛肉，炸兩個雞翅膀。」

「要什麼湯？」

「呃，不要湯，我喝啤酒，給我兩瓶啤酒。」

過度沮喪，他沒胃口吃那兩個雞翅膀，即使那盤牛肉他也只嘗了幾片。老闆善意的要給他兩個塑膠袋裝那些東西，但是他故做姿態謝絕了，付錢也不要找零頭。

「這不好意思啊。」

「不客氣不客氣。」羅貴挺著胸脯說：「我是單身漢，錢多花不完。」

街上不知道什麼時候下起了毛毛細雨；走出餐廳，他點起一根菸，站在街邊發呆。他盼望看到熟人，可是沒誰瞧他一眼。站了片刻，把菸扔在街上，他大步的走向一家義大利酒吧。酒吧裡坐滿了外國船員、日本船員和吧女，另許多人站在吧臺邊和走道上拍著手掌欣賞兩對年輕舞伴在跳希臘舞。吧臺上堆著一疊碟子；不時的，有人買了去往舞池裡扔，扔碎了那些助興的人就給予更熱烈和更急促的拍掌聲。禁不住一陣衝動，他一口氣買了十個碟子一起往舞池裡扔。有幾個女孩對他用勁的鼓掌，這使他得意了片刻；然後，再沒人留意他了。

跳完了希臘舞；幾個長頭髮的歌手關了音響並開始擊打電吉他和鼓鈸，同時激動的唱起歌來。許多人立刻成雙成對的離開座位，一會兒舞池就擠滿了瘋狂亂舞的軀體。他趕忙搶了一個吧臺邊的高腳凳，坐在上面和吧臺裡邊的女孩要一瓶白蘭地。

「你是日本人嗎？」

「啊？」溜一眼那女孩豐滿的乳房，他瞇著眼睛傻呵呵的笑。

「你是日本人嗎？」

他結結巴巴的用英語單字和手勢表示：他不知道。

有一陣子那個女孩沉默的陪他喝酒，接受他殷勤奉獻的香菸，偶爾也親暱的對他做做鬼臉。

「今晚，呃。」他又用手式和英文單字說：「你我去睡覺。」

那女孩比了五根指頭，或者是什麼手式。

「OK！」他說。

他興奮得心頭發熱，同時酒氣開始醉進腦裡。他想振作起來盯住那個女孩，可是慢慢的抬不起頭來，而且趴了幾次竟然就在吧臺上睡去了。有一次，他忽然被歌手的怪叫聲吵醒；抬頭一看，吧臺裡面那個金色頭髮的女孩已經換成一個棕色頭髮的。再次被吵醒的時候，他又發覺吧臺裡面只站著一個眼露兇光的胖漢。最後，他被這個大胖子搖醒來告知：酒吧要打烊了。他聽不懂這個大胖子說什麼，但是隨後亮開來的燈光，立刻使他看清楚：酒吧裡的人已經走光了，只剩得到處的空酒瓶、鋁罐、碎碟子和垃圾。

揉了揉額角，喘了幾口氣，他勉強的爬下高腳凳，搖搖晃晃的走出門。夜風當面一吹，他立刻蹲在路邊對著潮濕的馬路嘔吐；這一吐使他略微清醒了。

「喂！羅仔！」

他抬起頭來，看到一部計程車停在街的對面；金萬正在窗口探著禿頂的腦袋對他招手。

「我找你找歸晚咯。」金萬說：「你避在那兒？」

「呵。」鑽進車子，羅貴說：「我在那家酒吧飲酒啊，姦，我一個人飲一罐白蘭地，你找我做啥？」

「你敢是有想備偷溜？我打算備去尼岸戈，避在仙蒂菈伊們厝，我已經和伊講好咯，我就是備找你問這件得職，兩個人聚夥走較有伴啊。」

「嗯。」猶豫片刻，羅貴說：「你當時備走？」

「這瞬啊。」

「而你行李呢？」

「沒啊。」拍了拍腰帶，金萬說：「我簡單帶錢，那幾領衫和棉被根本就不值錢，坑在船上顛倒好，按那伊們才不會甚早發現啊，呵，你錢都帶在身軀呵？」

「姦，我剩沒幾塊。」猶豫了片刻，羅貴說：「而這晚咯你知尼岸戈按那去？」

「我有地址，仙蒂菈有抄奉我一張地址。」金萬把那張字條從口袋裡掏出來。「咱們拿奉運匠看伊就知路啊。」

「嗯，行喔。」羅貴說：「就按若行喔。」

起先沒誰猜想他們開小差，大家只想他們是賴在什麼女人的床上，而抱怨他們沒有按時回來值班。第三天早上才開始有人懷疑他們的去向，並且幸災樂禍的把這件事做爲對船長和大副的挑釁，甚至於有人興風作浪的謠傳立刻還會有人跟著開溜。

「誰敢過走，我就舉刀給伊屠。」大副當衆這麼表白。

這天下午，爲了加強示威的效果，大副還特地拿出一把武士刀，在船員住艙附近的工具房用砂輪把刀磨亮，弄得一陣刺耳的悽厲聲音。可是，這天夜裡的什麼時候，堂盛和裕榮還是悄悄開溜了；他們將自己所有的東西，包括棉被、雨衣和雨鞋都弄走了。因此，鄰床的人一早醒來就發覺空床的怪異。

連續兩夜溜了四個船員，船長深深的感到挫折和羞辱；表面上裝著毫不在意，甚至於憤恨的在船員面前詛咒這四個開溜的人，並且發誓要找移民局的人把他們抓去關起來。事實上，他眞是心慌；一口氣少了四個船員大家將會工作得很吃力，這會使亂了秩序的船員更加混亂。此外，他也擔心這些開溜的人會和漁業局駐在開普敦的專員告狀說他壞話；雖然他並不覺得自己有什麼失職。

吃完早餐，他私下和大副說：「爲禮，呷飽後你去街兒巡巡，若是睹著裕榮和堂盛，無論如何你都要勸伊們轉來，若是睹著羅貴和金萬就免睬伊們。」

整個早上大副和德安在碼頭外的大街小巷裡逛；德安認爲找開溜的船員和自己不相干而

心裡有氣，大副也在生悶氣。一路上，大副沒發一言，只顧放開腳步瞇著近視眼到處張望。

「唉！」德安終於忍不住停在一家珠寶店的窗旁歇腳，埋怨的說：「我看你還是先去買你備送寶琴的鑽戒，你按若黑白行黑白看敢有什麼路用？而且你身體也不是蓋勇啊，你按若憨憨兒行，我不倒你各自恐驚會先倒啊。」

「那不要緊。」一邊喘氣大副一邊說：「你最好是帶我去給伊們找到，要不，領事館的人會找你討人。」

「找我討人？姦，伊們各自備溜鑽和我有什麼關係？」德安噘起嘴巴說：「什麼我老船員老油條，黑白講，我根本就沒使弄伊們偷走，我那會拖你後腳？咱們是二三十年的好朋友啊？」

「不是我講的，是誰給船長講的，而船長講伊備去領使館報告你使弄船員偷走。」望著櫥窗內一只閃亮的鑽戒，大副說：「你可再想看麼，伊們可能會避在那位？」

「呃。」

「你一定想有，來，咱們可再繼續行，若行若想。」

「唉，我坦白給你講，若是羅貴和金萬我稍可會當想，但是裕榮和堂盛我就眞正無法度。」

「那不要緊，那兩個人雖然腳手眞猛，但是加做一點兒得職就備哭備啼，話屎厚，備走就賀伊們走，你別管伊們，你這瞬簡單想羅貴和金萬可能會藏在那位就好啊。」

「但是船長根本就不備要羅貴和金萬轉來啊，伊簡單要裕榮和堂盛啊。」

「唉，船長這個人你也知樣，做得職全沒譜啊，你別管伊，你照我意思辦就對啦。」

「好好好。」德安說：「咱們轉來去問另外那兩個黑人查某就知。」

他們只花了一蘭特就從那個黑人女人弄到仙蒂菈的地址；同樣的，他們將寫上地址的紙條交給計程車司機，讓他將他們載到尼岸戈那個黑人住宅區。

從門縫裡探得德安，那個名叫仙蒂菈的矮胖黑婦立刻打開門以笑臉相迎，並且高聲的喊金萬和羅貴，告訴他們來了朋友。這兩個溜船的人正在廚房弄午餐，聽得朋友來立刻熄了爐子跑出來探望，看到迎面來的是德安正要眉開眼笑，卻又看到隨後進門板著臉孔的大副。

「備那兒走！」大副忍不住的放聲大吼：「走備那兒死！喔，你們癡想避在這兒，移民局的人就抓你們不著喔？免癡想！我跟你們講，船隨開移民局的人就隨來抓你們，抓去關七個月，續落，哼！你們厝的人若沒寄錢來買飛機票，你們就要永遠和黑人關聚夥！」

「這我們知。」金萬不慌不忙的說：「我們根本不想備在這一世人，我們簡單想備轉去臺灣——」

「轉去臺灣，姦，」大副跺著腳說：「你們你們你們，我那一點給你們失禮到，喔，你們歡喜就跟我借錢，不歡喜就想備走，而連招呼一下都無？做人按若敢對？」

「我那有備走你的錢。」金萬說：「兩千塊臺幣有什麼好走，又不是講兩千塊美金就稍可以走哩，我有按算你以後轉去臺灣還你啊，或是來去高雄寄你們寶琴，但是我不行講啊，若講我是備按那溜？唉，我眞正沒什麼意思，簡單想備轉去臺灣，我年紀大腳手慢大家嫌我笨拙。」說著，他忍不住嗚咽起來。「像這航海最後那幾工，我絆倒撞到胸腔，痛屆爬不起來，船長還罵我假死，我這瞬還在痛咧。」

「呃……來來來，呷一支菸……一支菸也客氣？好啦好啦，啊，哪，羅仔，你也來一支。」緩和語氣，大副說：「憑良心講，這遍咱們走的所在，風湧都眞大，但是咱們這瞬是不是還好好駕在這兒？出來行船就是備拚一下，痛苦，好大的痛苦也是會過去啊，進港就要好好兒享受，看是備看電影，備飲酒，備呷牛排還是備開查某，喳，這遍日本人甚聚咱們開不著白的，但是後航海進港就有咯，總講一句，我是爲你們好才走來找你們轉去，呃，你們在做什麼黑人呷的這什麼？爛糊糊，像屎，鞋子穿著，我帶你們來去金龍餐廳好好兒飲一趟。」

「我已經跟船長反面啊，我沒面轉去啦。」猶豫片刻，羅貴沉下臉說：「我也不想備轉去，我欠你的錢，那一工你轉去東港那一工我隨會還你，或是我拿去寄寶琴，這瞬我沒什麼法度，我簡單一條命。」

「姦，你講這什麼話！」大副又板起臉來咆哮：「你免加講話，我帶你回去保證船長不會跟你嚕嗦，借安家費的得職我也負責跟你辦好勢，好啊，我好話踏到這爲止，怎樣？金萬！」

猶豫片刻，金萬說：「我看羅仔的意思。」

「伊會有什麼意思？」指著羅貴的鼻子，大副說：「別人我不敢講，若是伊啊，根本就沒人會寄飛機票奉伊，伊若是敢留在這兒，伊永遠就要關在籠兒內。」

羅貴皺起眉頭，大口的抽菸。

「怎樣？」大副不耐煩的大吼：「沒人備講話啊？都啞口啊？」

「好好好！」大聲嚷著，羅貴掏出一條疊得方正的白手巾拭了拭潮濕的眼角，然後賭氣的把它扔進垃圾桶。

羅貴不願意去金龍餐廳也不肯去任何地方，他們就搭車直接回碼頭。

看到這兩個溜船的人垂頭喪氣的可憐相，大夥兒紛紛上前去給他們打氣；金萬忍不住又流下眼淚，而羅貴面無愧色的就爬上牌桌。

「錢有沒？現金喔。」三副玩笑的說。

「姦，放心，爲禮保證給我借來。」拍了拍三副的肩膀，羅貴的說：「你呵，森木先生，你得要趕緊落去換我來喔，你有現金沒？對啊，而我的現金在船長的口袋兒啊，嘻。」

在一陣哄笑聲中，三副立刻被大家趕下牌桌；因爲桌上任何一個人都是他的債頭，三副自討沒趣抹了抹臉就走進住艙的走道。住艙裡誰的床舖正在咯吱作響，夾雜著女人的呻吟。他的床上，在床簾後面也躺了一個黑人女孩；被警察拔了門牙，這個女孩一笑嘴唇間就露出一個窟窿。她赤裸著身子，只在下身橫蓋一條被子；看到他回來，她立刻坐起來吵著要可樂解渴。拿不出可樂，他嘻皮笑臉的站在床邊解衣褲，但是她抓住他的頭髮不肯讓他爬上床。他一會兒涎著嘴臉討好一會兒故作怒狀，都無效。覺得沒趣，他呆了片刻，忽然從床墊底下摸出一把切魚片的刀子。

「媽咪。」那女孩掩著臉，嚇得畏縮成一團。

「免驚免驚。」拍了拍她的屁股，三副把刀子插進腰帶，穿上夾克把它遮著，然後離開住艙去找船長。

船長正在房間和金萬聊天。

「我們新船員兒那會知按那偷走。」金萬說：「都是德安在使弄，未入開普敦就在使弄我們走，講什麼大家同齊走就沒得職，什麼魚價位一千三四百落屆七百，而油價卻漲三四倍，咱們無論按那打拚都賺不到錢，什麼這兩年一定會白走一遭，越早轉去找頭路是越早好。」

「沒要緊啦，轉來就好啦，我不會怪你啊，過去的得職免講啦。」船長說：「但是你們船員兒有一寡兒想法實在不對，比如講你們嫌每日吃雞吃魚吃肉，沒青菜，呵，青菜你也知樣根本就沒辦法凍甚久，出港兩三禮拜就會爛掉掉，這啊，每一隻船都相款，我還好咧，若是睹到會呷菜錢的船長呵，你們免講想備呷青菜，雞啦肉啦都免想，也沒那款小尾魚兒，三頓就菜脯啦蛋啦，鮪魚啦，是海豚或是鯊魚咬剩的鮪魚喔，而湯呵就那鮪魚頭啦旗魚頭啦，那會像咱們雞啊肉啊，小尾魚煎屆那好呷還不呷，一盤盤倒落海，你們講我們幹部罵人罵屆甚惡，這難免啊，有當時工作間心急，講話嘛——喔，森木來咯，你問伊，我們以前共在一隻船跟人做船員，人不歡喜就拳頭母擂腳尖踢，而我們連哼一聲放一屁都不敢，還敢講什麼工作甚過重風湧大性命危險？憑良心講，你們若是在陸上找有好頭路，你們會來楨風湧？反正你們講什麼都沒甚道理，既然出來啦——你們若是去漁業局的專員或是領事館那兒去報告，伊們緣那也是會跟你們按若講，想看麼一下，若是船員兒不歡喜就想備走，咱們臺灣這些出國的七八百隻遠洋漁船是備按那工作，是不是？」

三副趕忙接了嘴說：「是啊，按若講眞有道理，呵，船長，可借我一百好否？」

「啊，你也備來一百？」船長說：「你們幹部入港一人是借一百，我特別借你兩百，你，姦，你備過要一百，你喔，我一直叫你不好博，而你一直在博，你喔，你去死好啦！」

「哼！幹部，伊們那款幹部是備按那跟我比？我以前給人做二副，這番降級給你做三副，不是我腳手壞呢，是你強拜託我的呢，要不，憑我的腳手我去那位都是做大副的材料哩，是不是？是不是？呵，你憑良心講，我，爲禮和淸海，誰尙爲你拚命？你算看麼，我每日替你切好多魚片？省好多魚餌？那秋刀魚一箱是四十塊美金呢！哪，金萬在這，伊來講，奉伊講一個公道。」

金萬只是曖昧的微微笑著，不過，忽然想起什麼，激動的說：「有樣，若講做事，大副和二副眞是差眞多。」

「無論按那講，我過再借你一千也無效。」船長說：「你這瞬正手拿去，揑睒兒倒手就奉人贏去。」

「呵，免借屆一千。」三副說：「阿彌陀佛，一百塊就眞贊咯。」

「你在鼾眠。」船身說：「你各自坦白講，你入港借的二百塊是按那用掉掉？」

「我什麼也沒用啊，明兒後日備出港啊，而我連放屎的衛生紙也沒錢買，我算奉你看，呃，大頭五十塊——」

「大頭什麼五十塊？」

「還伊錶兒啊，姦，在檳城我跟伊借一個錶兒，才當四十塊馬幣而伊備給我討五十塊美金，心足兇。」

「你才是心凶咧，去檳城你早慢會死在海漧路那個漚婊的眠床頂。」船長說：「你喔，你若是對你的太太有那款熱情的一半就好咯，咦，另外百五一定是還局錢，死好！爲什麼我免還人局錢？報務員免還人局錢——」

「咦。」瞪大了眼睛，三副說：「你們沒博局啊。」

「你這個好呆！還敢突目珠駭人，你比人較有學問啊？你喔，你若過再博落去，你太太就要背皮包兒去旅社上班咯。」

「嘻，沒那衰，我太太賣菜就已經眞好賺啦。」

「眞好賺？屆時不好連累著你查某囝，也去市政府後面脫褲奉衆人騎，那就正是眞好賺。」

「呃……姦。」忽然脹紅起臉，三副說：「我沒法度啊，我運氣壞啊，我轉去好啦，請你寫一張同意書奉我轉去高雄啦。」

「又在空想夢想，哼，實在有夠呆，眞正大好呆。」

「啊，拜託啦，我雙腳給你跪啦。」

「按那做，我不會公平啊，你沒破病，腳手也沒斷啊。」

「拜託啦，你各自跟我約定好的啊，當初你找我來的時候，講我若是在太平洋三號做了不會如意，你隨時都會開同意書奉我免錢坐飛機轉去高雄，這瞬你卻講這款沒良心的話，哼！你拜託我有，我拜託你沒，你按那做人那有公平？」

「姦。」船長氣白了臉說：「你這個好呆。」

「要沒，我備走喔。」

「走啊，有膽你就走。」

「我。」突然從腰帶裡抽出那支扁平的長刀，三副說：「我有帶這呵。」那把刀子在燈光下有些閃亮，而三副熬夜的眼睛看起來有點紅腫；船長畏縮的退了幾步，大聲喊著：「你備做啥！」

「呵，沒啦。」摸了摸刀刃，三副傻呼呼的笑著說：「駭假的啦。」

「嗯，你這個癡仔。」船長疲倦的說：「過再博落下，你眞正會起狂，你好心些好否？再給你借五十好了。」

「嘻，多謝，多謝。」

李梅岑致華北

一九七四年八月　由船務代理行 Marvell Andrew 先生轉交

我們永遠的朋友華北：

從檳城寄來的明信片和信都收到了，時間過得眞快，那差不多已經是三個月前的事了。明信片裡的檳城街道使我悶了兩天，然後接著來的那封信——嗯，我曾經把那封信再三的讀了幾遍；事實上它是個謎題，弄得我又連續失眠幾天，身心非常疲倦。

請原諒我說得這麼見外，這麼自私，因爲那時候我實在沒有再多的心神能夠承擔任何打擊。

我已經不再去猜想你的心意，我也離開 Sea Point 許久了。這些瑣事暫且不談。

很高興你能夠寫出內容那樣豐富的信，從那封信裡，我能夠看得出來雖然你的思路仍然有幾處猶豫的岔口，但是顯然的你將會繼續前進，並且弄淸楚一個方向。那時候，親愛的朋友，我們將發覺我們的道路竟然還是不相同的。因此，爲了你的幸福以及我——就算是自私吧，我決定就這麼寫這封簡單的信和你道別。

當然，我會時常想念你；我們是永遠的朋友。

我再沒什麼多說的，呃，我或許應該提醒你，我並不是故意特選你要進港的時候寫這封絕情的信，事實上我兩個多月以前就決定這麼做了，而這些日子你都在海上，我無法和你連絡。此外，我也一直在等你進港，想和你見個面握個手。我們多少年沒見面了？但是我最後還是狠下心來。我想，我們的見面將會使你再度混亂；我了解你，我非常了解你。

你也不必到處找我，明天到你們的代理行轉交這封信以後，我就會離開開普敦。坦白說，我是故意的，就是我前面所說的自私，眞的，你的混亂和我們的友誼可能腐化我的思想，削弱我的意志，使我軟弱無力，而且你會——你可能會變成我的負擔。至於所謂的爲了你的幸福，我的意思是你應該回家去，忘掉你的苦難，不要再自哀自憐。做爲我們這個時代一個尊貴的心靈，眞正富理想而且具善意，你實在有完全的權利去過世俗的生活。再說，我也必須慢慢的試探那些黑人的圈子；或許從那裡我可以找出一條路。所以，你眞不必到處找我。

無論如何，你這樣自我放逐在海上，眞是不必要的災難。好在這場災難已經接近尾聲；在你的信中我看出了跡象，這好，在我記憶中你原本具有斬釘截鐵的能耐，現在我終於又隱約聽到一點聲音，看到一些迸跳的火星。

至於我，在這樣的挫折之後——喔，我是指慌亂的跑來南非之後，無意中倒是有一番新的領悟；在這種背水一戰的困境中，我反而能夠較深刻的思慮許多問題。無論如何，我將不再如過去那般空談漫無止境的論理；我只想行動。如果人類眞是理想的墳墓，那麼我應該把人類埋在裡面，把理想刻在墓碑上；無論那是那一種理想。

最後，讓我再提醒你，事實上你是一個非常清醒的人，但是正因爲這樣的透明，你將自己陷在一種眞空的狀態，任何東西都可以包容，結果在時間的暫停之中你變成了一團混亂。這點，你終於開始明白了。

祝福你，我以最深厚的祝福和你道別。

我們永遠的朋友　梅岑

華北致李梅岑

一九七四年八月　由船務代理行 Marvell Andrew 先生轉交

我們永遠的朋友梅岑：

沒能在開普敦遇到你，使我詫異而且懊惱；親愛的朋友，我眞希望能夠直接和你對談。事實上，我最近所想的所寫的，全都是以一種和你對談的方式在我心中和我自己對談；這種方式能夠使我緊抓住我所困惑和苦惱的中心，使我覺得勇敢而且舒坦。

那天下午船靠開普敦的時候，我以爲會在碼頭上看到你，然後我招了一部計程車跑到 Sea Point，然後我到船務代理行去；啊，我終於有你的信息，可是，唉，是那樣的一封信。

晚上，我到街上逐家舞廳去找 Sakura 小姐，那時候她在一家希臘酒店喝得酩酊大醉。她說你們已經分手十幾天了，不過她正打算去移民局檢舉你，把你逮住；因爲她懷了你的兒子或女兒。可憐的女人，她哭得很悽慘。我給了她五百美元，請求她不要檢舉你，然後我們一起找了幾個地方；天知道你在那裡。是的，如你所言，她灌了太多的啤酒，看起來有點發福，不過這個漂亮的希臘女孩本性還不壞，我同情她的遭遇；喔，我是說我同情她以前的遭遇。

你把我搞瘋了，坦白說，你弄得我很惱火。在某些時候你粗暴而且傲慢，故意的或情不自禁的，因此顯現了性格上的缺陷；這點會傷害人，而且使我失望。喔，我太激動了，請你原諒，我眞不應該這樣說你。但是我沒辦法，我眞是被你狂亂的情緒弄得心神不寧。事實上你差點把我急瘋了；因爲基本上我是個有病的人，絕望這樣的病症已經或許完全的侵蝕到我的骨子裡，使我軟弱。這樣，雖然我仍然能夠，有時候，頭腦清楚的給自己清理出幾條道路，可是總是只能蹣跚的走到岔口。因此，我是渴望依賴你的友情和意志，跟隨你的步伐，或者從對談的撞擊中找出自己的方向；可憐，我竟然混亂到這種地步。

昨天晚上我覺得很沮喪，躺在床上輾轉難眠，並且因爲沮喪而心底發冷；這使我又在發狂的邊緣冒了一次危險。這是第二次了，所以或許我可以小心的慢慢的將它描述一遍。那些醫生的警告是對的；他們都勸我老老實實的住進醫院，接受臨床的觀察和治療。他們說精神病有好幾個層次，而無論在那一個層次，一旦爆發開來都會難以收拾；我就像是在顚簸的山路上駕駛一輛狂奔的馬車。整個情況是這樣的：我平躺在黑暗的房間裡，因爲沮喪和憂慮，或許過度了，突然間我的腦子裡螢光幕般灰灰白白的亮起來，而一些銀白色的星點急速的到處迸跳。我立刻想起我第一次的經驗，趕忙抬起手去按床頭燈的開關，可是就像第一次的時候那樣，在這個片刻，我竟然抬不起手來，我想呼救，嘴巴也張不開。那些星點繼續在我腦子裡到處迸跳，而我發覺甚至於我想睜開眼睛也無能爲力。我該怎麼說呢？或許我可以說我發覺我的意識開始要錯亂了，同時我直覺我應該像上次那樣哼一條曲子或趕快做一件什麼事，來穩定我似乎已經開始崩潰的意識。我恐懼起來了，因爲我弄不出一點聲音；於是眼淚自動流下來了。老天保佑我，我祖父的影子突然在我腦海中出現；在刹那間的清醒中，我趕忙伸手去拍擊床頭燈的開關，爲我弄出一片光明。

我感激並且慶幸這個再次劫後餘生的經驗，不過我眞正恐懼那時候的孤獨和封閉；我立刻帶著毛氈離開房間，坐在駕駛房的角落看海。

我祖父喜歡看海，是的，我想起來了；他喜歡看海。當然，住在街上他也可以看到海，但是，那只能看到基隆港的港灣。他喜歡看水平線，這也是他晚年住在你們村後那山坡上的原因。我不確定爲什麼他時常望著水平線而滿眼淚水，因爲晨曦和夕陽都使他同樣傷心。那個最後的夜晚，像往常一樣，他在臨睡前又走上陽臺去看幾分鐘的海；像往常那些夏日的夜晚一樣，海面上也稀落的散佈幾處漁舟的夜燈和漁火。可是，遠處的港口，一條客輪在輝煌的連串的舷燈環擁下，像一朵睡蓮，緩緩的漂進黑色的大海。突然間，在一陣昂長的船笛響過之後，我聽到他呻吟著喊我的小名。我試著抱住他傾斜的身體，可是我只是一個小孩子；我抱不住他而且被他壓倒在地上。我說：爺爺，你怎麼了？他說：傻孩子，爺爺就要死了，你長大後要做勇敢的人，要愛你的國家。

聽說他要死了，我大吃一驚；我趕忙從地上爬起來。那天晚上我姑姑不在家，我趕忙打電話回街上去找我父親，可是沒能找到半個人。我趕忙又跑上陽臺去看我祖父，這一會兒他已經安靜得無聲無息。我抬起頭來望那條客輪，她已經駛進了陰暗的水平線，只剩得半條船的身影。

昨天晚上我是睡在駕駛房那個角落，早上天色才亮開一會兒，我就被兩條在船邊戲水的海狗吵醒。當然，我仍然盼望你會在碼頭上出現，好像你是從什麼遠地趕夜車回來開普敦。可是碼頭上沒有任何行人，附近船上也沒個人影，只有幾隻野鴿子走在倉庫邊撿食遺落在地上的麥粒。爲了平靜我的情緒，我特地走到倉庫後面的海邊散步。我在那裡隨手抓了幾把紫菜，並且撿了幾個大海螺；嗯，那是有趣的事。當太陽從水平線上浮起來的時候，我正好坐在一塊石頭上沉思。我眞是沒藥救，我總是沉思，而沒有行動。然後，我發覺海潮已經無聲無息的上漲了許多，並且在我端坐的礁石和海岸之間形成一條海溝。我想起了臺灣海峽，並且在這個想像中弄清楚了，現在，它是你我之間，複雜的說，也是我和我自己之間的一條鴻溝。我覺得有些悲哀，喔，主要是那時候一隻盤旋在我頭上的海鷗的啼聲，使我覺得有些悲哀。

我無意中談到正題了，但是我無法繼續談；這會使我沮喪，而我仍然心寒昨晚的經歷。我爲這個第二次的發狂的襲擊，感到十分震驚；我不知道下一次我是否能夠仍然幸運。而且，我也不能再寫了。我們將於兩個鐘頭之後離開開普敦。

船長說，下一次我們將會在象牙海岸的阿必尙港卸魚和補給，然後，我們可能會回南非，也可能會北上到歐洲腳下的堪那利亞群島。如果我們北上，以後我們就會以拉斯巴馬斯港做基地。當然，最後我們一定會回到開普敦，那樣我們才可能再相見。無論如何，如果你想和我連絡，找代理行那個 Marvell Andrew，他會找人發電報給我。

我再沒有什麼話說了。再會。

我們永遠的朋友　華北

太平洋三號航海日記

一九七四年九至十二月　南大西洋/象牙海岸

王家騏整理自華北的雜記

1

差不多是南大西洋的春天了，七八十條臺灣的鮪釣遠洋漁船因爲魚群逐漸散失，有的追著改向西北的海流航往南美洲；有的遠航北上越過赤道，再遠航到地中海海口下面的堪那利亞群島，等候北大西洋即將改向東北的海流；剩下的船繼續留在南非外海觀望，不過漸漸的也都離開惡浪連天的海域。

滿臉憂愁，船長盤腿坐在駕駛房的角落，而輪機長和三副嘻嘻哈哈的笑談他們在開普敦的黑人女孩。船長認爲他們的嬉笑帶有嘲弄的惡意，就一聲不響的跳下座位，走進自己的房間，但是惱火的用勁摔上門。

「嘻。」回頭望了一眼，三副一邊聳肩一邊和輪機長做鬼臉。

「魚來咯！」輪機長在窗口放聲大喊：「來咯！發財咯！」

甲板上的船員沒在駕駛房的窗口看到船長，明白輪機長的惡意就互相擠眉弄眼或者傻笑，輪機長看他們一呼即應，得意揚揚的又亂吼幾聲。

經輪機長這麼再三的喊，船長沉不住氣了，趕忙跑出來探望甲板。發覺被戲弄了，他惱火的在三副的後腦重重的拍一巴掌。

「哎喲！」三副笑嘻嘻的說：「不是我喊的，你拍我做啥？你不是備睏啦？」

「睏，睏你某咧睏。」船長板著臉說：「抓沒魚有什麼好笑？奇怪，你們這些人那會這憨，過再按若抓落去，你某就眞正要去旅社討賺。」

「你某咧我某，呵，你某又白又嫩，我某，嘻嘻！」三副說：「我某賣菜飼三個囝兒根本就沒問題，不信你去問煮飯的，伊知樣我某在那兒賣菜。」

「嘻，其實你們某都會當去旅社討賺。」輪機長笑皺了一張醜臉，露出煙氣燻黃的牙齒說：「我某就沒辦法，伊又黑又大塊，沒人要。」

「沒人要，伊會須倒貼啊。」船長板著臉說：「你們厝有錢啊。」

「是啊。」三副笑著說：「老猴母倒貼也免驚找沒人，嘻。」

臉上忽然褪了血色，輪機長激動的說：「我敢講這兒根本就沒魚，魚已經都散去啊，不去巴西絕對不是辦法。」

「巴東咧巴西。」船長說：「這船敢是駛出來環遊世界的？是觀光遊覽的嗯？要巴西就巴西？」

「好，在你。」輪機長說：「你沒聽大副和德安在講，這瞬，烏——烏——」

「烏，烏啥？大舌興啼！」船長說：「烏拉圭啦，烏。」

「嘻，烏拉圭。」輪機長說：「烏拉圭那邊這瞬正是氣節，無效啦，跟你講根本就無效，你人甚鐵齒，你沒聽人在講：一人主張，不值得兩人思量。」

「哼！船長是我還是伊們！」

「船長喔？哪！」輪機長指著甲板說：「那些都是船長，你看，有的在飲咖啡，有的在講故事，還有的在講笑詼，簡單你一個眉頭憂憂。」

那些船員正閒著無事，因爲既沒魚上鉤也沒有風浪絞亂的魚繩要處理。大家抱著膝蓋蹲坐在魚艙上曬太陽，直到甲板上堆滿了別人打理好的繩團才散開去幫忙。

他們用輪帶機把那些繩團送往後甲板；送完了繩團，他們接著傳送幾片連皮帶肉的鯊魚翅。

羅貴在輪帶機的尾端接應；他抱起繩團一團團扔進機房，讓清江在裡面堆排。然後，他提起魚翅用勁的將它們扔上機房的屋頂去曬乾。

「清江。」搔了搔頭皮，他羞慚的說：「你來給我看一下。」領頭走進棧房和船邊的走道，他一路走一路脫掉衣褲扔下海，然後拉開內褲的鬆緊帶說：「你看，這是啥？是不是生什麼怪朽？」

厭惡的瞥了一眼羅貴陰莖上的一塊小腫疤，清江吐了一口痰說：「我不知道這是什麼怪朽，要問德安，你這是位那一個臭雌門弄來的？」

「大概是押尾來那個雜種的，你們都沒呷到，好狗命。」羅貴說：「那個雌門有夠討厭，我才插入去伊都備跟我討錢，講什麼五蘭特，我講OK，OK，我屙啦OK，我姦了隨給伊搧一個嘴巴，伊驚一下衫褲穿了就走，跳落碼頭還險些絆一倒，嘻。」

「嘻，僥倖，你搧伊那個嘴巴，救著咱們這些兄弟。」

「是啊，瞎摸貓抓到死老鼠。」羅貴說：「咱們這個船長有夠拗蠻，心又大小片，千印感冒拿藥兒十外粒，你拿兩三粒，寶童胃痛拿胃散一罐，我拿一湯匙兒，姦，我實在足懶去看伊的面色，要不——嘖，前幾工兒簡單是一粒兒暗色的腫蕾，我想空是沒洗身軀生啥，哼——」

「免緊張啦，叫德安給你鑑定一下再講嘛。」清江說：「伊這個老娼頭一定有帶秘方出來。」

「嘻，是啊，等一下呷飯我即來問伊。」

標示半數漁繩的海燈從船邊被拉上甲板，甲板上立刻走了半數的船員，回住艙去吃晚飯。

大副繼續站在船邊操作揚繩機，專心的望著溜出水面的漁繩；偶爾他也溜一溜水平線上的夕陽。夕陽墜落得很快，他只溜了幾眼就沒能再看到它的影子。雲彩也很快就淡褪了，逐漸剝離成細碎的鱗片，一點一滴的消溶進暗開來的夜幕。船頭忽然向左用勁的擺開一個角度，他想：船長在測六分儀了。前不久，他正開始認真的學六分儀；此刻，忍不住也抬起頭去找星星。對他來說，夜色還不夠濃，他一顆星也找不到，而當他看到它們粒粒晶瑩的時候，夜色卻已吞沒了應做爲測量基準線的水面線。他覺得很失望，潮濕的晚風立刻又使他悲哀。不過，只一會兒，當他看到一條被魚拉緊而顫抖的漁繩，心中就油晃晃的暖開來。他想他根本就不必氣餒，他只須配一副眼鏡就能夠在水平線仍然清明的時候找著灰白色的星點，至於那些煩人的計算公式和複雜的表格，假以時日他必然也能夠將它們弄清楚。

拉起了那條漁繩，德安恨聲的說：「姦，一尾鱝魚。」

金庸拿斧頭砍了鱝魚帶毒刺的尾巴，唾了它一口，然後又以亂斧在鱝魚的背上剁了幾下。

「我看這航海，又可塗去啊。」德安說：「全是鱝跟鯊魚。」

「是啊，而這款鮪魚五六尾，敢值有三千塊？」搖了搖頭，金庸說：「眞慘，像我以前飼鴨的時瞬，呵，我以前飼一池兒蘆鴨，飼肥咯鴨價卻在落，活備急死，趕緊載去四界賣，這走那走臺東走臺南走，臺北也走——」

「嘻。」德安接了他推過來的繩堆，一邊打絆一邊說：「像咱們船長這瞬按若黑白走就對啦，東走一工西走一工，南走一工北走一工，油走掉掉而魚抓沒一個屎。」

「是啊是啊，我走來走去緣那相款。」金庸說：「那鴨喔，走來走去沒呷也沒飲，隨即消瘦落肉，而那個鴨屎喔，姦，我那當瞬才知樣那鴨屎一泡就備差不多一兩重，一隻若給我放五泡，五十隻就二百五十泡，二百五十兩幾斤？」

「十五斤半啦。」德安說：「姦，這故事你已經講屆臭酸咯，大家都會曉背咯，來，我背奉你聽——而那當瞬你不在厝的時瞬，有幾個王兄柳弟走去你池兒偷抓鴨配燒酒——」

「是啊。」金庸搶著說：「我眞是單身獨馬去找伊們算帳，炕！廝打還沒人會打贏我。」

大夥兒聽了立刻哈哈大笑；大副聽了卻覺刺耳，一緊張，胃就開始絞痛起來。

「咦，我沒噴雞胃喔。」金庸脹紅了臉說：「我一口氣，炕！炕！會當背兩袋米爬樓梯，那一袋是實一百斤咧。」

大副突然拉緊煞車停下揚繩機的轉輪，挑釁的把導線軸用勁摔向一邊，在護框上弄出巨大的碰撞聲。

「炕！」遲疑了片刻，金庸改變話題說：「前兩年你在阿根廷，這番轉去高雄又每日沒轉去厝睏，都跟那個戴目鏡的睏，你某沒加講話嘛？」

「伊備講什麼話？」吊起眼皮，眨一下眼睛，德安說：「我坦白跟伊講，伊白帶甚多啊。」

「夭壽短命，而伊按那講？」

「伊根本就不敢講啥。」

「若按若，伊一定會去討客兄。」金庸說：「你沒聽人講三十狼四十虎？」

「虎就虎，沒看到都馬馬虎虎，我管伊討客兄還是討客兄公。」德安說：「你免笑，反詰這瞬就有人在你厝偷抓鴨母，偷摸鴨母尻瘡。」

「沒啦，我早就沒飼鴨——姦，伊敢，伊若奉我知樣，我一定會活活給伊擂死。」

「知樣，知樣一支屭屌啦。」德安說：「哪，那個目鏡美珠仔伊翁在大溪地，知樣我一支屙屌？」

「哼，別人的某我不敢講，」氣白了臉，金庸拍了一下胸脯，豪情的說：「若講我某，百分之百不可能，而且我兄弟多朋友多，都是換帖的，大家有目珠在看。」

「看，備看啥？天若黑來誰看有？」德安說：「呵，反詰即好看到尻瘡。」

大副覺得他的胃更加痛了，因此怨恨三副飯吃得慢接班接得遲；當著接班來的三副，他粗魯的往船外吐一口痰，才讓了揚繩機的操縱桿。這一氣他的胃痙攣起來，使他忍不住在前往餐廳的半途折往自己的房間。吞食了幾種藥片和藥粉，他關了門悶悶不樂的平躺在床上抽菸，抽不到三口菸卻睡著了；那根菸隨著他的呼吸繼續燃燒到底，半柱灰落在胸前，半柱灰連著菸夾在唇間。

睡了將近半個鐘頭，他就被廚子喊醒來吃飯。

「船長，呃，是船長叫我來叫你起來呷飯。」廚子說：「但是我特別為你滾一鼎糜。」

廚子穿一件青色三角褲和黑色背心，裸露的肌肉看起來都很鬆軟。他的光腳板實踏在地上，但是因為肥凸著一個大肚子，無法舒適的坐上板凳，因此，那樣半坐半躺的姿勢使他說話非常吃力。他這個肚子是幾個月裡新長出來的，頸子後面也堆起一團贅肉。這堆贅肉迫使他的腦袋前傾而壓迫了喉嚨，這樣，他也必須更加用勁才能夠發出聲音，以至於說起話來粗聲粗氣的。現在，船上沒誰不讓他幾分了。

「這糜滾了有爛沒？」

「嗯，眞爛。」大副說：「眞多謝。」

「這盤菜也是我特別給你留的，不是伊們呷剩的。」廚子說：「我看你不來呷飯，就知樣你胃又過痛咯。」

病哼一聲，大副說：「不知按那，我看到菜就想備吐，我看我簡略會當呷醬瓜兒。」

「你臺灣帶出來的醬瓜兒還可有喔？」

「還多咧，我攏總帶四箱出來，另外那個螺肉罐頭簡略還剩有半箱。」大副說：「你若備配燒酒，隨時會須去拿，我藏在門邊那個橱兒底，用一塊破布蓋著。」

「好，我若想備呷我會去拿。」左右瞥了瞥，廚子忽然壓低了聲音說：「即才呵，船長在這講你壞話，呃，本來大家都面低低在呷飯，沒人在講話，你知樣伊每遍抓不到魚就面臭臭——」

「伊講我啥？」

「伊講，呃，伊講你在巴西有一個葡萄牙查某，所以你一直講船應該駛去巴西那邊。」

「姦！」暴怒的拍了桌子，大副說：「什麼葡萄牙查某！巴西那邊這瞬天氣極壞，風浪足大，親像咱們上航海在印度洋按那，我那會愛去？我備去死喔？」喘了一口氣，他說：「我坦白跟你講，我上回在開發處的船沒做滿兩年，就因爲天氣甚寒冷病倒去，我前回在光隆三十一號緣那相款。」又喘了一口氣，他說：「當然啦，若是沒伊來找我，我是眞難可再出來做大副，誰敢要我？我就是感激伊，才會替伊這若拚命這若出力，我莫是東港來的人啊？俗語講手骨是向內裡彎，而我彎位外面去，結果我朋友都跟我反面，伊卻也怨我，嗯，我雙面都不是人咯。」

低下頭吃了一口稀飯，他說：「其實，認眞講起來我實在也沒欠伊啥，那當瞬伊在高雄若是找得著一個有大副執照的人，伊敢會走去東港找我？哼，像這瞬按若亂糟糟的場面，大副扳倒船長的機會是足即好，眞多大副是按若半路爬起來做船長喔，我是眞忍喔，姦，伊這個人你已經跟伊走過一遭海，我想你也知，伊沒膽，沒氣魄，備賴靠人而不備和人參商，簡單備各自主張，各自避在船長室哭，哭有什麼路用，哼，船長做成這款實在是會奉人笑死。」

嘆了一口氣，他說：「隨在伊啦，反正我已經不想備睬伊啊，我一直爲伊打拚爲伊管船員，爲伊想這想那，伊沒支持我是已經甚拗霸咯，還備揪我後腳講我壞話，給我漏氣。」

「是啊。」廚子說：「其實伊，坦白講，伊原來對你還不壞——」

「啊，冷暖我知啊，伊最近會對我特別壞，一定就是二副在給我講壞話。」

「是啊，即才就是伊在講你壞話，船長才會續落去講啊。」

「我知樣，伊早就開始在講我的壞話，羅貴上航海就給我講伊在講我壞話，哼，講來講去都是那些，姦，博局贏錢是我的福氣，我又不是搶的偷的，伊有什麼好目孔紅的？」大副說：「伊也不是什麼好人啦，我敢講伊上遭海一定是呷過船員的虧，這遭海才會找我們東港那些歪頭斜耳的王哥柳哥出來做伴。」

「是啊，舊年——」左右張望一下，廚子說：「舊年伊那敢這航海這若傲慢，我們有幾個船員不歡喜就想備給伊拖去甲板打。」

「早就應該給伊打死，扔落海！」大副咬牙切齒的說：「咱們太平洋三號就是奉伊弄亂的，在伊喊起喊倒的。」

2

一時之間，船長似乎沒有朋友了，也沒有表示同情他的人；即使了解魚季有起滅的週期和運氣的好壞，大家仍然把惡運歸疚於他的技術欠佳。對於這樣紛亂的情況，因爲天性怯弱他拿不出船長的魄力，而且這種職權所賦予的威嚴，也如此消滅得只能夠使他提起勇氣將自己和大家隔離。於是，相對的，大家離開他更遠了。

甲板上又傳來一陣爆笑聲；那羣人，以德安爲中心，每隔一陣子總會笑鬧得東倒西歪，而且每次大笑的時候都會不約而同的望上駕駛房，像是在取笑或者策劃什麼陰謀。這使得坐在駕駛房的船長，覺得很不自在。

「這個德安和你們東港那些人，我在高雄就跟你講不使用，你偏偏講是特選的，是會當拚命的人才，還拍胸腔給我保證，講誰若作怪你就打誰奉我看。」船長說：「大副也是按那打胸腔保證，胸腔打囥足大聲，這麼呢？」

沉悶的吸了一口菸，二副輕蔑的白他一眼。

「免都備怪船員。」坐在駕駛房另一個角落的輪機長，凶巴巴的說：「都是你們幹部各自作壞的，哪，洗魚艙別人船是每個船員發十塊美金，你講咱們什麼先發五塊，而另外五塊以後轉去高雄再跟公司算，哼，你睹著那一間公司有良心的?哪，那一年龍江公司有發獎金賀你沒?你上遭那家公司帳有跟你結清沒?你替公司保什麼證?哼，我看錢先坑在各自的褲袋底兒較穩當。」

「你知樣什麼屎！」船長說：「那洗艙費有的公司有發有的公司不發，喔，屆時公司若講不發，帳備跟誰算？備叫我賠嘛？哼！我先發五塊已經眞贊咯。」

「眞贊？好。」輪機長瞪凸了眼珠子說：「而分菜錢的得職你備按那解釋？」

「什麼分菜錢？」

「咦，你在裝癡喔？是你們先講的啊。」

「誰先講？」

「誰啊？」指著二副，輪機長說：「清海啊，船還沒入開普敦伊就講咯。」

「你知一泡狗屎！」放下操舵桿，二副指著輪機長的鼻子說：「船員按若亂嘈嘈，你輪機長壞人緣那做甚夠啦，算起來不冤枉你，實在全是你在胡亂使弄，你各自才是幹部做壞的，簡單會曉講別人，喔，菜錢按怎？你沒分到啊？姦，那生意人備賺一手，咱們各自去找黑人買較俗，錢省起來大家分有什麼不對？姦，你分錢的時瞬笑咪咪我還可以記得，是不是？是不是？笑，哼！我根本就沒不對，錯都錯在大副，伊剩的錢坑在各自褲袋底兒，坑備五六工，人一問伊，伊就講，喔，伊就拍胸腔講：啦！沒欠我錢的人就來拿。」

「菜錢跟我沒關係。」船長說：「是你們各自選代表去買的，應該好多錢買菜我就好多錢奉你們，剩的就沒我的得職，我根本就不會在買菜的得職惹禍端，講一句較壞聽的，你們若是備每日都煎魚兒呷魚頭，菜錢都省起來分，我上歡喜，我每日沒跟你們呷早頓，點心也很少呷，菜錢若是分分掉我各自就會當去買我愛呷的，我電爐、鼎、煎匙都有，時間也有

——」

「姦，講這些做啥！」輪機長說：「抓到魚就沒這些是非啦。」

被說到痛處，船長立刻閉起嘴來，羞紅了臉望出窗外。

寶童正大步的跑向船邊，從梯旁的架子拿下一把長鈎，幫彭全鈎起一條大眼鮪；這條死魚已經僵硬了。

這條大魚似乎並沒給大家帶來絲毫喜意；尤其是三友，他看也不看牠一眼。喝了一點悶酒又鬧心事鬧得有點昏沉，他托著愁苦的臉勾著頸子，獨自坐在甲板的角落。

「三友兄啊。」學仁說：「這尾大目兒不小喔，你查某子的嫁粧有希望咯。」

「嘻。」打量三友身上那件破爛的洗得褪色的靛藍色布衫，清江也逗趣的說：「三友兄，飲白蘭地的人那會穿得像乞者。」

瞪了他們一眼，三友又垂下臉去。

「呵，呷晚以後孤抓著這尾大目兒。」三副說：「按若一工過一工，大家都會變做赤腳大仙喔。」

「你講這什麼意思！」三友突然跳起來，衝到三副面前放聲大吼：「我脫赤腳干你什麼事，啊？你講，你講你是什麼意思！」

嚇了一跳，三副結結巴巴的說：「沒啊，沒什麼意思啊，簡單是大家在講笑啊。」

「好啊好啊！息息去！」大副喊著：「索兒斷去啊，備相罵等一下再去罵！」

經這麼一喊，他們立刻停下爭吵，跟隨大家走到船邊去找漁繩。

探照燈在漆黑的海面移動了幾下就照到一支旗竿，但是，在燈光裡他們還看到一片奇怪的龐大的灰綠色陰影，在墨綠色的海水中晃動。然後，忽然間響起一陣喧嘩的濺水聲，一條大魚從水面衝出來。有人說牠是海豚，但是立刻就有人看出牠是一條幼鯨。這條抹香鯨在水上做了那次嘈雜的呼吸，立刻又匆忙的鑽進水裡。當牠的尾巴浮在空中的時候，他們看到漁繩在牠尾巴的根部繞了幾圈纏死了。他們立刻掉轉船頭隨後去追逐，每次當牠浮出水面呼吸就用不帶鏢頭的標槍射牠頭部，除了用笨重的尾鰭拍水下潛，牠始終沒因挨過幾槍而顯示任何傷痛的衝撞或翻滾。牠逃得很認眞，可是留在海中仍有十幾公里長的漁繩和各種漁具的牽制，牠無論如何沒法逃逸而去。掙扎了一個多鐘頭，牠幾乎只是在原地打轉；事實上，當牠無意中被纏住了尾巴，就注定了厄運。被持續的亂槍刺得滿頭密麻傷口，湧盡鮮血，牠終於安靜下來任他們擺佈。

他們用揚繩機將牠拖近船邊，在牠尾鰭上套上一條鋼索，把牠倒拖在船尾以便繼續正常的工作。

第二天早上，他們在工作甲板上空兩根桅杆之間緊繫的鋼纜上按置滑輪，用起重馬達和幾個船員的合力，勉強的拉起那條狀似一節火車廂的小鯨魚。原來，按輪機長的說法，大家盼望分得一支牙齒做紀念，可是在牠鬆弛的嘴巴間他們只看到牙床上間隔長的粗糙肉瘤。

「沒茱咯。」大副說：「大家兜幫忙來給屠屠咧，做茱呷。」

「我不要呷。」學仁一邊走開一邊說：「昨暝務居那若晚才睏，透早又備務這什麼屎，沒人務就撞落海嘛，這根本就無路用，不知樣到底是會須呷或是不會須呷，又不會賣的，昨暝是聽輪機長講什麼有嘴齒會當做菸吹，要不，我們早就給撞落海咯。」

這麼一嚷，他就跳上梯子，走上船橋，金庸和二副也故意弄出氣忿的模樣跟著走了。走上船橋學仁就地往船外拉尿。

「姦，透早就喊起來，我想空是船備沉咯。」學仁說：「嘻，伊們若呷不會中毒，咱們才來呷。」

「呷那做啥？」二副說：「呸！豬嗯？」

「喂！透早誰在擠喇叭！」揉著屎糊的睡眼，德安搖搖晃晃的從後甲板走過來，一邊打呵欠一邊含混的說：「是誰絆落海是不？」

「喔，好大膽喔。」清江說：「你這瞬才起來？你想像船上的喇叭是會當黑白擠的啊？」

「按怎？起來晚啊？」吊起眼珠子，德安說：「羅貴還蓋頭蓋面在睏咧。」

「嘻。」學仁說：「按那，喇叭是一點兒都聽不著咯。」

留在甲板上的人，七手八腳的，只一會兒就把鯨魚支解了；他們在幹過屠夫的千印的指導下，像殺豬那般程序，一一的處理出牠的瘦肉、五花肉和排骨肉，以及各種內臟，然後將殘骸推下海。

午餐的時候，他們炒了舌頭和肝下酒；吃得開心了，他們又炒了各種肉來品嚐。因此停工休息的這天下午，許多人又喝醉了，話匣子裡的醉意或者鼾聲裡的酒氣把住艙弄得更臭。

彭全也喝了一些酒，這使他在悶熱的住艙裡想睡，卻經不住那裡的吵鬧和臭味；於是，他拎了一個枕頭走上甲板，躺在棧房邊的陰影中。他只穿著內衣褲；那件洗得乾淨的汗衫，兩肩和背胛破爛得像撒開的漁網。太陽曬得很，不過航行中的甲板上海風颳得強，一會兒他就涼醒了，眼睜睜的望著天空。天空沒半片雲，藍得像海。

「嚄！」怪聲怪氣的吼了一聲，穿著睡褲而打赤膊的輪機長笑瞇瞇的鑽出一個艙門，朝他走來，一路上幾次神色詭譎的回頭觀望，像是倉皇的逃避什麼危害。「彭全，我給你講一件得職。」他趴在彭全的耳邊說：「你知樣什麼得職？」

「呵。」避開輪機長充滿菸臭和酒氣的嘴巴，彭全坐起來說：「你醉咯。」

「我敢有醉？」愁苦的把雙眉擠在鼻樑上，輪機長說：「你不了解我的行情，我有醉？早咧！呃，我備給你講的得職是爲什麼船長會這衰氣，你算伊的名字看麼，二十二畫，這足壞呢，你看伊的天庭烏凶烏凶，人做船長呵大家都賺大錢，樓兒幾多間，而伊船長做十幾年啊還租人厝，一間足小間呢，一個某五個囝兒何啻足擠，眞可憐，呵，連水電一個月要奉人厝稅六千，沒辦法啦，伊某不願意轉去澎湖跟伊翁姑住聚夥，驚做事啊，啊，其實那會有什麼事頭？莊稼所在嘛，伊呵，伊根本就是愛呷飽閒閒，看是備打牌，還是備找人——嘻，伊某生做眞粹眞嫩白喔。」

「這款話不行亂講。」彭全說：「在人的後背那好講這款話，你會奉雷公打死喔，伊某備住在高雄是因爲囝兒備讀書啊，咱們澎湖的學校水準追不著高雄啊。」

「好好好，你這軀實在忠直屆有剩，好，我講正經的，咱們給這隻船駛來去中國大陸怎樣？」

「去做啥？」

「咦，做英雄啊。」

「你醉啦，去睏啦。」

「好啊，我隨即會去睏，但是你奉我話講完啊，總講一句咱們船長呵就是衰運啦，沒人備隊伊抓魚，所以伊才會在大副跟二副找來這些牛頭馬面，嘻，牛頭馬面是鬼嘛，鬼跟鬼聚夥大家都衰，愈衰，我講的有道理沒？」

「去睏，去睏，嘻，緊去睏啦。」

「嘻，我講我沒醉嘛，是不？你笑。」輪機長說：「怎樣？咱們來給這隻船駛來去中國大陸怎樣？」

「去睏啦。」

「嘻，好好好，另日再講。」

3

投石問路般的工作一天航行一天，不知不覺中他們已經北移到赤道來了。

後甲板的鋁槽上擱著一堆截短的廂繩，二管輪蹲在長板凳上坐在槽沿；他正將這些廂繩交結成繩環。他穿一件滿沾油漬的卡其褲，裸著上身；扁長的身子看起來蒼白且細嫩。不過，他手腳的指頭顯得枯糙又黑，而指甲四周的皮肉因爲繩索浸染的瀝青油經年侵蝕像是刺了墨斑。

「千印。」他說：「有聽講什麼時瞬備入港沒？」

「沒啊。」拎著咖啡杯走來，千印說：「沒油咯？」

「還多咧。」二管輪說：「你備借我二十塊美金不？」

「嘻，不。」搖搖頭，千印說：「你實在可憐，局博三四十年都無贏過，備六十歲人啦而也沒剩錢，唉，你老老實實一個人那會務屆這款落場。」

歪著嘴，二管輪在嘴裡弄出滋滋的響聲，然後用牙齒輕咬舌頭用力吸了幾次氣。「我嘴齒又痛咯，唉，內底腫一泡。」說著，他把指頭伸進口腔挖弄幾下，往船後吐口水。

「咦。」望了望海面，他說：「鬼頭刀！」

千印趕忙把咖啡杯放在地下，就地撿起一條帶餌的釣繩扔下海。「沒看到啊。」他說：「你騙我呵！」

「我沒騙你，大概追小尾魚去啊，我看按那按那有幾點兒銀光按那閃一下，伊們就潛沉落，我看有五六尾喔，不會小尾喔，都有三尺長喔。」二管輪說：「我看咱們這遍是會入阿必尙，阿必尙我眞熟，咱們入阿必尙有一個好處，會當賣雜魚，這錢免打入公，不分大小漢都有一份，加賺的，而船長一定也愛阿必尙，阿必尙就沒人敢偷走，你有想備偷走沒？」

「嘻，我有像備走的嘛？」

「呵，不像。」二管輪說：「這麼，船長眞欣賞你跟寶童，你們兩個做事認眞，腳手猛，頭腦巧，我看你們兩個以後是船長的角色，嘻，我兩個查某子攏足粹足乖巧，配你們兩個我看是眞適好，怎樣?兔聘金嫁你們怎樣？」

「眞的呵?嘻，你不是想備騙我錢去博局呵？」

「唉，我講眞的啊——咦，鬼頭刀！」

往海面望了望，千印用勁的抽拉一下漁繩；海面上立刻躍起一條身體扁長的大魚。那魚掙扎得很凶，一路在水面彈跳，被拉上甲板了也蹦個不停，弄得到處亂響。千印趕忙拿起一把尖刀擲射牠的身體，把牠釘死在甲板上。

「我來去頭前收旗竿。」千印說：「你備煮這魚兒頭來呷不？」

「一個魚兒頭呷那會爽？」

「是啊，我來去頭前旗竿收一下隨會過來釣啊，你會須先屠這尾啊。」

趕到船橋去收取靠在欄杆上的幾支旗竿，並且將玻璃浮球在機房裡排好，千印又跑回後甲板去釣鬼頭刀魚。他一連又釣上三條鬼頭刀，然後再看不到魚群的影子了。

「這若大的鬼頭刀，這四尾在阿必尙至少會須換一百粒椰子，呵，那椰子用大支鐵釘兒槓孔，歸粒抱起來飲，滋味足好。」二管輪說：「阿必尙跟檳城相像，椰子也是葉葉是，咦，輪機長在講暢笑，講什麼來招幾個人給船駛來去中國大陸，你有意思沒?」

「我?我去中國大陸做啥?」

「做英雄啊，反勢還有大筆的獎金喔。」

「姦，做英雄喔?呵，緣那要做工啦。」千印喝著咖啡說：「就親像做歌仔戲，先扮仙，仙扮了緣那是要做戲，而做戲的時瞬，做官的人緣那做官，做奴才的人緣那做奴才。」

「呵呵呵。」二管輪說：「是是是。」

「而你各自的意思呢？」千印說。

「我祖公是廈門來的，若是會當轉去踢踏，趣味趣味啊，是不是？」

「那當然是趣味。」千印說：「咦，你若備煮魚兒頭就要緊呢，我即備換班落甲板呢，你不好奉我屆時呷不到呵。」

「你放心，我隨即會去煮。」忽然指著船側遠處的海面，二管輪說：「那有一群海豚。」

那群海豚一會兒就擁近船身，隨著船一路前進，一路在海面上跳躍在空中翻滾。

「嚄，原來就是伊們在這。」三副懶洋洋的推了一下操舵桿。「咱們才會抓沒魚。」

船長沒應聲；他正專心的望著寶童手上緊綳的漁繩，猜想那條上鈎的魚是大眼鮪或黃鰭鮪。結果，寶童只拉上一個大魚頭。

「一粒頭。」三副笑嘻嘻的說：「我看咱們今兒日緣那塗去啊，唉，歸半工咯才抓十尾大目兒還一粒頭，哈哈哈。」

「你這個癡仔！這什麼好笑？你那會時常黑白笑？」

「哈哈哈，沒啦，我不是在笑魚頭。」指著甲板，三副說：「那個才眞正是癡仔。」

不知道什麼時候羅貴已經脫光了身體，拿船邊的水龍頭沖涼，然後拿一件破汗衫撕開了領口套在腰間做裙子穿。穿著這條裙子，他裝模作樣的扭動屁股並且跳舞般的比劃雙手，時而在空中翻飛，時而停在工作臺上細繩團。

「大概是日頭曝一下頭殼壞去。」三副說：「這個入港我看是要送去癡病院喔，哈哈哈。」

「哼，癡狗。」船長說：「這款癡狗公，屭屌若是奉伊生十支，也會爛屆剩沒半支。」

「伊已經好咯。」三副說：「德安給伊注兩三支射，伊屭屌已經不會爛咯。」

沉默了片刻，船長忽然說：「叫伊們拆索兒！」

「啊？」

「叫伊們拆鋼索啊！」

「嘻，你在講啥？」

「姦！叫伊們拆鋼索！」船長說：「備入港啦！入港啦！」說著，他氣沖沖的離開駕駛房，走進自己的房間，反鎖了門也拉上了窗簾。

「喂——」脫下遮太陽的斗笠，三副把身體探出窗口望著下面的甲板，開口想說話卻哈哈笑著說不出話來。

「姦！」羅貴罵著：「起狂啦？去跳海死好啦！」

「哈哈，拆鋼索拆鋼索！」

「你這些癡仔！」羅貴指著船外說：「哪，海在那邊，跳落啦跳落啦。」

「眞的啊。」三副終於平靜下來說：「船長交代的喔，備入港啦。」

甲板上立刻鬧起一陣雜亂的叫聲和笑聲，而羅貴一把抓下那件裙子，學猿人泰山那般長吼幾聲。

大副被這種狂亂的情景弄得很惱火，他低頭沉默的做一會兒工作，然後悄悄的離開甲板，走進駕駛房坐在船長剛才坐的座位，冷眼睨著窗口下面那些繼續嬉笑的船員。

「沒油咯？」他說。

「啊？」三副望一眼電羅經，恭敬的把耳朵移向大副面前。

「那會臨時備拆鋼索？」

「我不知樣，是船長即才交代的。」吸了吸鼻子，三副又望著電羅經，推了推操舵桿。「伊講備入港咯。」

「哼！」搖了搖頭，大副說：「伊各自講備駛來這抓黃鰭跟大目，而今兒日這大目不小啊，十尾有半噸啊，加幾尾旗魚差不多也有一噸啊，做得職沒決心，愛賭氣。」

「沒辦法啦。」三副說：「下面的人每日在吵，講什麼按若抓不值得油錢。」

「伊們是知樣一塊屎，博局敢免落本錢？我是眞忍，若奉我氣囸起狂，我就舉武士刀來都給伊們總屠，姦！漚流氓！」

揉著睡眼，輪機長跨進駕駛房。數了數黑板上幾個筆劃不足的正字，他輕蔑的冷哼一聲，走到另一個角落爬上工具箱盤腿而坐。

「啊？」看到甲板上的船員一邊在收漁繩一邊在拆帶鈎那節鋼線，他說：「備入港爽歡歡咯？嘻，那眞好，那阿必尙天氣好免蓋棉被，腳手放得開。」說著，他從耳尖上取下一根香菸點起來抽。

「咦。」三副涎著笑臉說：「來一支好不？」

「來一支？那一支？我下面這支好不？」斜睨著眼睛，輪機長說：「這瞬五塊美金才值得一支菸。」

鄙夷的往窗口吐口痰，大副戴上斗笠走出駕駛房。

「大副。」從走道匆忙的跑出來，廚子望著大副的背影說：「你那菸草可再奉我捲一支怎樣？」

「各自提。」大副說；說著就步下往甲板的梯子。

翻開大副剛坐的座位板蓋，廚子取出一包菸草，另從自己口袋裡拿出一小塊撕開的報紙用來捲菸。「嚄。」他說：「若沒大副這包菸草，看咱們是備按那生活，嘻！」

「哼！」輪機長說：「我免伊的菸草，我的菸還插插。」

「拜託一下。」三副說：「給我捲一支怎樣？」

「你在唱歌啊？你先要去找紙來啊。」

「那報紙有毒。」輪機長說：「呷了你們會死翹翹。」

「你免假好心。」廚子說：「你一支菸賣五塊美金，我才會死翹翹。」收拾好了菸草，廚子爬上座位，望了一眼甲板上的情景，驚異的說：「沒油咯？」

「沒油？」輪機長說：「嘖！油多咧！」

「姦！船長正經講備去巴西而你就講備沒油咯，這瞬拆鋼線你就講油多咧，哼，你若是早講油多咧，咱們就免這個月走來走去，抓屈這若悽慘。」

「你知樣一個尻瘡！」輪機長滿嘴泡沫凶巴巴的說：「巴西早就應當去，而伊尾來才決定備去已經甚慢啊，續來伊講備駛來抓黃鰭，講什麼這瞬黃鰭比長鰭好價錢，講什麼這有足聚韓國船在抓黃鰭，而什麼你們舊年跟幾隻臺灣船在這每工七八噸在抓，抓二十幾工就滿載回航——」

「本來就是啊。」廚子也粗暴的說：「你才是知樣一個尻瘡，你根本簡單去過太平洋的大溪地跟沙摩亞，來印度洋跟大西洋你上好是有耳無嘴，啊，你無路效啦，你簡單備鐵齒，根本就是死鴨硬嘴巴，姦，做什麼輪機長，第二航海咯，油量還算不清。」

「咦。」嗅了嗅鼻子，三副說：「是不是廚房什麼臭火焦咯？」

廚子毫不遲疑的跳下座位，一頭衝向住艙的走道。輪機長正想破口大罵，可是三副突然跳下椅子，跑出駕駛房，從船邊的欄杆解下標槍往海裡射去。

那是一條將近八十公斤的黃鰭鮪，在水裡上鉤許久，牠早就掙扎得精疲力竭，毫無抵抗的任他們將牠拖近船邊，可是，標槍一射進牠的背部，緊隨著另兩根從船邊探出來的鉤子釘入了牠的腹肌，立刻使牠痛醒來翻滾。因此，那兩根帶鈎的竹竿交叉成剪，軋了三友的手指。

「喔喔，我的手我的手。」三友呻吟著說：「我的手備斷去咯。」

寶童趕忙放掉自己手上抓的長鈎，不料這一放，那根竹竿順勢一彈卻又打在三友的頰上，痛得他踉蹌一跤仰天跌倒在甲板，幾個船員看了忍不住大笑；這使他很惱火，他氣憤的詛咒一聲，就氣呼呼的爬起來大步的離開甲板。

連抽了兩口菸，學仁把香菸傳給清江說：「這個三友的運氣足壞。」

盯著清江嘴上的香菸，大頭說：「三友伊人是眞趣味，但是脾氣壞又怪，以前就按若，若是抓沒魚伊就先煩惱，一個人坐在壁角頭低低，嘴翹翹，像這樣，嘻。」

「以前沒這厲害啦。」搶了清江手上的香菸，一副抽了一口說：「因爲大頭升做倉庫長，而伊還是做船員所以怨毒船長，姦，伊各自也不想一下，是伊各自慢來啊，我們早就問伊備過再出來不，伊講不要，要不船長早就安排伊做冷凍長咯，伊尾後才反講備來，已經甚慢啊，人都安排好啊。」

「呃，菸應該還我咯。」大頭忽然生氣的說：「我一支即才點在嘴，隨就奉你們搶去旋來旋去。」

「哎呀，你還有菸嘛！」清江調侃的拍了拍大頭的肩膀說：「我敢講你樹兒內至少還有兩條。」

「兩條？我袴底還有一條！」大頭說：「你們去問陳俥，我即才跟伊借五包。」

「啊，講這，這是上禮拜的得職咯。」學仁說：「咱們來開你的櫥兒看，若沒，我奉你二十塊美金，若有，你送我一條，怎樣？」

「我管你們的死活，我講沒就是沒。」大頭說：「若是有，那是我的啊，爲什麼我就要一定跟你分？我不是共產黨呵，我國民黨呵。」

「姦。」二副說：「你大頭的人，不是我講你，你實在眞小氣，簡單想備佔人的便宜，好，不要緊，隨備入港啊，屆時你免想備過再隊我們走啊。」

「你們客人兒就是按若。」清江說：「小氣兼壞心。」

「免講，你們河洛人也差不多。」大頭改用客家話和坐在旁邊的三管輪說：「這些福佬人實在通壞。」

「對。」三管輪說：「狐狸莫笑貓。」

整個後半天下午，船長再沒露臉也沒起床吃晚飯。

天黑以後，他們陸續的釣得一些活潑蹦跳的黃鰭鮪、大眼鮪和旗魚；這些或許正是他們所探索的好運的跡象。有些人這麼想，而且想把船長弄醒來看看，可是，終究沒人敢把這個念頭表示出來。

除了這些雄勁的魚色，海面也有許多差異；工作近尾聲的時候，船邊的燈光裡突然冒出一群小魚，緊跟著船前進，顯然是沿途追食被燈光聚集的浮游小生物。然後，有一隻鳥從空中飛來，停在船頭三角甲板上的桅杆，拍了拍翅膀，選穩了立足點，大約想在那裡過夜。

寶童趕忙扔下手上的工作，躡手躡腳的走上船頭，在桅杆邊屏息了片刻，然後蜥蜴般的悄悄的往上攀爬。有一陣子，那隻鳥警覺的側低了頭，去看他高舉的張開在牠面前的手掌和爪子；最後，沒能及時展開翅膀逃去，被他橫掃一把抓牢了。

「這是陸上的鳥。」德安說。

「這那會是陸上的鳥？」金庸說：「在海上就一定是海鳥。」

「唉，你當時看過海鳥棲在船頂？那海鳥若是棲在船頂就飛不起來，你知不？」

「你是博士呵，你什麼都知？」金庸挖苦說：「你這種海牛知樣什麼海鳥？」

「唉，船內就是你啦、清海伊們兩兄弟啦、學仁啦、輪機長啦，還廚房那隻豬，都是死鴨硬嘴巴。」德安噘著嘴巴說：「那海鳥的腳跟鵝兒相款，都像鴨，嚄，鴨你飼過就知，伊們腳爪中間都有一帶皮，那就是備扒水用的，那海鳥在水面若走若扒，而若扒若搧翅股，順按那像飛龍機飛起去，對不對？所以伊一定要棲在水面還是沙埔，而陸上的鳥腳有力，蹬一下就飛起來，所以棲那兒都不要緊，唉，這款簡單的道理你也備爭。」

「嘻，你眞是博喔。」金庸說：「你早就應該做大副咯，你那會還在做船員？」

「做大副？做豆腐咧做大副，船長我都不想備做而做大副？我免睬事免管人，一個人輕鬆啊。」德安說：「啊，你免講別人啦，你各自想看覓，你們那兒以前踏三輪車的，這麼不是駛計程車就是駛卡車，而你連一台三輪車都保不著。」

「咦，那是因爲我賣車的本錢拿去飼鴨啊。」金庸說：「這遍我若是賺到錢，轉去我也備分期付款來買一台計程車。」

「看這個情形，你是免癡想。」德安說：「除非咱們的探魚機會當像日本船那勇，姦，咱們的探魚機根本就是一個空殼擺好看。」

「是啊。」金庸說：「我在開普敦用日語問兩個日本船員，我講╳╳╳╳，伊們講╳╳，意思是講伊們不管抓有魚還是沒魚，都領月給，伊們那月給是三十萬日幣喔，你們算看麼，那，那兩年落來是好多？計程車會當買兩三台咯，姦，咱們是免想跟伊們比啦，而船長簡單也得要那款運氣好的才會當跟伊們船員兒比，其他什麼輪機長啦、大副，嘻，二副根本就免講咯。」

「姦，你們是想備跟人日本船按那比！」二副羞紅了臉說：「人伊們日本船是足有規矩，免講是在船內，簡略在舞廳那船員若是睹到三副以上的幹部就要讓椅兒位，行禮，韓國船也是按那，當然咯，韓國船是不需要比的，那韓國船是用軍事管理的，階級分居足明，而咱們臺灣船員嘛，哼，吵喔，厮打喔，連船長也敢打，哼，想備跟日本人比啥！人在南緯五六十度抓黑鮪你們敢不？姦，像上個月三十幾度你們就喊苦喊風湧大，根本是屪屌比雞腿嘛！」

「喳，什麼不當比？」德安說：「有錢造那款包頭包尾的船，比咱們大兩倍，船內又點那款幾百燭的電火保暖，免講南緯五六十度，南極我也敢赤尻瘡去。」

他們繼續在那裡鬥嘴，直到停船鈴響起；又一個航次的工作結束。船長懶洋洋的爬起床來量海圖定航向，船員收拾好漁繩開始清洗甲板。清洗完畢，大夥兒繼續唱著笑著，三兩成群的走回船艙吃夜點。這樣歡樂的氣氛使船長很懊惱，因此看到房間裡有幾隻蟑螂，他就憤恨的拿起一個殺蟲劑到處追著噴灑；噴到那些蟑螂四腳朝天不再動彈爲止。

「喂！」在船長室門口，大頭探著頭說：「你備自殺喔？」

「姦。」

「嘻，備駛什麼方向？備駛去中國大陸沒？」

「你在哭爸喔！我早就交代駛三十度啊。」船長說：「天氣不會冷，窗兒都給我打開啊，不須盹龜喔，附近是商船的路線喔，值班還一個是誰？」

「寶童啊，是你心愛的寶童啊。」大頭說：「伊隨備來咯，有三四個人隨即備來陪你飲酒，安慰你的悲哀咯，嘻。」

「姦。」

「我沒講不對啊，你的心已經悲哀屈碎咯，嘻，我對你是眞了解。」

「姦你娘！去去去！去駛船！」

「好啊。」大頭說：「我隨備去駛，嘻，我備給駛去中國大陸。」

「你這個癡憨頭。」

一共是三個人要來陪船長喝酒解悶，他們是寶童、千印和彭全。寶童帶來他殺乾淨的烏肉，彭全從冷凍室弄來幾塊解凍了的鯨魚肉；船長開了幾個罐頭和一瓶白蘭地，並且拿出一條菸讓他們意外的驚喜。

「怪咧，上航海一個人分十五條菸，呷到進港還有剩，這航海那會不夠？」寶童說。

「這道理簡單啊。」隔著牆板，大頭在駕駛房說：「上航海先是暈船，續落是風湧大，腳手生疏沒閒呷菸，而這航海呵沒風沒浪也沒魚，大家閒屈像在坐船旅行，菸一直呷，所以不夠啊。」

「旅行？」船長說：「按那想，你這遭轉去緣那是一軀溜溜，免想備娶某，各自稍想一下啊，三十五六歲啊還是一個羅漢腳。」

「備想啥？」大頭說：「已經行著賊船啊。」

經他這麼一說，大家同病相憐的喝起悶酒，而漸漸喝得痛快，拋開了煩惱笑鬧開來的時候，門口忽然探出金庸的腦袋。船長勉強的裝出熱情的招呼，其他人故意擺出鄙示和厭惡的臉色悶聲不響。

「嘻。」勉強從他們擁擠的圈子中擠出一個空位，金庸坐下來說：「我無意中位這過，想像你們是在相罵。」

「沒啦，酒飲多，講話稍較大聲。」船長在他面前放個酒杯，倒滿酒說：「我挺好飲兩罐，而我若醉，我就會去睏，不會像你們飲酒就備廝打備哭，唉，咱們是出來賣命賺錢的，甲板若沒魚就沒錢賺，煩惱都未湋啊而還有心情廝罵廝打，這航海不是季氣，我本來打算留在下腳加減抓，唉，若按那，這瞬多少加起來也可能有七八十噸，姦，大家吵備休睏，休睏？根本就攏在博局，喔，暝日熬在博局就不艱苦呵，好咯，船走來走去，油走掉掉，而魚兒我看可能沒六十噸。」

「咱們早就應該去烏，烏——」金庸說：「烏什麼圭去。」

「我知，什麼烏拉圭啦，巴西啦，阿根廷啦，唉，你們簡略想那兒的碼頭是六個查某在等一個查埔，根本不知咱們船是好大隻？有好多油量？駛屆那兒是好遠會呷好多油？剩好多油會須抓魚？姦，船若是有夠大，免講巴西、烏拉圭，西班牙腳的拉斯我都敢拚去，那兒這瞬才是季氣咧。」抽了一口菸，船長脹紅了臉說：「我實在是足好聚夥的，以後你們若過再行船，睹著別的船長，比較一下就會了解。」

「是啦，我目珠看就知，來來，乾杯，炕。」連續吃了幾種菜，金庸嚼著說：「我做人尚公道尚有義氣，所以我時常給伊們講咱們船長實在是足古意足老實，人對咱們好咱們應當也要對人好，唉，講來講去都是我們東港那些王哥柳哥，姦，沒幾兩力就想備廝打唬人，炕，我一隻手讓伊們就甚夠咯，炕，淸海伊做人緣那足差，伊按那做二副實在不夠重。」回頭瞥了瞥門口，他繼續說：「伊本來値班是跟裕榮共班，而裕榮在開普敦走了以後，伊講什麼値班加一個人不好安排，轉而給自己省起來，那不値班不打緊，哪，早起落索兒鈎魚餌，鈎沒兩尾就講彭全啊你來學，而各自卻偷走去睏，哼，誰會甘心，誰備認眞打拚？」

「呃，呃。」船長說：「這我攏不知，我若知我就會去罵伊。」

除了船長室這些喝酒的人，其他人或在餐桌上賭牌或在住艙裡睡覺，還有些人圍坐在後甲板邊聊天邊做工；他們在一段段的合股細綱線上纏紗線。

「我想備落來去給我子寫批。」張開兩個手板，陳俥說：「但是這手揪索兒揪屆生一層厚皮，指頭兒展不開也彎不起來，筆根本就無法度抓，筆頭走那兒也感覺不出來，根本就無法度寫字，嘻，這手像猩猩咯。」

「唉。」金萬說：「隨便寫嘛，寫奉囝兒的批有什麼好畫龍畫鳳的。」

「咦，你按若講？望子成龍啊。」陳俥說：「要不，我這若打拚做啥？」

「對啦，按那後代才有希望，人講艱苦苦不過三代，好業好不過三代。」

「嘻，你的鋼線呢？」

「奉寶童包去做啊，攏總算二十塊美金，足貴呵？」

「那有貴，一把才一塊，而做得手會破皮呢，你實在頭家命，事頭奉人包咯而不備去睏。」

「甚熱啊，不會睏啦。」金萬說：「有人在講備給船駛去中國大陸，你有聽得沒？」

「這瞬？」

「沒啦，這瞬是備駛去阿必尙。」金萬說：「其實若備駛去中國大陸也好，咱們緣來就是位大陸來的。」

「我看那沒什麼意思，那共產主義並沒什麼好，你看，咱們甲板按若大家輪在做，平是分一，根本就是共產主義嘛，而大家聚夥生活也沒足和好足趣味，續落還亂嘈嘈抓沒魚，若是講隨人顧性命隨人打拚，那就不相款咯。」

「那會不相款？」金萬說：「咱們船員才分一份，船長分四份，姦，連二副那款漚腳手都分屆兩份，這那有公平？」

「唉，人伊命好啊。」陳俥說：「咦，誰講船備駛去大陸？那是不當奉報務員知樣喔，奉伊知樣，伊敲電報轉去警備總部，你們就沒命喔，嘻，簡單反攻大陸咱們才會須講備轉去大陸，姦，咱們轉去大陸做啥，沒田也沒厝，去那兒沒效啊，咱們祖先古早就是因爲在大陸生活艱苦討沒呷，才會拚來臺灣，有啦，有聽我老爸講，講古早我們第一代的祖先死的時瞬，伊的子有坐帆船轉去福建，我們是住在漳洲安溪什麼南門城外，而伊去那兒抄家譜那什麼百字序轉來，那當瞬大家對唐山是還可有感情有思念，但是尾來年久一深，根本就茫茫了了一人一家代咯，嘻，那國民黨伊們那外省的即才來，還在癡想，就像咱們祖先以前按那，過幾年兒伊們就會習慣。」沉默了片刻，他又說：「姦，講什麼祖先，我子有一遍給我講：爸爸，咱們人的祖先是外太空來的。」

「什麼外太空？」

「嘻，那外太空就是天頂不知那位兒。」陳俥說：「這個猴囝兒呵，公學讀六年連屎桶板卻不會認咯。」

梯口突然跑出了長泉，興奮的嚷著說：「大家會須去睏啦，你們看，我按若……」拿著尖嘴鉗咬著線末在線股上旋轉一圈，他繼續說：「按若手就不會破皮，做得又快，看是備綁魚鈎兒還是備做圓環，都按若給旋一輪旋一輪就好啊，怎樣？好用呵。」

「啊哎，這若好用，我看一下。」陳俥說：「喔，原來你在鉗兒嘴磨一條溝，嗯，你眞巧，得要奉你專利金不？」

「姦，講暢笑。」長泉露出一排白牙齒，坦爽的說：「大家都是兄弟而講什麼專利。」

「無效啦。」金萬說：「前幾日，大塊呆就想出一種做法，緣那足贊，但是二副講那不准算，簡單用手做的才會准算，其他的方法伊都不肯認收。」

「姦，摸看麼。」長泉說：「這比手做的較好啊，一點兒都不會刺人。」

「是啊。」金萬說：「伊們幹部壞心，若看到咱們閒就目孔紅，一定就要看到咱們做牛做馬伊們才會歡喜，哪，才一工半的水路還備叫咱們趕做這些圓環，不想備奉咱們好好兒休息，嗯，阿必尙出港走水路的時瞬才來做還可以赴啊。」

「沒啦，這是預防屆時有人笨惰趕不赴啦。」陳倖說：「但是若是講不備承認這款省力省事的方法，就講不得過，管伊，我紗纏好也備來去磨一支鉗兒來拗圓環，誰敢不承認，我就跟伊拚性命。」

「息去，你已經老啦。」金萬說：「俗語在講：上岸求財，落水要命。」

「長泉。」梯口突然又冒出臉色病黃的孫泰男說：「我下更咯。」

「阿彌陀佛。」長泉說：「又過再輪到我咯。」

4

聽了一陣子港口探向臺發送的無線電測向信號，船長就取巧的跟著一條商船航行。有些霧，航行一會兒，商船的影子失踪了，不過低平綿延的象牙海岸已經逐漸在水平線上浮出金白色的沙灘和椰子樹林。這片榛莽的影子跌在雷達的螢光幕上，呈現一片模糊的銀色苔痕。他把臉孔貼上橡皮看筒，注視一條明快的海岸線，把一個缺口淸楚的調理出來。

螢光幕上這個缺口後面連著一條深長曲折的裂縫，實際上是弗里狄運河。這條運河有一浬半長，入口處因爲兩旁岩礁墝埆外湧的河水急湍得脈絡起伏並且錯綜做響。入口處的右邊是個海水浴場，左邊擱淺了一條貨輪；大約是要擺著做港口和暗礁的標記，這條船銹得通體一片赤褐色。過了河口，這條運河的兩岸修砌得非常整齊：左岸是一片荒蕪的沙洲，右岸和阿必尚港的脫琪維勒碼頭在遠處相連；岸上橫著一條狹窄的公路，路旁零零落落的站著一些工廠的房舍，景色沉悶。

樓房叢立的市區遠在運河另一頭，隔著阿必尚灣，視面窄小。河流曲折分歧，因爲匯聚了幾條河，水色混濁。分辨出航道上的導航浮標，船長看準了一條河道將船駛往阿必尚港。港內零落的錨泊幾條商船和大型圍網漁船，另一些漆白色的排鉤鮪釣漁船則清楚的標示兩處漁船碼頭。船長拿起望遠鏡觀望：右前方的船寫著漢字船名，但是下面緊跟著一道韓文；左前方是個L形碼頭，短邊停了一條韓國捕蝦漁船併一條法國拖網漁船，長邊兩條一組的並靠四條臺灣漁船。從望遠鏡裡，他也看到這些臺灣漁船的後甲板上有許多人在對他們招手；於是他打定了航向朝他們駛去。

碼頭上，水泥路圍著一片雜草地，草地上堆著垃圾和一個煮瀝青油的鐵桶。石頭砌的火堆剛熄，滾著濃厚的黑煙。靠好船，學仁和清江立刻跨過緊鄰的兩條船，從草地對角線上的沙道走出碼頭去找冷飲和菸攤。沙道的那一頭有個水喉，兩個臺灣船員蹲在水泥地洗澡，水泥地旁一個打赤膊的黑人手抓著晶體收音機扭擺著身體跳舞。他們沿著一大片凍魚的貨倉走出海關的鐵欄門；門外的路短短的折向一條車道，太陽曬得兩邊圍牆和路邊發燙，而一絲絲風只吹到盡頭的榕樹就被葉叢遮住了。樹下有一輛手推車，賣冷飲的黑人無聊的跨坐在長板凳上乘涼。他們停在半路買地攤的香菸，原想去喝那個小販的冷飲，但是走完了圍牆就在轉角看到一間平頂水泥房。

「阿西。」黑人老闆正忙在櫃臺後面數鈔票，用閩南語說：「來坐。」

「嘻，你也會曉講臺語呵。」學仁說：「來兩罐啤酒。」

「啤酒？」黑人老闆說：「不是啤酒，是啤乳。」

「姦，好好，啤乳，你這個阿西。」

「我不是阿西，嘻，我麼會曉姦你娘。」黑人老闆說：「兩罐攏總四塊。」

「美金？」

「美金算一塊。」

他們把玻璃裝的啤酒，拿到室外擺的桌子喝。

「這航海比上航海加眞快活。」打個呵欠，學仁淚汪汪的說：「沒風也沒湧。」

「快活是快活，但是抓沒魚。」拿衣角擦了擦太陽眼鏡，清江說：「即才代理行那個人跟報務員在講啥？」

「講咱們沒批，講是法國的郵局工人罷工，咱們的批還沒轉來阿必尙。」

「姦，足久沒看到厝的來批咯。」清江說：「輪機長伊們那幾個在講備給船駛去中國大陸，是在講眞的還是講假的？」

學仁說：「不可能啦，船長那會肯？那得要船長肯才有辦法啦，船長若是船給駛去，咱們根本就不知樣，屆時有人備反對，已經是到港口咯，甚慢咯，嘻，你意思怎樣？那是造反叛國喔。」

「趣味趣味啊，反正我無某無子，單身獨馬到那兒攏共款。」

「我看生活會較沒自由喔，你看那電視在做，大家都穿屆破破破，足悽慘。」

「啊，那是專工選尚壞的鏡頭來奉咱們看，做政治宣傳的啦，在臺灣備找那款鏡頭來攝緣那是四界有啊，伊們阿共仔若是備攝臺灣，一定也是找莊家來攝，敢會攝臺北？而臺灣自由是自由，也不講好自由，伊們國民黨實在足拗霸，像那個選舉，我在做兵的時瞬，伊們國民黨都放假轉去投票，而我們那些沒入黨的都得要留在營房割草掃土腳，姦，伊們國民黨來臺灣根本就是乞食趕廟公。」

「嘻，其實是乞食趕乞食，那廟公原來是番兒呢。」學仁說：「無法度啦，咱們臺灣人沒卵泡，散散，所以到那兒都是頭載人的天腳踏人的地。」

「沒啦，沒講大家都沒卵泡啦。」清江說：「聽講那二二八的時瞬，咱們臺灣人足拚。」

「啊沒講大家都足拚啦，有的少年仔像阿正伊們大兄，那根本就像在做暢的啊，穿日本軍服舉日本刀唱日本軍歌，聚群在街兒行，而警察兵仔槍一彈，大家就走掉掉啊。」

「沒啊，沒講大家都穿日本衫備做日本人啦。」清江說：「明坤伊們老爸不是做臺灣人按那跟警察拚？結果去奉人抓去，手腳奉綁在後面掛一粒大石頭扔在海裡。」

「嗯。」沉默了片刻，學仁說：「呷飽後備出去街兒行行不？」

「好啊。」

將近兩個月沒嚐到青菜的滋味，午餐他們煮了許多蔬菜；另外，他們以兩條紅皮刀魚和黑人換了一箱蝦和蟹。大夥兒整箱的喝啤酒，一會兒就互相弄得迷迷糊糊。忽然，有人開始埋怨沒收到家信，幾句話就惹得群情激憤。

「啊，厝的批那有什麼好看？」船長說：「一定是講一切平安啦，身體保重啦。」

「講這沒效啦！」學仁說：「沒看到批，誰也免想備給船駛出港。」

「這那有道理啦？」船長說：「若是批一個月沒來，船就要放在這一個月喔？」

「當然啊！」輪機長口沫橫飛的說：「誰叫公司上航海沒記著通知咱們的家屬寫批去開普敦，這遍批又沒寄到位，大家出來已經半年較加咯，誰知樣公司是不是倒去咯，厝裡是不是──像講你老爸是不是死咯，某是不是隊人走咯。」

「哼！若講你老爸那個黃酸款就壞講。」船長氣白了臉說：「我老爸你也知，若是開運動會，伊備去走馬拉松還沒問題。」

「好好，你們去走馬拉松。」輪機長咬牙切齒的說：「沒看著批，我輪機長看你備按那駛船？」

這一鬧，三友的煩惱平添了幾分。喝了許多酒，他頭昏得想睡，但是只輾轉幾回就爬下床，拎了臉盆去碼頭沖涼。那間浴室有四個淋水室和四間糞池；沖水機故障，池子裡堆著爛臭的糞。淋水室的隔間牆沒人刷洗，長著細密的綠苔和青黃色的黏液。

隔牆探出一個不相識的臺灣船員說：「你們太平洋三號即才在吵什麼？」

「沒批。」三友說：「我們上航海在開普敦也沒批，實在眞煩惱。」

「是啊，聽講法國最近工人在罷工，得要加薪伊們才會送批，我們的批也沒收到，不過我隨備轉去啊，我在等飛機。」那個船員說：「嘜，熬過兩年實在不簡單。」

「你們總共賣好多？」

「三千萬，差不多三千萬，我們每個船員大概會須分二三十萬，我們運氣好，賣到幾遍千五的，你運氣較差，聽講這瞬魚價足敗，一噸才七百外美金。」

「眞的喔？」

「我們即才賣百外噸啊。」

那個船員繼續說些什麼東西，三友卻一句也沒再聽進去。他幾乎是站在淋水蓬頭下發呆，直到一個西班牙船員放開嗓門唱著歌進來。天氣非常熱，他穿上內褲就走出浴室。碼頭的角落，隔著鐵絲網一個黑人女孩蹲在外面賣水果。他買了幾根香蕉；當她墊著腳尖把香蕉從網牆上遞過來的時候，無意間看到她聳峭綳緊的乳房他又開始想家了。

三友回到船上的時候，午睡的船員已經逐一在酷暑中熱醒；除了穿好衣服急著去逛街的，似乎沒有誰看起來是心情開朗。德安正在後甲板上和幾個黑人討價還價；他知道此地的黑人喜愛精工舍手錶或鍍金殼金鍊的手錶，出港前特地在高雄的當舖裡買了許多來賣。或許眞是賺了一票，德安顯得很開心。

晚餐的時候，一個出差來阿必尙的別家船公司的經理來船上吃便飯；他說：油價暴漲而魚價跌慘，並且魚季有點失常，高雄倒了許多家漁船公司，太平洋和印度洋作業的漁船已經有上百條開回臺灣，擠在前鎭漁港掛了牌子標賣。這一說，沒誰吃得下飯了。

無論如何，阿必尙對於大部分的船員來說充滿著新奇，因此飯後除了聚賭的人，船上再沒剩下幾個人。

在街上的撒哈拉酒吧裡，羅貴左右擁抱兩個臉色灰沉的阿拉伯女人，陳俥、金庸和廚子則拘謹的呆坐在一旁；一個瘦小的利比亞女人正頻頻的爲他們倒酒。這個酒吧在房子中間用隔牆分隔成兩段，牆上挖通兩個拱門；內段是舞廳，外段是酒吧間。言語不通，爲了討好他們，酒吧裡的電唱機播放了臺灣船員留下來的華語流行歌曲。不過，對於陳俥來說，這裡絲毫沒有樂趣；金庸和廚子眼看除了白花酒錢弄不到興頭，就跟著陳俥走了。

街道遠遠的才有一盞路燈，顯得很陰暗，兩邊成排的擺著車攤和地攤賣些雜貨和衣飾；到處是穿拖鞋遛達的黑人。四橫八叉的巷子裡飄著濃烈的酸腐和尿騷味；他們走過一家雜貨店和許多矮小的民房，終於在一間小回教堂附近找到倚門攔路的女人。那個黑人女孩身材長得十分健美，不過頭髮卷短的緣故她把頭髮一小撮一小撮的綁了小辮子；頭上因此露出龜殼般的肉紋。

「這粒頭看起來眞恐怖，但是電火禁掉就看沒，嘻。」陳俥說：「我備在這兒過暝，你們呢？」

「我，我也備來找一個。」廚子掏出幾張非洲法朗轉向金庸說：「五百塊奉你坐車轉去，呃，一千好啦，明兒早起拜託你起來幫我煮糜煎魚兒。」

「炕。」沉默了片刻，金庸說：「好啊。」

把鈔票塞進口袋，金庸悶悶不樂的走出那條巷子，一路上推倒幾個行乞的孩童；繞了半天他才瞎撞的找到撒哈拉酒吧。這時候酒吧裡面已經擠滿了女人和各國來的船員，他沒能找到羅貴，就沿著擺攤的街道去摸索一家越南餐館；早先的時候，他們是在那裡和二副分手。那個越南老太婆自稱曾經在阮文紹的政府裡幹過秘書，後來嫁來這裡和她的法國丈夫合開了一個農場，同時經營船上的伙食批發和那家餐館。那只是一個小館子，她卻將她誇稱爲中華飯店。儘管如此，因爲只能賣些零嘴酒食而且價錢苛刻，上門的總是租桌位聚賭。店裡養了一個夥計，是溜船的臺灣人；他說：二副、清江和學仁到對面的法國酒吧去看脫衣舞。這個夥計正在吃飯，說了就自顧自的低下頭去吃飯。

飯館在街的底端和一條橫截車道的岔口上；站在那裡徬徨四顧，金庸發覺除了路邊一個香氣洋溢的羊肉烤攤，他是遠遠的被隔離在歡樂的夜街之外，於是認命的買了一包羊肉就悻悻的搭車回碼頭。

那時候，船長、輪機長和一個生面孔的人正在甲板上擺桌喝酒。

「飲酒呵。」金庸說：「我這有烘的羊肉，才買的，還燒燒喔。」

「你這瞬來上適好。」帶著幾分醉意，輪機長說：「你適好來爲我做證。」

「做什麼證，嘻，你一定又在跟人爭死活咯。」

「沒啦，我講眞的啊，你坦白講咱們船長是不是足沒船長的扮？沒膽又沒頭腦？你免掛意，這個陳船長是隔壁船的，是我們的同鄉，算起來也是我們的親戚，是咱們船長的姑表還是我的叔伯小弟，所以你坦白講不要緊。」

「唉，按那算起來你跟船長原來是一家人嘛。」金庸說：「咱們甭加講話，來，飲酒飲酒。」

「是啊。」客人正經的說：「萬成兄呵，你呵，不是我在講你或是偏倚明邦，大家都是共故鄉來的又是親戚，俗語講斷理不斷親，實在你是應該給明邦兄搭腳手，而你卻反過來給揪後腳，尤其你也了解咱們明邦兄是一個古意人——」

「好好好，我甭講啊，來來，飲酒飲酒！」輪機長說：「要乾杯喔，大家攏要乾杯喔。」

廚子並沒在那條巷子裡找到中意的女人，因爲那時候略具姿色的女人都上舞廳或酒吧這類地方去賺酒資去了。他和陳俥道別後，也盲目的摸索著找撒哈拉酒吧；可是，在裡面待沒多久就和別人爭風吃醋而各打了幾拳，然後匆匆忙忙的跳進一輛計程車逃回碼頭。整條回船的路上，他幻想著自己回到船上找幾個朋友衝進酒吧快意恩仇的滋味。眨個眼，車子已經跑上跨河大橋，於是他靜下心來仔細留意行程以免車子開過頭。停下幻想，他立即發覺實際上自己根本沒半個稱兄道弟的朋友，並且恐懼的向後窗探看是否有人追著來；甚至於下了車，他也惶恐的跑過碼頭，弄得一身熱汗。

上了船，走到自己的床頭，他脫光了上身和外褲，拿一條破毛巾擦汗，同時一手打開衣櫃的抽屜，在一疊衛生紙的內層抽出幾張鈔票，然後興沖沖的爬上後甲板，在賭牌的圈子擠出一個位子。「換我博一下怎樣？」他說。

「你敢是去住暝啊？轉來做啥？」輸得正懊惱，德安說：「你駕較邊些去，你身軀全是汗，黏漓漓還足臭。」

「啊，你才押五百塊是備博什麼？」

「什麼？備比錢多呢？你錢是不會比我較多喔。」拿起牌，德安把牌面相疊，緊張的一點點移開來看。

「死咯。」廚子說：「嘻，二四配椅條，癟十咯。」

「姦，醉就去睏，吵死人！」德安放下牌，惱火的推了廚子一下。不料，廚子踉蹌跌了一跤，臉頰撞到船欄腫成一團。大吃一驚，他趕忙伸手去扶廚子，廚子卻乘機打他鼻子。騎虎難下，他只好跟著大打出手；雖然年紀略大，他長得人高體壯手又長，廚子顯然吃了大虧。

「好好，你敢打我。」廚子說：「有種你就甭走，在這等我。」說著，廚子衝下梯子往住艙跑去。

「等就等啊。」用袖子抹了抹臉上的汗，德安說：「莫名其妙的人，豬！姦！」望廚房探了一眼，大副說：「安仔，緊走，伊舉菜刀來咯。」

經這麼一說，德安立刻拔腿就跑。

「姦你娘！你備走那兒去！」搖搖晃晃的，廚子一路跑一路吼：「狗飼的！今晚我一定備給你斬做二三節，呼！呼！」

德安跑到工作甲板，心想在那裡喝酒的船長勸架，可是廚子舉著菜刀瘋得像是沒了人性；於是他又慌忙的從船邊爬上碼頭繼續向前奔逃。

「咱們話講在頭前呵，船長。」廚子說：「沒得職的人上好閃去邊兒較安全喔，我會屠人喔。」

「唉，老兄弟啊，你敢是在那條巷子備住暝，那會轉來？」拍了拍廚子的肩膀，金庸談笑自若的說：「去睏啦，醉就去睏啦，明兒早起有得職才講啦，這瞬講不會淸啦。」

「我沒醉喔，你上好閃較開喔，船長都閃開咯而你備逞英雄，呃，呼，呼，你不備閃開啊，好好好，我連你也斬奉二三節。」

「金庸仔，緊，趕緊給伊的刀搶起來。」船長說。

猶疑了片刻，金庸往廚子的醉臉狠狠的打了一拳，又順勢踹出一腳把廚子踢得四腳朝天。

「好好好，你也是狗飼的，你用偷呷步的給我偷打，好好好，今晚你也該死。」從甲板爬起來，廚子揮舞著菜刀淒厲的放聲大喊：「我備奉你們死！我今晚備奉你們死！呼！呼！」

嚇得魂不守舍，德安只顧埋頭狂奔；金庸跟在後面喊了幾次才能把他喊住。兩個人都脫了衣服，用手掌大把的抹掉身上濕淋淋的熱汗。喘了一陣子氣，他們隔著黑夜回望碼頭邊的船影和燈火；除了靠岸的船上有一個船員閒散的走過船橋，那裡平靜得好像不曾發生過什麼事。

「唉。」德安說：「你們未暗的時瞬敢不是講備出去住暝？」

「沒啦，我先轉來，我根本就不知伊那會起癡，嗯，幾點啊？」

「十一點過……」抬起手腕照了照幾步路外的路燈，德安說：「四十分。」

「你身軀有帶錢沒？」往地上吐口痰，金庸說：「今晚我看咱們是睏在街兒較安全，炕，不是講咱們驚伊，咱們是有某有子的人，跟這款羅漢腳仔拚算不合。」

「是啊，我那得驚伊，我比伊較勇喔，我凊裁給伊推一下，伊就空腳翹咯。」

「是啊，我也是踢一腳伊就倒屈空腳翹。」

「哼，足沒意思。」德安說：「這隻船實在有夠差，我想備落船咯，我正經想備落船咯。」

說著，兩個人垂頭喪氣的走出碼頭。

第二天早上，內檔的船一條要進船塢修理，另一條待通知加油；避免再次移船的麻煩，太平洋三號被要求泊貼碼頭。於是，三條船解開纜繩，在碼頭外的海面橫豎相讓。

一條西班牙圍網船正在卸魚；碼頭上一臺緊接一臺的拖車載著冒冰氣的黃鰭鮪，在陽光底下奔跑。

「喔，每隻都肥屆像豬。」彭全讚賞著說。

「這還得你講。」輪機長說：「人圍網圍假的啊？喳！咱們還敢想備來這兒抓黃鰭，你們看，這若多圍網船，那一圍落去，大大小小的都賀伊們圍掉咯。」

「呃，那黃鰭泅淺所以圍會著。」彭全說：「長鰭泅那百外公尺深，我看伊們就沒法度去圍。」

「沒法度？呵，可憐，不知勢面。」輪機長說：「伊們白人頭腦較巧，又會享受，伊們才不肯去冒險抓長鰭，在這兒是好快活，風平湧平，飲葡萄酒，彈吉他，啦啦啦唱歌，眞爽快。」

聽得刺耳，船長正想插嘴，看到日本代理商那個瘦小的日本人開了車來，趕忙走到船邊問他什麼時候能夠卸魚。日本人說：必須等櫻花輪進港。

整個晚上德安和金庸擠在一家旅社的小床，透夜發牢騷講氣話；醒來以後卻又完全喪失了威風。他們甚至於不敢回到船上，而是躡手躡腳的溜上碼頭，請一個過路的船員到船上去找二副，然後躲進碼頭上一片四壁落空的木棚。一群黑人工人正東倒西歪的擠在水泥地上午睡，不過有幾個閒散的遊民正在旁邊下棋；他們將豆腐塊大的木板棋子在棋板上打得淸脆作響，不時還鬧出爭吵或笑聲。那些工人累得熟睡，能夠感覺到的騷擾只是令人發癢的蚊子和蒼蠅。德安和金庸墊著一片箱紙板並肩靠坐著柱子；隔著棚蔽的陰影、陽光燒焚的沙土道路和枯乾的草皮，太平洋三號停在幾公尺外，白漆不再原來那麼鮮明潔白，上面還有幾處補綴的防銹紅底漆髒亂得像隨地吐的檳榔汁。

在他們的盼望中，二副終於來了；後面跟著幾個他們熟絡的朋友。

「按怎？」二副說：「你們坐在這做啥？」

「想備轉去啊。」德安噘著嘴說。

「轉去？唉，沒那簡單？船長絕對不會奉你們同意書，而你們要知樣這兒不比開普敦喔，在開普敦你們若是偷走，南非政府給你們抓去關七個月就會趕你們轉去臺灣，而在這根本就沒人備睬你們，也不會抓你們去吃掉米，錢用掉啊，你們簡單沒所在住沒飯呷就沒辦法活落去。」

「呃。」清江說：「不會曉學那兩個鵬懋一號落船的船員，去法國船做船腳，聽講簡略駛船跟冰魚兒，月給就三百五美金。」

「孱啦，咱們大使館絕對不同意啦，伊們根本就無法度坐法國船出港，昨昏伊們才在問我講咱們太平洋三號有備駛轉去臺灣不，想備坐便船轉去咧。」

「好啊。」金庸說：「船駛轉去臺灣好啊，像這瞬船內亂嘈嘈是備按那過再抓魚？」

「啊，講癡話！」二副說：「你的毛病就是愛逞勇！」

「什麼逞強逞勇？」金庸說：「昨昏根本就沒我的得職，那隻豬舉刀備屠德安，而船長叫我給刀搶落來，炕！」

「我知樣啦，早起船長就跟我講過啊，伊講伊保證那隻豬不會可再亂來。」

「這是什麼屁話，根本是放屁嘛！」德安說：「伊會當保證啥？屠又不是屠伊，是屠我們呢，保證有什麼用？屆時我若是奉屠死，連法律都無路用咧！」

「姦。」學仁說：「昨晚咱們即好不在，要不，那隻豬包死。」

「免啦，那得用到咱們，伊已經半工沒醒來咯，晚頓會當爬起來煮否都還是問題咧。」清江說：「看麼一下，若沒按怎不起來煮飯我就備給拖起來打，而伊若敢過再舉刀，我就備給撞落海。」

「講這做啥啦！」二副轉向金庸，遞給他一根香菸說：「這兩航海咱們勉強算是夠本咯，過再去是備開始賺錢咯，賺實的喔。」

「你喔！」二副咧著牙齒說：「你就是一支嘴愛講話！胡亂講！」

「無法度賺好多啦。」德安說：「反勢日本人隨即不備買魚咯，這款情形我睹過啦。」

「什麼愛講話？」

德安噘著嘴巴說：「你們幹部分大份，我們船員分小份啊，根本賺不成錢啊。」

「啊，你講這沒意思啦，公歸公私歸私，那會須跟廝打的得職混聚夥。」

「什麼混聚夥！」清江說：「廝打本來是沒啥，你打我一下我打你一下，打過就息，那會須舉刀，那是犯法呢，船長要有一個打算，不管啦，這遍伊一定要趕那隻豬落船，要不，我跟學仁也備落船。」

「啊，我知樣啦。」二副說：「你們根本攏是在找理由備轉去啦，好，在你們，備走你們走，我坦白跟你們講，我不驚腳手欠，這兒有五個落船的船員想備上船咧。」

扔下他們，二副氣沖沖的走回船。船長一直躲在駕駛房的窗口偷看；看到他獨自回來，趕忙跑進房間躺上床假裝午睡。

「喂！」二副說：「你得要叫煮飯的去給伊們話失禮。」

「好啊，你去叫伊去啊。」船長說。

「啊，你按若做船長折人不著啦，我已經講囥沒嘴花而你倒在這睏，你上好各自爬起來看，一群人都打算備落船咯，這個煮飯的明明是鬼而你卻給伊做神奉，我一開始就建議你找一個新的掌譜，你就——啊，我知啦，伊那當瞬欠你二千塊，你驚伊走——」

「息息去！」船長說：「你才是鬼我給你做神奉，哼，全是鬼！」說著，船長氣呼呼的往陰暗的住艙走去。

廚子拉下床簾臉朝裡牆躺在裡面，他並沒睡著；因爲臉頰腫成一團傷了威風，整天他就這麼躺著，強忍著難熬的酷暑和淋漓的大汗，只在中午趁別人都在午睡的時候匆忙的爬起來喝一次開水，灑一泡尿。

「喂！」拉開布簾，船長用腳尖輕踢他的肩膀說：「起來，起來！倒在那兒死喔！」

廚子轉過身來，指著腫臉說：「伊們給我打囥按若，我腹肚也足痛。」

「應該！誰叫你備舉刀，你得要去給人話失禮。」

「我寧可落船也不備給誰話失禮。」

「好，看你這瞬是備跟我來去碼頭給伊們話失禮，還是備捲棉被落船。」船長生氣的喊：「起來啊！」

被船長難得一見的氣忿嚇了一跳，廚子猶豫片刻就趕忙爬起來，認眞的說：「話失禮是會須，但是你不會須奉我甚失面子，我們簡單會須互相話失禮，算是和解。」

「好好好，姦，這嚕嗦，隨在你們備按那辦，若惹我氣起來，我都給你們趕落船！」

櫻花輪無法趕在聖誕節之前進港，他們繼續滯留在港裡蹉跎時光，而這些日子裡爲了進港過節，港裡繼續又擁進許多歐洲來的漁船和商船。這些船，整個聖誕夜裡鬧得到處是歡樂的歌聲和拚酒的喝采。

孫泰男穿一身內衣褲坐在駕駛房的門檻抽菸，那件洗得褪了色的綠色內褲看起來又鬆又縐，他的兩條腿就越加顯得消瘦，而那件同樣縐舊的汗衫也將他病黃的臉色襯得更加灰沉，看看即將燒盡的香菸，他趕忙吸了最後一口。

「來咯。」從船舷提著一鍋麵走過來，彭全說：「孫，來呷喔。」

「免啦。」孫泰男說：「你各自呷啦。」

「嘻，你甚客氣，你看，碗箸我都給你拿來啦，這鼎麵有三人份咧。」

「足香。」

「當然啊。」彭全說：「我那鼎洗囥足清潔，廚房順手也都洗啊，嚄，洗半點鐘久，這碗箸我也特別洗咯，姦，咱們這個掌譜伊們叫伊豬實在不冤枉，按那啦，碗箸沒洗就出去啊，坑在那兒飼蟑螂飼戶蠅，萬一若像三友按那漏屎咱們就加衰，嘻，我看三友大概是呷路邊的羊肉呷壞去。」

「什麼羊肉？」

「咦，路邊烘的羊肉你沒呷過？」彭全說：「你，喔，你根本就還未去街兒行過，唉，你甚儉啦，錢省是要省，但是像你按若連一角銀都不甘用就甚過分啦，咱們免去花天酒地啊，咱們簡單坐計程車出去看看行行，來回才合臺幣幾十塊啊。」

「幾十塊在臺灣，嘻，在臺灣會當買足多豬肉咯。」孫泰男說：「後個月就備過年咯，今年咱們備按那過年？」

「在海上過啊，加煮幾樣條菜來呷啊，呵，沒辦法，行船就是按那啊。」彭全沉默的吃了幾口麵，忽然說：「你有聽人在講，備給船駛去中國大陸沒？」

「有啊，有聽輪機長在講暢笑。」孫泰男說：「你敢知去中國大陸有什麼好處？」

「我看是沒。」彭全說：「沒錢是備按那共產，對不對？若是講來去跟美國人共產就稍可會通，但是美國人根本就不會跟人共產咧，呵。」

「呵。」孫泰男說：「是啊。」

5

櫻花輪在黃昏進港，第二天清晨開始裝載。

除了太平洋三號、一條韓國和另一條西班牙船，碼頭上的冷凍倉庫也要同時卸魚。原說是六點半就要開始工作，將近七點半了才有一個戴鴨舌帽和墨鏡的黑人，懶懶散散的走近碼頭上的地秤機，閒坐在涼棚下抽菸。差不多八點了，碼頭上來了一輛福特車鑽出一個又高又壯的日本人。這個日本人往辦公室大吼一聲，吼出來一個腋下夾記事本手上提秤錘的黑人工頭。這個黑人工頭一路走一路朝兩旁咆哮，那些散處各地嬉笑或者伏地膜拜著阿拉神的黑人才開始穿上厚重的連帽棉衣褲和高統皮靴，沒頭沒臉的鑽進冰氣凝重的倉庫搬魚，而碼頭上的吊車和拖車也才陸續的滾動起來。於是，一會兒之後，到處哄鬧著柴油引擎的轟鳴和拖車的碰撞聲；太陽也逐漸高高升起來灼灼逼人。煮瀝青油的油桶忽然又升起漆黑的濃煙，隨著爐火的熱氣在空中成團成團的滾動。

「喂！」誰忽然大聲喊：「給伊抓住！抓住！」

一個四肢瘦長的黑人小孩從煙霧裡鑽出來，頭上頂著一個紙箱往碼頭外奔跑；在他後面，幾個臺灣船員追著。眼看跑不了，那個黑人小孩扔掉紙箱，跌出兩個鳳梨和一隻新皮鞋；那些追逐的人卻不肯放鬆。第一個追上他的人一拳就打出他的鼻血，接著猛踹一腳將他踢倒在地上。然後，大夥兒圍著將他狠狠的踢來踢去，只一會兒他的黑臉就流出腥紅的鮮血。碼頭上所有的黑人都放下手上的工作，走的走跑的跑，全都忿恨的聚攏來，但是只是咆哮著表示他們的憤怒。大約自知理虧，那個小孩爬起來跛瘸的走開，他們就平下心來。

這次卸魚，只忙了兩天。

有一陣子賭牌九，他們都小心的避免直接對陣；現在因爲壁壘分明，面對面廝殺卻不再僅是牌面輸贏而已。

思慮了片刻，大副算出一大疊鈔票狠狠的在桌上拍了一下。

「好咯？」清江催促另兩家下押，一邊把骰子在半握的拳頭裡來往滾動。他試著冷靜下來，可是兩腿忍不住一直打抖。忽然間，他狂暴的摔了骰子指著大副的臉喊：「你備按若博呵！好！我跟你博這條命！」

突然鬧出這樣火爆的場面，桌上的人都楞住了；二副假裝在甲板上到處找骰子，學仁把菸扔了站在清江旁邊表明一種並肩作戰的姿態。

嚥了嚥口水，大副繼續坐著埋頭抽菸；大家都能清楚的看到他的手在顫抖。所有心懷對抗意識的人，都忍不住在顫抖。

「怎樣？沒種啊？」清江說：「沒種你就繼續坐著！」

經不起這樣的挑釁，大副大喝一聲掀翻了牌桌，暴怒的跳了起來，吼著說：「你想備按怎？姦！大家都是博局底的，按若博有什麼不對？你沒按若博過喔？若博不起就閃去邊兒，免在這兒喘大氣！」

「啊，息息息，息息去。」羅貴橫在他們之間，勸著說：「博屆按若，大家就沒趣味咯。」

「沒你的得職！」推開羅貴，清江說：「你上好駕去邊兒，要不，今兒日你我緣那就要撕破面。」

「羅仔！」輕蔑的揮揮手，學仁說：「你閃，這兒沒你的得職。」

「好好好，隨在你們，你們去打你們去打。」羞紅了臉，羅貴忽然也激動的放聲大喊：「你們去打打死好！我備走較遠些，我不像你們那現世，笑死人！平平是共村的人備廝屠奉別人看。」

「呸！伊跟誰共村！伊跟船長穿共領褲。」再次指著大副的臉，清江說：「哼！你替船長拚老命，結果有什麼好處？伊連測那一粒星都不肯給你教，若不是報務員看你可憐給你教，我看你根本連天尺按那舉都不知喔。」

「講這些是什麼屁話！我替誰拚命？姦！敢不是替你們這些牛頭馬面在拚命？好好好。」大副慷慨激昂的說：「講這些這瞬都沒路用咯，這瞬什麼功勞也放水流咯，在你們，隨在你們，看是備殺備割都隨在你們，姦，你們誰若看我不順眼，有種呵就不好常常避我後背講我後背話而拳頭母揑在褲袋兒放臭屁，哪！」撕開了衣襟，他比著心窩說：「哪！備打備撞，這，來給我活活打死我都甘願，不哼半聲，而若是沒種，不敢給我打死，留我一口氣——」突然間，他狂暴的跺了腳，指著清江的臉說：「我姦你娘，我一直就想備屠你，你還憨憨喔！」

想起大副藏在床墊下那把武士刀，二副趕忙拉開清江說：「好咯好咯，息去息去。」

「你姦我娘？坯！我才姦你娘！」把手臂伸過二副肩上，清江指著大副說：「你這婊子你這婊子，姦，你想空我不知呵？上航海備入開普敦的時瞬，你就跟船長講尙好是給我和學仁送轉去臺灣，哼，你各自才應當轉去臺灣，你那有資格做大副？那有本領備分一份八？」

「這你有什麼好講的？我做大副領份八是我的本領啊，我敢不是位船員一級一級艱艱苦苦爬起來的？你那會不講船長閒閒沒得職分四份，輪機長閒閒沒得職分三份，坯，漚腳色，你分一份已經甚過分咯！若你這扮呃，啊，講就見笑。」

「好咯好咯。」德安拖走大副，勸著說：「這是你落在土腳的錢，咱們來去街兒行行，透透氣。」

把鈔票塞進口袋，大副點起一根菸，深長的喘了一口氣，然後跳上碼頭離去；淸江繼續在甲板上亂罵一通。無論如何，這場戲已經結束了。

船燈下浮著一條舢舨，一個黑人漁夫一路撒網一路划船，漸漸的就划進港灣裡的夜幕裡。孫泰男望著遠處另一條舢舨模糊的影子，那個漁夫正在收網；漸漸的就在船燈的光暈中浮現了。忽然，響起了一陣喧嘩，在他和舢舨之間駛過一條法國人的摩托快艇，往弗里狄運河疾馳而去。

「孫先生。」一邊穿褲帶，寶童一邊走著說：「備去看法國電影沒？」

「法國電影聽沒啊。」

「看啊，嘻，主要是看啊，行啦，免驚聽沒啦，那法國人在爽的聲音緣那奓咱們相款啊，行行行，塊外銀也不肯用？」寶童說：「隊船長來去，可能還免錢喔。」

「那會免錢？」

「伊請啊。」寶童說：「伊會請啊。」

「按那不好意思啦。」

船長室裡，彭全坐在床沿翻著滿是裸女的畫報，千印正面對一面小牆鏡在梳頭髮，而船長忙著在桌邊整理帳目。

「可憐。」寶童說：「免算啦，算來算去還是那些啦，緊緊，緊來去看戲。」

「什麼戲好看？」船長說：「那齣李小龍的戲，咱們已經看過啊。」

「來去看法國電影啊。」

「啊，那沒意思啦。」船長說：「那看了會打手槍，加艱苦啦。」

「嘻。」寶童說：「你敢是聖人？我才不相信你不會打手槍——咦，你有聽人在講備給船駛去中國大陸沒？」

「誰那好膽，敢黑白講，若奉報務員聽到就該死。」船長說：「按怎，你也想備去中國大陸啊？」

「我凊裁啊。」寶童說：「我看千印的意思。」

「嘻。」千印說：「我備留在開普敦做二副。」

「喔，對。」寶童說：「而我備做三副，怎樣？船長，船屆期的時瞬你有想備留下來繼續做船長沒？」

「唉，想想一下，這遠洋的生活實在艱苦，我看我還是轉來去擺路邊擔兒，賣箐仔麵較實在。」

「嘻。」彭全說：「是啊，旗津那邊或是漁會門口那兒擺呵，穩賺的，但是好位早就已經都奉人佔去咯。」

「行行行。」扔下原子筆，船長說：「來去看法國電影，看一下見聞也好，彭全備去不？要不就沒機會咯，這兩工內就備出港咯。」

「這兩工內？免想。」寶童說：「伙食還沒買齊，海關的菸酒也還沒申請。」

「姦，我菜錢早就交給二副咯，而你們的菸酒錢不是也攏交咯？」

「是啊。」千印說：「二副緣那相款，錢收了也是像大副按那坑在褲袋兒做局本，敢不知局本大博天九穩贏，這陣兒伊也開始大贏咯。」

「實在眞會奉這些夭壽短命的氣死。」船長說：「今兒拜幾？」

「拜幾那有效？拜五咯，明兒再半工，過落去備元旦咯，港務局都休勤咯。」寶童說：「我看，這兩工遊覽車包一臺來，大家都來去看天體營喔。」

「看那做啥，趕緊拚轉去南非抓魚才對啊。」船長說：「這陣魚兒備出咯，唉，這航海若抓沒，這兩年就穩塗咯。」

華北致李梅岑

一九七五年元月　象牙海岸寄出

我們永遠的朋友梅岑：

明天或者後天，我們就要離開象牙海岸回去南大西洋。我一直盼望得到你的消息，但是我只收到我三姊從臺北發來的電報。

昨天晚上，呃，黃昏的時候，船上做了一場祈求好運的拜拜。我不清楚他們拜什麼，也許是駕駛房裡神龕中用紅紙寫的眞武大帝和天上聖母。他們把幾種熟煮的菜擺在工作甲板上，面對起魚的船牆缺口祭拜，或者也祭拜一些海上的幽魂和厲鬼。

當他們拿著香條鞠躬的時候，每一個人的臉上都顯得虔誠而肅穆，彼此間也因爲相互憐憫或者自我哀傷而顯得相當和諧。他們燒了一箱又一箱的冥紙，然後大夥兒大口吃肉大杯喝酒。可是，一會兒他們就喝醉了，而且立刻滿腹牢騷；有些人還捉對子爭吵舊怨或者動手動腳的拚鬥。老天原諒我，我必須冷酷的說：這些可憐人已經因爲過度的勞苦、喪失自尊和自信，以及同儕之間的紛亂關係而淪落成野蠻人。

親愛的朋友，我相信你所說的：雖然資本主義的陰影已經在一些國度中消失了，卻在世界性的分工下，繼續投射在別的國度；一部分或者全部。

在聖誕節的晚上，街上有成群的黑人集體在酒吧區搶掠商店和任何外國人。一個逃回碼頭的法國船長，因爲受傷而憤怒的一路咆哮：所有的黑人都是豬玀。天知道一九六〇年法國人離開象牙海岸以後，這個國家是否只是在政府大樓和銀行裡更換了一批穿西裝和洋裝的黑人，而群衆依然過著齷齪的生活。那時候我正和一個德國商船的大副，坐在碼頭邊的纜椿上聊天——喔，我們正各自以民族主義的姿態在激辯，不是，喔，不是的，我並非一開始就以那種狹窄的胸懷來談吐，我只是因爲他把達爾文那種自然科學的觀點，運用於社會科學的觀點和人生哲學而被他激怒了。我的雄辯是無用的，我必須承認即使軍隊和政府已經從各地的殖民地撤離，那些白人仍然在世界的中心組成一個堅實深厚的關係企業，以他們踏實的技術和高明的手段繼續奴役世界，並且清醒的擁有這種近似惡意，呃，邪惡的意識。

讓我再告訴你，即使是聖誕夜，神也並不憐愛全部的世人。有一個暴怒的韓國船長不知道爲了什麼原因，正在敎訓一個韓國船員。那不只是敎訓，事實上那就是所謂的整人。他一路拳打腳踢的，一拳接著一腳，一腳接著一拳，像是練跆拳般的把那個船員整得滿臉是血。有幾次我看到那個身材魁偉的韓國船員握緊了堅實的拳頭，可是面對船長和緊隨在船長身邊的人，嗯，或者即使面對單獨的一個船長，這個船員也提不起護衛自己和揮拳敵抗的膽量。可憐的人，他甚至於不敢回頭奔逃，就那麼樣的被面對面的一步步後退的打了將近五十公尺的路。這樣狂暴的場面弄得那個德國商船的大副很震驚，老天保佑他，他眞是很震驚；他瞠目結舌的嚷著：Oh，Jesus！

他只是這麼嚷了一句就沉默不語，這點我也明白，這些新教徒早就喪失了原始基督徒的德性，對於目睹的人類的災難他們只會感到驚愕，然後在一個簡單的嘆詞中帶有祈禱不要臨頭的意味。耶穌這個字眼，結果只這樣代表著旁觀別人被吊在木十字架的意義。那個韓國船長似乎發瘋了，他繼續向一百公尺推進，好像那是北緯三十八度線。可憐的韓國人，那條北緯三十八度線使他們誰都不能安心過好日子。那些德國人，我差點忘了，不知道碼頭上發生的事，正興高采烈的在船上飲酒作樂，拍掌唱歌。親愛的朋友，在夜幕低垂的碼頭上實際上並不只是這些，還有一種奇怪的鼓聲。那些黑人——每天早上，在碼頭附近的一片空地裡，是一些共產黨人，老弱孺婦的排隊共食一鍋稀飯。夜裡他們則圍在那裡烤肉，而有人喜愛去敲那種木箱和厚竹板做成的 Xylophone，弄出抑揚錯綜的鼓聲，使人毛骨悚然的彷彿置身在黑暗的叢林。但是這有什麼用呢？他們不過是在夜裡，尤其這個聖誕夜，爲一些洋人提供一種助興的異鄉情調。幾天以後，那條德國商船卸下了許多初級工業用的機械和幾部汽車，只載走了一堆泥土般的礦砂和木材，而沒有誰留下一隻胳膊或者一個頭顱。

親愛的朋友，這些東西不是出自我的想像或者拼湊，乃是很自然的集中發生在一個聖誕夜的現象。事實上，一個荒僻的象牙海岸的碼頭，是一個極純眞的舞臺，任何現象均不必經過修飾即可呈現深厚的原意。我也沒空再去做那些不著邊際的空想，我眞是忙，爲了避免獨自空待黑暗的房間冒犯發瘋的危險，這兩三個月裡我大部分的時間均嘗試去機艙、甲板甚至於廚房幫閒，這使我在夜裡好睡。嗯，眞是好睡。當船北移來接近赤道的時候，晚上我有時候也會抱了棉被躺在駕駛房頂上的繩堆上睡，就睡在星空下。

關於天空和星星，我們也都有相當的認識，我不知道你是否曾經繼續對它冥想。嗯，曾經我把它做爲各種思想的背景，可是它太深邃太曠絕；它很輕易的就能夠將任何東西沉潛得無聲無息。現在，我或許可以這麼說：在星空之下，海水可能把我的心淘洗乾淨。因此，如果我再度說：人類是各種理想的墳墓。這時，比較從前我所認知的，對我自己來說顯然因爲更具實際的洞識，而變得更有說服力。我想，我將會看得一淸二楚：無論我們如何掙扎，都無法逃避最後要被扔棄在人類的亂葬崗堆，連一個模糊的墓碑都留不下來的命運。

我三姊的電報說她生了一個男孩；不知道爲什麼，這訊息使我忍不住淚水盈眶。那天早上，電報來的時候我正坐在碼頭角落一根繩椿上，因此，我的淚水浸滿陽光。

我想我就像一座正在融解的冰山，這是我最後想和你說的。我們大約在明年的三四月會進開普敦港，希望，眞正希望這次能夠和你見面。

祝福你，再會！

我們永遠的朋友　華北

太平洋三號航海日記

一九七五年一至四月　南大西洋

王家騏整理自華北的雜記

1

現在，南大西洋所有的臺灣漁船都在南非的華維斯灣和開普敦之間，沿著西南非洲海岸外的深海散列。暫時，船長還不想去那裡。太平洋三號所要去的海域離非洲海岸和那些船非常遠，幾乎是在南大西洋的腹底，已經有兩條船在那裡逗留；理論上，他們是在那裡等待東移的魚群。

這些臺灣漁船，每天早晚兩次，都以無線電報在一個通訊網上報告各自的漁獲情況和船位。可是，自私自利和避免船隻過聚而糾纏漁繩，這些由各船提供的資料大都虛多實少。因此，每個船長都必須小心的研判資料的眞假，以便參考船的去向。

南大西洋的長鰭鮪魚季要待二三月的時候海流轉向，而於四月間在西南非洲的外海看好。這時候還早，而且剛出港幾天，船長沒有足夠的資料做判斷，就抱定觀望的心理暫時停在赤道附近，繼續夢想抓黃鰭鮪的好運。

紅。

船員又從免稅香菸開始賭起；那副麻將牌是二副新買的，他聲明每一局都要從贏家抽紅。

「應當滿足了呵。」不情願的把三包菸扔到二副面前，德安說：「我看這幾工來你抽頭已經抽夠額咯。」

「還未夠啦。」將那三包菸一把抓起來順手扔進腳下的塑膠袋，二副說：「還早咧，你敢知我好多錢買的？」

「你實在甚貪心，以前大家用掌譜的牌伊敢有抽頭？」

「咦。」二副說：「要不你們去用伊的牌啊。」

「哼，你又不是不知，姦，不知那一個夭壽短命的給伊的那一副牌偷拿去扔落海。」德安說：「啊，夠本就好啦，做人那癡貪做啥。」

「喳，根本就還未夠本。」二副說：「你知我好多錢買的！」

「換班咯。」學仁從走道走出來，拍了拍二副的肩膀說：「換你值班咯。」

「值什麼班？」二副詫異的說：「我備值什麼班？」

「牽舵啊。」學仁說：「排班已經重排咯，今兒開始你跟清江共班，排在我和三友後面。」

「姦，我那會不知，誰排的？」

「船長啊。」

「好好好，姦，伊船長。」低下頭在桌下找麻將牌的小皮箱，二副咬牙切齒的說：「伊備奉我好看，我會奉伊好哭！」

大家幫他把牌放進皮箱收拾好；當他提了皮箱離去，他們就在他背後擠眉弄眼，暗自竊笑。

「垃圾鬼，全中華民國那一隻船二副會當免牽舵？」羅貴說：「姦，什麼——呃，我會奉伊好哭——嘻，親像在唱歌。」

「伊當然會唱歌，伊根本是弄傀儡戲的。」德安說：「嘻，這些傀儡就是你啊，學仁啊，金庸啊，金萬啊，還伊小弟清江啊。」

「我？呸！我羼屌又沒比誰較小隻。」學仁揚了揚拳頭說。

沒了麻將牌，他們拿一副缺張的紙牌繼續賭牌九。

長泉原來躺在床上看畫報，聽得牌桌逐漸熱鬧起來，就爬出床鋪吊著雙腿坐在床欄觀看，忽然發現機艙門口浮現過濃的油煙。他趕忙溜下床去探看；機艙裡，在天窗和機座之間幾道西斜的夕陽中原來只有薄煙縈繞，現在被什麼地方滾湧出來的濃煙染成灰沉沉的鉛色。

「喂——」他喊著：「火燒喔！火燒喔！」

那陣煙霧很快的就擁進走道，大夥兒嚇得奪門而逃，只剩得幾個輪機部的人硬著頭皮跟著輪機長鑽進機艙。一邊帶頭在甲板上奔逃，德安一邊說機艙起火可能會爆開氨氣櫃炸了船。經他這麼一說，大家更是驚恐的跑到船頭去搶救生衣。驚魂未定，他們突然又看到船橋上跑來神色驚惶的廚子，手上拿著一把菜刀。

「避在那兒做啥？」廚子氣急敗壞的說：「來幫忙啊，來厝頂兜搬救生艇啊，森木啊，你帶那幾包菸備做啥？備在救生艇博局呵？」忍俊不住，他終於捧腹大笑起來。「哈哈哈，沒啦，簡單一支什麼，什麼排氣管破孔啦，嘻，你們險些驚死呵？」

「姦。」三副笑罵著：「你這個癡仔。」

他們只費了一點功夫就把那個破洞修補好，但是輪機長弄不清楚爲什麼排氣管內會有那樣的灼熱和濃煙，只說詳細必須進港去修理。船長只好下令減速慢行，避免機艙的高溫。

「姦，平常在抬槓伊都是備搶第一，而這瞬你聽。」二副說：「機艙那煙囪的聲音像在撞鼓。」

懶洋洋的轉了轉舵，清江說：「我看是伸縮排氣管有問題，不進港去修理是無法度。」

「你也是一個博士。」二副說：「才出港就想備入港，港內爽呵。」

「喳，你也是抬槓都備搶第一。」清江提高了嗓門說：「我空軍機械務三年咯那會不知？那伸縮排氣管就是備給燒沒完全的油氣壓縮，擠轉去氣缸過再燒，這瞬那油氣在煙囪腳燒——」

「姦，空軍。」二副說：「飛機是飛機，船是船，而你簡略做三年大頭兵會曉什麼伸縮排氣管？若是我下胯這支伸縮排氣管我就不敢講，姦，那機艙根本的毛病就是沒人在認眞保養。」

「你講我做三年兵做啥？咱們這瞬是在講爲什麼煙囪會出火會噴煙，唉，你這個人實在漚屎，我老實跟你講，人在你背後講你的壞話，講屆我聽得都面紅，而你各自都不知。」

「我管伊們講什麼屎。」

「來來來。」清江招著手說：「換你牽舵，已經超過兩分鐘咯。」

二副鎖緊了舵輪，開了油壓系統用操舵桿操舵。

「你就是按若才會奉人講話，人都用輪兒牽舵你憑什麼備用油壓機？又不是在起漁索啊，呃，你不是跟我們講駛船的時瞬不須使用油壓機？」

「你什麼意思！備廝打嗯？」

「廝打？」清江說：「姦，是看老母的面子，要不我早就給你殺咯，早就不認你是親兄弟咯。」

2

在赤道附近試了將近十天，他們沒能抓到像樣的黃鰭鮪；船長決定逕直跑向南大西洋的腹底。沒幾天他們就跑出熱帶的海域，天氣一天比一天寒冷，海浪一天比一天顛簸，然後海鷗成群結隊的又從水平線出現了。

大頭從神龕中的果碟拿出幾個糖果放進口袋，挑兩片夾心餅乾吃，猶豫片刻又抓起一個蘋果。吃完那個蘋果，他終於安下心來把舵。順浪行船，船走得還算平穩；他覺得身心舒暢，突然就朗聲高歌起來。

「姦！」船長在他後腦打了一巴掌。「若是你牽舵兒我就免想備睏——咦，蘋果那會欠一粒？」

「呵。」大頭說：「大概是眞武大帝呷去啊。」

「你這個餓鬼。」船長用勁的抓住他的後頸子說：「就是按若四界偷呷，寶童才會跟你起壞面。」

「哎喲，船歪咯船歪咯，趕緊放手，喲喲喲，我備喊救命咯。」

「你實在眞不見笑。」放鬆了手，船長走到窗邊點了菸說：「餓鬼就應該各自買較多出港啊，你的毛病我上知，簡略買一點兒，想備揩人的油，這討來討去，那偷來偷去，姦，我早就懷疑你啊，今兒日賀我抓到咯。」

「嘻，我是好心的喔，你看，你原來拜金蕉咱就抓到黃鰭，後來你換拜蘋果就冒出那款大海豚，和尙頭，頭頂一個孔會噴水，按若——呼！呼！呵呵，黃鰭驚一下走掉掉，呵呵呵。」

「呃呃呃，什麼好笑！你們免想備再跟我笑皮笑面咯。」望著月光下滾滾的黑浪，船長堅定的說：「這航海開始，我不備跟你們客氣咯。」

在他們持續航行的這些日子裡，聚集在西南非洲外海的船團並沒再增加船隻，而船長原來想去的海域又添加三艘從南美洲東移的船隻，在那裡滯留。這些跡象滿足了他的猜想，他一口氣又繼續航行了一個星期，跑到比那些船更低的海域。

第一天下繩他們就抓到將近三百條的長鰭鮪；這些活潑蹦跳的魚顯示大片的魚群在附近洄游，強烈的鼓舞了船長的勇氣和信心。他眞是板起臉來認眞的幹他的船長，以至於沒有誰敢再向他結實健壯的身體挑戰。在他的威嚴下，他們一口氣工作了十一天。因為風浪和氣候都非常惡劣，大副在第八天就病倒了，而船員的情緒不堪長期折磨也開始更加暴亂。

大頭猶豫不決是否要爬起來工作；打從下完漁繩他就那麼氣悶的躺在床上，直到船長來再三催促。他開了床頭燈再次拿鏡子打量臉上的腫傷和顴骨上的破皮肉，嘆了一口氣，他翻下床來踢了清江的枕頭一腳，又啐了清江的棉被一口痰才開始換工作服。

走進駕駛房，他粗聲粗氣的說：「棉花呢？」

「這。」船長說：「沒什麼得職也備廝打？」

「我是眞忍喔。」

「你各自惹的啦。」輪機長說：「伊講幾句你講幾句，大家本來沒輸贏，而你先動手搧伊的嘴巴。」

「我那有搧伊的嘴巴，我講：啊，不要跟你嚕嗦咯。」大頭比著手勢說：「而伊就撞我的額頭，而二副就——姦，講什麼不好廝打啦，而給我抓著，像在和我唱歌跳舞，害我加奉清江打幾兒下。」低下臉來擦藥水，他繼續說：「若奉我氣起來，伊們兩兄弟上好是給我較小心一下，晚時不好駕在船邊。」

「講這款憨話。」嘆了一口氣，船長說：「沒抓到魚備鬧，抓到魚也備鬧，姦，你已經是老船員啦，你知樣大家連著工作，疲勞，閒話是免不了，忍一下就過去啊。」

「忍，我忍甚多咯。」大頭說：「甚夠咯，什麼得職都備找我，屠魚也備找我，大頭大頭！這！那！我姦，唉，我大頭什麼時瞬尻脊背打直過？一工要換幾遍癉衫？」

「啊，總講一句，你們大家早就開始計較啦，加做一點兒會死啊？」輪機長說：「你倉庫長兼冷凍員加領人兩釐，本來就應該加做啊。」

「姦，凍魚若是講凍死在凍房內我也不會哼一下，割魚翅一定就要我嘛？誰沒分著魚翅的錢？屠魚一定就要我嘛？大家都死掉掉剩我大頭一個人啊？我拳頭母小粒呵？金庸兼冷凍員那會沒人敢叫伊加做一點兒？好，自今兒日起我簡單做船員就好，誰備要那兩釐誰就去兼什麼倉庫長冷凍員，而我也備來去學清江、學仁跟羅貴按那，專撿輕鬆的事頭做，以後誰若過再跟我嚕嘛，我就準備殺人放火，大家攏來死聚夥。」

忽然一拳打得大頭跌倒在地，隨後清江幾乎是騎在他的身上連打了幾拳；打得自己的拳頭都破皮了。只是幾處破皮，他卻也把那隻右拳連手腕滿塗紅藥水，誇張得像一只贏得的手套。因爲大清早打那架，累了手肘和膝蓋的關節，這時候他的風濕鬧得更疼痛。

「千印，拜託一下，咱們班稍換一下。」他說：「另外拜託你去給我拿一點兒止痛藥兒，喳，喳，我胃痛關節也痛。」

「換班是沒問題。」千印走出工作甲板上避風的角落，爲難的說：「而藥兒你各自去拿。」

「喳，你跟船長較好講話，啊，算了算了。」打個呵欠，清江揉了揉眼屎說：「我看今兒日沒魚咯，昨昏這個時瞬已經百外尾咯。」

「這不一定啦。」瞇著睡眼，金萬慢呑呑的把金庸推過來的漁繩疊好。「還得要看暝時才會當輸贏啦，嘻，上好是沒魚，十幾工咯，這款風湧我骨頭都備散去咯。」

「工作啊！」金庸又推下來一疊漁繩，指責的說：「做未赴還備講話！」

白了金庸一眼，金萬忍氣呑聲的低下頭去工作。

「喳，急啥？」清江說：「你那認眞做啥！」

「炕！」金庸想繼續說什麼，但是楞了一下就忍住。

到了夜裡，漁獲仍然不起色；船長又認眞的翻看船團的魚況交換資料。西南非洲的外海有一道海底山脊，粗略的平行海岸線；依據大家通報的船位，他突然發現船團正沿著這條線上上下下的密佈，而且每天都有外圍的船隻正對其中的某些船隻趕去，熱鬧得像趕集。

「今兒日的魚兒沒幾尾活的。」三副說：「而且小尾，過瘦，我看是追不著陣的那些魚兒子，昨昏以前的那魚就足大足肥。」

「這還得要你講。」船長說：「你也不比誰較聰明啊。」

「呵，是啦。」三副說：「開普敦那邊的船抓了啥款？」

「簡略不壞，但是節氣我看是還未到。」船長說：「節氣若到，這會先到，這源頭啊。」

「嘻，我看咱們上好是去那邊等較穩。」三副說：「反勢魚陣已經過去咯，而咱們頭沒摸著卻摸著尾。」

「姦。」

「嘻。」

「喂！」二副站在工作甲板喊：「備出魚餌沒？」

「出啊！」船長大聲的喊：「爲什麼不備出？」

「嘻。」三副說：「下面的人又在哼咯，什麼感冒啦，頭痛啦，胃痛啦，風濕痛啦，嘻，備知我就帶藥兒出來賣，還什麼魚價繼續在落休勤一兩工那有關係。」

「什麼沒關係。」船長說：「這一休勤我就連魚尾都不知備去那兒摸咯，今兒晚我備回頭加駛兩點鐘，追看覓，今兒晚點心廚房煮啥？」

「做包兒。」

「喔，包兒啊，伊想起做包兒咯。」

「嘻，大概是伊各自鹹糜也呷驚咯。」三副說：「要不，就是去奉那些少年罵驚咯。」

工作還沒結束，廚子就等不及的把一籠蒸熱的肉包子弄上工作甲板，去逗大家開心。第一次吃夜點看到肉包子，大夥兒眞是吃得眉開眼笑。當他回到廚房去的時候，木耳煮的蛋花湯已經滾開了。他舀了一大碗連同一碟肉包子，帶到大副的房間去。

「有較好一點兒好？」他說：「你已經兩工沒呷飯咯，我特別爲你做包兒，備試看麼不？即才炊熟的喔。」

「唉，沒胃口，眞是沒半點兒胃口。」大副掙扎的從床上坐起來，靠著牆板說：「晚時有抓到魚沒？我簡直沒聽得魚兒在跳。」

「沒什麼魚，囥這瞬才六十幾尾。」廚子說：「但是船長明兒再備過再落索兒。」

「唉，這瞬實在應該駛去開普敦那邊等節氣。」大副說：「這就親像博天九，看準咯大把就給押落去，唉，我眞正不了解伊拚來這做啥。」

「呃，但是伊講節氣位這開始緣那有道理。」廚子說：「我們舊年在這抓得——呵，若不是半途淡水不足，我們可能會當抓滿載。」

「唉，每遍都講你們舊年舊年，舊年是舊年。」大副說：「伊的算盤按那彈我眞了解，伊想備在這抓滿載，拚入去開普敦落魚，隨過再出來抓滿載，姦，這駛轉去開普敦進港，最緊也要十外工，人腳手猛的，節氣的時瞬這十外工已經就會當抓半載啊，算來算去不是相款？坐在那等敢不比走來走去較穩？哼！我就是氣屆破病的。」

眼看大副動了肝火，廚子趕忙換了話題說：「你們這房間足冷喔。」

「是啊，地板下面是冷凍庫啊，我親像睏在冰箱內。」

「你會須搬落去我們那兒睏，我們那兒這瞬機艙烘屆燒燒燒。」

「我看我來去睏機艙又較燒。」大副說：「按若好啦，較晚一點兒，你來幫我給床鋪跟棉被搬去機艙，坑在那排鐵架頂，反勢烘一下我就好咯。」

廚子眞心希望大副在機艙裡烤一兩個晚上就會痊癒，那麼，他至少還有一個朋友能夠使他不覺得孤單而惶恐。因此，夜點的餐桌漸散他就趕忙去搬大副的床鋪，然後又匆匆忙忙的趕回餐廳想喝二副的酒。一向他都存有足量的酒，這個航次倒了楣也輸光了。

「沒酒呵。」二副調侃說：「賣你一罐怎樣？」

「呵，這航海我輸屆爛糊糊，所有贏來的都吐出去啊，吐屆空空空，手錶也沒去啊，什麼屎攏沒去啊。」羞紅了臉，他倒了一點酒說：「呵，借我兩罐怎樣？」

「借？那好喔？你在暝夢啊？」二副說：「你會須賣我鯊魚翅兒，這瞬咱們的鯊魚翅至少也有三噸，到入港差不多會當積屆六噸，我看每個人至少會當分得百七，我算你一百。」

「好啊。」廚子高興的說：「錢來啊。」

「錢？你還欠我八十咧。」二副說：「我酒照本錢，兩罐黑標的算你五塊，所以我簡單奉你十五塊，怎樣？怎樣？反勢十五塊你就會當烏龜翻身咯。」

「姦，你算盤眞姣算。」廚子說：「我稍想一下。」

「你這個憨仔，想啥？」輪機長說：「伊是算一斤六角，價錢甚好啦，我看入港的時瞬已經賣沒三角咯。」

「你那會知？」二副說。

「我那不知？姦。」輪機長說：「我是在駕駛房聽伊們船長在講無線電話，講什麼魚價已經落屆六百，而鯊魚翅兒落屆五角，怎樣？備要不？我的額順續買去喔，免算屆一百，算八十即好。」

忖度了片刻，二副敷衍的轉移話題說：「眞奇怪，什麼都起價，魚兒跟魚翅卻落價。」

「這我上淸楚。」輪機長說：「這鮪魚都是美國人在交割，而最近美國有幾省在鬧苦旱，牛沒草呷都死掉掉，美國的牛喔像那西部片在做，數都數不完，美國政府最近都在鼓勵美國人呷牛肉，所以沒人呷鮪魚，魚當然賣不出去。」

「呵，伊們外省人講噴雞胃就是吹牛。」二副白了輪機長一眼說：「你這就是正確在吹牛。」

「喳，這什麼吹牛？這是我在駕駛房聽報務員在講無線電話——」

「免在這放臭屁，伊們那報務員才不會講你這款憨話。」二副說：「你知樣什麼美國牛？美國人那肯呷死牛，根本是石油起價造成世界性的經濟破產，按那誰呷得起鮪魚？聖誕節以前，美國那些罐頭工廠還肯買一點兒，這瞬不備要啊，而日本人算盤姣算，乘這個機會就——備賣來，不備賣莎喲娜娜——咱們不賣不會活啊，伊們，姦，便宜買來屯，等工廠找沒魚或是經濟好轉伊們就起價賣，賺屆落下頷，伊們這都有博士——正牌的博士，不是你這款博士，還有專家用電腦計算畫圖表研究的，而咱們，哼，拚命是咱們在拚命，死是咱們在死。」

「嘻，廝打是咱們在廝打。」廚子說，「打屆鼻青眼腫，眞可憐。」

「是啊，喔——喔——要睏咯，明兒再我是頭班，備走咯。」二副一路走一邊說：「要睏咯。」

「怪咧。」廚子說：「咱們每遍抓魚都是一工比一工少，你看，咱們來這兒第一工是三百五十幾尾，第二天是三百外尾，第三工就沒三百尾咯，而第四工——」

「船長憨啊。」輪機長說：「伊斷不準魚群走的方向，簡單知樣憨憨落，這誰都會曉啊。」

「那難啦，魚兒泅在那深的所在，誰料想會到。」廚子說：「若有日本船那款探魚機就贊咯，那就會當歸群魚追著抓，抓屆爽歡歡。」

「嘻，若按那你也會須做船長咯——」

輪機的煙囪突然響了兩聲沉悶的砲聲，船身接著逐漸慢下航速；輪機像是自動停了。輪機長趕忙放下蹲在長板凳上的雙腳，往機艙跑去。廚子繼續坐在餐桌旁抽菸，等輪機長回來或者要確知船必須停下來修理。等了片刻，什麼動靜都沒有，他抓起輪機長的酒杯把殘剩的酒倒進喉嚨，然後匆忙的跑上後甲板去釣魷魚。

這是個懸掛滿月的夜晚，幾乎沒有任何魷魚浮出表層的水面。望著水平線上一團雲堆，他希望月亮儘快跌下海，不料視線遠處的海面突然喧嘩的浮起一條大魚；船燈之外，那條大魚顯現一片詭異的陰影。

「船長！船長！」他邊跑邊喊：「緊來看喔！一尾足大的旗魚喔！」

「那位？」從駕駛房跑出來，左右望了望海面，船長說：「姦，呷飽不要去睏，在這兒黑白喊做啥？」

「咦？我沒騙你，我看到伊按那泅過去。」

廚子才說完，船頭右舷忽然嘈雜的噴起一條水柱。那裡有三只水銀燈把海水的表層照得十分清澈，當水柱在攪亂的水面平靜下來，他們看到一條巨大的藍鯨緩緩的從船底橫鑽出來。

「哎喲，你看伊那目睭，足恐怖，親像在給咱們晲。」廚子說：「喔，我知，一定是伊給魚兒驚走去。」

「機艙在做啥？」

「即才我在機艙頂的窗兒看，伊們又在拆機器，哼，簡單會曉拆機器，洗洗一下，這我也會曉。」廚子說：「要我給魚餌收轉來不？」

「我即才備講。」船長說：「我看又要休勤咯。」

「我馬上來去收。」廚子說：「呃，借我兩罐威士忌怎樣？唉，我沒飲酒睏不去。」

「誰叫你日時備睏那多。」

「我日時沒得職啊。」

「沒得職？」船長說：「你不會曉戳鼎，掃地，洗廚房，你根本不像一個掌譜，你的廚房實在臭屈像便所。」

「嘻，我一定洗，我明兒早一定洗。」廚子說：「我就是晚時沒睏好，日時才會睏屈像豬，嘻，借我兩罐呵？」

「你廚房先弄賀清氣才來講。」

「好喔，就按若講定喔。」廚子說：「你沒騙我呵？」

3

修理好輪機他們繼續在原地輾轉的摸索了一個多星期，不過他們始終沒再能夠痛快的抓魚，而且大副的病況據他自己的意思是越來越難支撐；船長終於決定東航。

他們一口氣航行了六天，才跑近船團聚集的西南非外海。再度下繩他們就又抓得成群的鮪魚，而且連續工作兩個星期他們就又抓得五十噸。農曆新年之前的幾天，大部分的船員預期能夠持續這樣抓魚，來塞滿船上的另一個主要的大魚艙，這將會打破他們的一百噸的紀錄。

一路堆垛的烏雲在灰沉沉的天幕下凝滯，太陽始終無法放出曙光。隨著天色漸亮，那堆雲團才漸顯坎坷層疊露出許多明銳的罅隙，迸發出奔騰的寒煙和推擁的風雲。同樣陰森的海面，被冷峰和低氣壓攪翻了，到處滾動著呼號的海浪。

下了大旗，其他人都陸續回到住艙去睡覺。看看風向，千印自做主張的搖響輪機指令，將船全速開到上風處。

「哈囉！」停下船，他敲了敲船長室的隔板喊：「大旗落了喔！」

「我知樣。」一邊穿褲子一邊跨出房門，船長說：「而你有給我的漁索兒走拋沒否？」

「嘻，你看。」千印說：「在兩百三的方向。」

「嗯。」望了望電羅經的面板，船長說：「舵兒打得眞粹，但是船還走不夠遠。」

「嘻，才在學啊。」從窗口望著雲氣中模糊的太陽，千印說：「這款日頭會須測不？」

「勉強。」

「今兒日我想備來學測一下。」千印紅起了臉說：「我們有兩支天尺呵？」

「另外那支不準。」船長紅了臉，窘促的說：「而且離中晝還有兩點鐘久，你不要睏？這暫兒咱們不知備沒閒屆什麼時瞬才會休勤。」

「呃，我，嘻，不準沒關係啦，我主要是——」做個滑稽的動作，千印說：「我主要是備學天尺按那舉，呃，其實我也會須跟報務員學，伊航海的技術都會曉，輪機也足識，伊一定會教我，我們自國校的時瞬就是足好的朋友，但是，呵，我當然跟船長學才是正統的。」

眼看推託不過，船長只好說：「好啦，其實我是驚你睏不飽，再講，這個大副我入港準備叫伊落船，你加學對我是加有幫忙的啊，咦，大副的得職咱們這講這息，不好傳出去喔。」

「當然當然。」千印說：「我一定不會傳出去。」

擺好餐桌，廚子對著黑漆漆的走道放聲大喊：呷飯喔！

船員陸陸續續的翻下床；數了數人頭，廚子又喊起幾個賴床的。大家睡眼仍然迷糊就爬上飯桌；吃了一會兒，廚子發覺少了千印，又去走道口喊了一次。

「講伊會曉屠豬我才不信。」金庸嚼著飯說：「捆豬的攏得要透早天還未光就出門，伊按若睏，十個豬攤也會睏倒。」

「沒啦，伊今兒中晝在跟船長學天尺。」輪機長挑撥的說：「咱們這船長足莫名其妙，教船員兒學天尺做啥？伊若早教大副學天尺，伊們兩個人也不會今兒日按若不講話，啊——天尺上簡單，沒什麼了不起！你們誰備學來找我！」

「喂！講話唾爛不好亂噴啊！」學仁說：「你就是像豬哥，呷飯嘈嘈叫才會奉伊們上頭那桌的人趕落來，呸！我們下面這桌的人也不備呷誰的臭唾爛喔，你呷飯若備唾爛亂彈就閃較開些，各自去邊兒呷。」

「明兒日過年咯。」金庸突然岔嘴說：「炕！今兒日過再抓四百尾，第二艙就會當載滿。」

「大概沒法度。」廚子說：「即才我跟船長量過，差不多明兒再，呃，明兒再若又抓三四百尾就會須開始裝第三艙。」

「姦，明兒再是過年，還想備做工？」學仁皺鼻子，齜牙瞪眼的說：「那五日節啦中秋節啦不休勤已經是足傲慢咯，而過年免講休一個兒初一？姦，奉我氣起來我就備給伊休屆十五！」

「是啊。」清江附和的說：「我擁護你，咱們兩個人來組工會。」

「嘻。」羅貴說：「若這款工會我就願意參加。」

不敢過分強求，船長讓了半步；除夕這天，他只下了半數的漁繩。因為惡風惡浪的拖延，他們仍然忙到天黑許久才能開始吃年夜飯。

陳俥曾經幹過飯館的師傅；這天下午他們特地放他假，讓他做了幾道有名有目的酒菜。有此競比，廚子也費心的表演了幾手。為了討好大家，船長特地也捐出一箱威士忌和四瓶白蘭地，加上大家各自的藏酒，只半席飯，幾乎每個人都醉醺醺的開始胡言亂語，而眼淚裡充滿辛酸和鄉愁。

「船長。」學仁揚了揚酒杯說：「今晚眞多謝你的酒，我敬你一杯，我乾杯你隨意。」

「都乾杯啦。」船長說：「我看大家都來門前淸，好睏咯。」

「嘻，按那我就不敢乾杯咯，一乾就要去睏，算不合。」學仁說：「你意思是講明兒再還備落索兒？」

「當然備啊。」輪機長岔嘴說：「按那的魚色，一工是四五嘸。」

「你嚕嘛啥？」學仁說：「我也知樣那一工會當抓四五嘸，我是在和船長講笑，過年大家熱烈啊。」

「姦，講得像在做戲，假痀足成。」輪機長說：「嘻，你呵，我眞了解。」

「姦你娘，你這個老猴脯！我今兒日不給你教訓一下眞是不駛哩。」說著，學仁捧了酒杯，當胸一拳把輪機長打下座位，嚇得輪機長一溜煙跑開。

「你備做啥？」二副也捧了杯子擋在輪機長奔逃的路上，指著學仁威脅的喊：「醉就去睏！」

「哎哎，哎。」船長勸著：「息啦息啦，過年嘛！」

「是啊，失禮失禮，船長，失禮呵。」學仁說：「我，我實在是忍伊忍不著，一直就想備奉伊好看，姦，伊輪機長一個輪機就顧不好，還敢四界講人家壞話，每日閒仙仙，在你們上面講我下腳的壞話，而且呢，過再在我船員中間惹是非，有啦，有一工姦你娘問我講有想備給太平洋三號駛去中國大陸沒，伊這款人實在要槍殺才對。」

「那是講暢笑啦。」船長說。

「講暢笑？」學仁說：「姦，我等下備過來去找伊算帳。」

「好咯好咯，就按那息啦。」船長說：「時間不早咯，來，大家乾杯，我備來去駛船咯。」

「好啦，你船長一句話我就息啦，來，乾杯。」學仁說：「大家恭喜發財。」

一口氣逃回自己的房間，輪機長趕忙鎖緊房門，並且從抽屜裡找出一把老虎鉗緊握在手裡。害氣喘病，一向他都必須時常清理痰塞的喉嚨；現在，坐在床沿，他一點氣也不敢哼，而且始終提心吊膽的望著門縫幾次路過的黑影。

舵鐘突然響起來了；一會兒，船身左右晃了幾下就平穩的向前奔馳。一切似乎已經平靜下來了，在黑暗中他鬆了一口氣，終於感到酒氣散佈在全身的睡意。

4

像一頭飢餓的白鯨，太平洋三號繼續徘徊在那片狂風怒浪的海域，追逐並且吞噬一群又一群的鮪魚。沒人記得他們這一陣子是持續的工作了幾天，只記得因爲暴風過境曾經停工一天來漂船。船長像是瘋了，在另一次的暴風裡，浪頭擊碎了船側兩個小圓窗，連窗子厚重的銅框都一併打下來，並且在船員住艙裡灌進大量海水，他一點兒都沒放在心上，只管要輪機部的人剪裁了鋼板將那兩窗洞口用焊鐵封死。爲免後患，他乾脆要他們將所有船艙的小圓窗都封死了。他說：在南大西洋，那些氣窗根本沒用。

對於大副他也非常冷漠；對於他來說，這個被船員和其他幹部扳倒了而且生病的大副，實在一無是處。起先，他還會偶爾粗聲粗氣的問他：「你到底是按怎？」

這個原本非常剽悍而且自信勃勃的大副，因爲孤單而惶恐，總是謙卑而且討饒般的說：

「我這兒會痛，那兒會痛，上好是附近若有船備入港，咱們來去跟伊們相會，我先隊伊們入去看醫生，看若會好我就在港內等你們。」

「沒法度啦，這些船咱們是在最下面，伊們離足遠，根本就沒船在咱們附近會當相會。」船長說：「這款風湧你也知，一不小心就會相撞，而且你也沒辦法坐竹筏兒過去啊。」

「我有法度啦。」大副說：「我精神緣那足好咧，你若會船我一定會拚過去，咦，要不，咱們還有救生艇啊，找幾個船員送我過去一定沒問題啊。」

這以後，船長因爲心虛，再不想理他了。

5

開普敦的桌山終於在南非洲那堆起伏延綿的山影中擺脫牽連，標榜出自己廣闊的傲岸。秋末冬初，除了一對遲行的小海狗仍然在趕路，其他鳥獸早都在海面上消失得無影無蹤。

西北風攪亂的海水滿目灰蓬，怒浪一股接一股的在船頭遠處一片崛嶠的亂礁上，撞擊出連綿不絕的花沫。眼力好的人，隔著窗子，仍然可以在風浪起伏間看到兩條破船；一條只站出鏽黑的桅杆，另一條傾倒在水裡。

因爲是進港求醫，他們才駛進外港就有領港船來帶他們靠岸，並且有一輛救護車等在碼頭上來把大副載走。

「哼。」金庸皺起鼻子說：「若不是伊破病，咱們差不多過再抓半個月，前艙就會滿，姦，就大滿載咯。」

「是啊，伊那有——伊根本就沒病，你看，伊聽得領港船來就各自位眠床爬落來，還會行路，姦，我本來不想備睬伊，起先伊還不敢甚假，尾來看我不備睬伊，伊就哼一下哼一下，姦，我卻去奉伊騙去啊。」船長說：「好，按若也好，反正我這遍入港簡略備加油，隨就備出去過再抓魚，那前艙是兩邊攏總二十噸，厝腳那兩個冷凍室參差也會當擠七八噸，尾來那預備室門口稍隔一下，裝得三四噸我看也是沒問題，算算一下，過出來去抓一時兒就會大大的滿載。」

「憨仔。」輪機長說：「這百五噸先落落掉，油較緊加滿，隨過再拚出去抓一載不才對？按若你也才會當給那個破病鬼扔在開普敦啊。」

猶豫了片刻，船長說：「坦白講，這遍入港是公司的意思，公司的電報講魚價這瞬已經落屆五百五，魚暫時不備賣，所以先入來加油，賣魚的得職備等一陣兒才打算。」

「剩五百五？」輪機長說：「姦，若按那壞價，根本就免抓魚咯，船我看駛轉去臺灣好咯。」

「講癡話。」船長說：「我才不相信魚價會繼續敗落去，反勢隨即會沖高，好咯好咯，想這都無效，這大副我已經不要咯。自這麼起，大家一級一級升起去，彭全升三副，伊的冷凍長金庸來做，大頭還是倉庫長兼冷凍員，但是工缺稍可增加，當然咯，份數要添一絲兒——呃，大副這兩份備按怎分，咱們以後再過來好好兒計算。」

「免算啊免算啊。」羅貴說：「魚價這壞，我備落船咯。」

「喳，少年郎備呷不要討賺，笨惰。」金庸說：「一工到晚簡單想備落船！」

「你那熱心啦？喔，你升幹部咯？揚威啊？姦你娘！位頭到尾，船上的人你都想備呷一份，來來，來來來，咱們兩個來！」拍了拍胸部，清江盛氣凌人的說：「我這份你來呷看覓！」

沒來由的殺出這麼一個凶煞，金庸愣了片刻，但是也不示弱的說：「你到底跟我有什麼冤仇？不時就備給我噁噁唬。」說著，他突然也暴怒起來說：「好，來！我一隻手綁起來讓你！排骨仙喘大氣你！」

「姦你娘！」學仁忽然吼著跑下船橋，在工具箱裡抓起一把殺魚用的尖刀，裝腔作勢的揚著喊：「你若那興，找我！連我打參落去！」

擔心他們眞的火拚，二副立刻拿起一把木槌抓住清江的衣襟，裝模做樣的揮舞了幾下。

「沒你的得職。」學仁揚了揚刀子說：「你走！」

「有你的得職嘛？你想空我驚刀兒嘛？」二副說：「你一工到晚在鬧，是備鬧什麼意思？」

這幾個人正在鬧著，碼頭上駛來一輛汽車，走出一個代理行的洋人。這個年輕人來談安排加油的事，順便轉交一封孫泰男的家書。因爲是臨時進港，船員家屬陸續寄來的家書都還在半路上。這封早到的信是一封快信。看完了信，孫泰男吸了吸潮濕的鼻子，紅著眼眶把信傳給大家看。

「公司已經倒去啊。」他說。

「喔?船會當駛轉去咯。」輪機長說。

船長搶信去看，呆了片刻，但急切的說：「唉!這那有啥?你們根本不會曉看批!」

「我看我看。」撥開人群，二副拿了信看；看了片刻，他唸著：「世界性經濟不景氣，魚價慘跌，周轉不靈，船員安家費每月減發一千元……這沒啥啦!下面這句才重要……不久魚價就會回升，安家費等賣魚就會恢復原數，欠發的也會補——」

「補一支𡳞屌啦!」清江說：「簡單講孫仔就好，伊厝就一個某一個囝兒，沒人會賺錢，安家費本來每個月二千五就壞過日咯，備減一千?你們憑良心講，伊們是備按那過日子?」

「公司按那黑白來按那!」學仁說：「沒經過咱們同意，安家費黑白給咱們扣，咱們備駛船轉去誰敢嚕嗾?」

「是啊，幹部扣了伊們的家屬還會當生活，咱們船員有好多錢會當扣?」清江說：「我不管，看是備用拳頭還是備用刀，我都應付!」

「啊，清裁啦。」金庸說：「有備補發就好啦，咱們若是駛船轉去，公司隨即會倒，屆時什麼屎都沒咯。」

「是啊。」二副說：「有總比無較好。」

「你當然好，你升大副咯。」學仁說：「爲禮已經奉你傾倒咯，姦，活備奉你氣死!」

說著，他摔下手上的刀子，奮勇的往二副身上撲去。

大吃一驚，二副趕忙將他抱住；兩個人交頸相擁扯來扯去，都想把對方弄倒在地。

「好咯好咯。」清江喊著將他們扯開。

「根本就沒你的得職！」學仁對著二副咬牙切齒的說：「人我們是在跟船長在評理——」

「評什麼羼屌理！你們憑什麼備跟船長評理，尤其是你！」指著學仁的臉，二副說：「你憑什麼時常備跟船長黑白來？憑你爸是一個小小的村長兼小學校長？姦，您想空你爸是總統？」

「講我爸做啥！姦！你講我爸做啥！你不要命呵，我跟你配咯——」淒厲的大喊一聲，學仁再次撲前上去。

這次，都氣瘋了，他們兩個像模像樣的眞打起來，並且結實的各打了幾拳。費了很大的勁，清江終於又把他們隔開了。

「我早就想備打你啊。」二副喘著氣說。

「打我？呸！」學仁也喘著氣說：「我想備屠你咧！」

「姦，你那當時來找我的時瞬，我就跟你講你不是抓魚的角色。」二副說：「而你講你備試看麼，今兒日卻備跟我反面。」

「我找你？姦，那瞬我根本就不是去找你，我是去你們厝找清江，而你講啥？呃，我那隻船在欠腳手，姦，若不是你強備叫我跟清江出來，我們兩個這瞬，日時在工廠做工，晚時在看電視、看電影或是在呷海鮮吮燒酒——」

「好咯好咯，看我的面子免過講咯。」拉著學仁走開，清江說：「免講甚多咯，若沒好好的解決，我會給船放火燒。」

心慌意亂，船長早就搭那洋人的便車去代理行打越洋電話，向公司探消息。堅持回家的人心意已決，也不肯再多言。其他人惶惶惑惑的圍著二副和輪機長；這兩個人並肩靠牆蹲在一支長板凳上，時而認眞談話，時而望著突堤另邊停泊的一條拖網漁船。船上有幾個女孩趴在船橋的欄邊，望著他們嬉笑。

「波力士！波力士！」輪機長忽然指著路上喊，然後望著爭先恐後逃竄的女孩背影，瞇起眼睛笑著說：「嘻，尻瘡按那扭著扭著，實在眞好看，嘻，眞有趣味。」

「姦，你的人就是按若壞屎，呷不著看也好，而你就備按若喊奉走掉掉。」二副吸了一口菸說：「你就是這點討厭，做得職不用頭腦。」

「我那不用頭腦？」輪機長說：「我想比你較多喔，像這瞬按那減發安家費，意思就是公司備倒咯，而你還不會了解。」

「姦，公司未倒你就一直講伊倒，你愛伊倒喔？伊倒你會有什麼好處？我知我知。」二副轉向四周的船員說：「伊會當轉去呷死飯，伊兩個子都在罟網兒船做船長，伊轉去澎湖不管伊子會友孝還是不會友孝，伊都會當涼適涼適，而你們呢？你們轉去敢有錢賠公司？準擬做有錢會當賠公司，時機這壞你們備去找那位找頭路？你們若有辦法在陸上找得好工缺你會來行船？」

「姦，時機這壞轉去做啥？」輪機長說：「船駛駛去中國大陸上好。」

「啊，講這屁話。」二副說：「其實安家費以後補發也好，做一遍拿，較多較好打算。」

「我看備補發就要在這補發，在這補發上穩，都免驚公司倒去。」輪機長說：「你們講對不？」

「對啊。」大家說。

「按若講就有譜，這不才講是評理，是不？」二副說：「而你一開始就汪汪叫，像癡狗。」

「沒啦，一開始你又不是沒聽到，船長伊——」

「喳，伊那會知，伊奉你們弄屆頭殼狂狂。」二副說；「你喔，船長讓你做好不？」

「嘻。」

王家騏的回憶

一九七七年春　英國倫敦

1

除了另一些寫在電報稿紙上的雜亂筆記，我再找不到任何華北和梅岑的通信，或者那些略微整理過的太平洋三號航海日記。

把信件和航海日記按順序交疊排列，並且對照筆記開始整理另一段航海日記，我們的朋友華北顯然認眞的想繼續呈現什麼。有一陣子我仔細的想從那些雜亂的筆記中找出一點蛛絲馬跡，那些筆記卻寫得很潦草，有些筆跡或者因爲船身搖晃過度滑動得不成字形，而電報稿紙也因爲時隔許久有些黃斑，讀起來非常困難。

這一切離謎底仍然太遠。

這是一個寒冷的夜晚，晚間電視新聞的氣象報告說過：夜裡，山頂可能下點雪。在過去的三個多鐘頭裡，我全心全意貫注於閱讀那些信件和航海日記，完全遺忘了四周的寒意。此刻，閒著沒事，我立刻凍得全身發抖，並且爲了天花板上或者隔牆忽然傳來的隱約啜泣聲覺得驚恐。

我希望華北能夠立刻醒來，可是他睡得正熟，而且他蒼白的臉上浮現一層詭譎的陰影，使得這棟厚牆、巨窗和拱門架構成的洋房，充滿更多懸疑的氣氛。我躡手躡腳的走到門口，打開門去探看走道旁的其他房間和底端上樓的梯口。除了廊燈陰暗的光影，那道雙折的階梯仍然像我來時那樣籠罩在黑暗中，而其他房間的門板下也仍然是漆黑一片。

猶豫了片刻，我鼓起勇氣往二樓繼續走去。

除了面街那片牆的一個角落亮著一盞微弱的枱燈，二樓也是幽暗得幾乎伸手不見五指，而且靜得陰森。就在我剛探頭的時候，那個點燈的角落突然又響起欷欷歔歔的啜泣聲或者笑聲。

「誰在那裡？」我輕聲的問。

沒人回答，不過我很快的就弄清楚，在一排沙發後面擋著枱燈的箱形物原來是一張籐床，一個裹著毛氈的小男孩躺在裡面面牆啜泣。

「乖寶寶。」我說：「乖寶寶不哭。」

我料想他會尋求我的安慰，至少回個頭看看我；可是，他仍然保持那樣無助的姿態和低泣的節拍。這樣的反應使我有些納悶，是否他在做惡夢或者病了？這麼想，我就憐憫的伸出手去扳正他的肩膀。不料，看到我這張陌生的臉孔他卻驚恐的放聲大哭起來。

「查禮！爹來咯！」樓下傳來華北邊跑邊喊的沙啞聲，並且繼續在梯上用英文喊：「不要哭，爹就來咯！」

那時候，玻璃窗突然響起冰雹細碎的彈跳聲，而屋頂喧嘩得像緊擂的鼓隊；誰家的嬰孩被吵醒了，也放開嗓門嚎啕大哭。

「喬治，喬治。」一個婦人在對街的房子裡喊著：「那是雨，那只是雨，不要哭，瞧，媽咪在這裡。」

在母親的哄慰中，那個喬治立刻停止哭泣，而我們的查禮躲在華北的懷抱裡繼續抽搭了一陣子鼻息。

除了那一會兒在樓下邊跑邊喊了幾句，我們的朋友華北再沒多說話，甚至於上樓來也沒和我招呼。打從抱起查禮他就木頭般站著，背對我望著枱燈發呆，把我埋在從他背後投射出來的巨大黑影中。這使我詫異，他似乎不喜歡我在場。因此，我走到窗旁挪開一點厚重的簾幕，從縫裡俯視下面的馬路。第一眼我就看到黑字黑框的維多利亞街牌；這個街牌是一塊漆白底的長條鐵板，用一根短鐵棒立在路旁。在淒冷的路燈下，我能夠清楚的看到街牌上幾滴水珠凝結的晶瑩。我忽然覺得心疼，我的好奇心完全被雨水溶化了。我想，我認真的想：如果我們的朋友華北不提起太平洋三號，我絕對要避開這個話題。

「我想回旅館去了。」我說。

「你可以睡這裡。」他說：「這裡有許多空房間，毛氈也有幾條，我們好多年沒見面了。」

「我看我還是回旅館去，你必須好好休息。」我說：「我還會來看你。」

沉吟了一聲，他把睡去的小孩從肩上放下來，小心的在籐床上擺平。「你怎麼知道我在這裡？」他說：「我意思是你怎麼知道太平洋三號的事？」

「去年冬天我在紐約遇到你父親。」我說：「我們暫時不談這事，我該走了，我只剩下一點時間趕車子，旅館就要關門了。」望了他片刻，我說：「我很高興你還活著。」

淚水立刻湧上他的眼眶，而我忍不住也酸了鼻子；因此，我們都低下頭去看那個熟睡的小孩。

「這小男孩長得滿漂亮。」我說。

「像他媽媽。」他說：「你看他粟色的頭髮。」

「至少他眉毛和眼睛的樣子像中國人。」爲了安慰他，我隨意的說：「而且看起來也有點像你。」

「喔，不是。」他說：「這是梅岺的兒子，呃，你看過我整理的那些東西了？」

「差不多，對不起，我太好奇了，事實上我正是因爲好奇才順路在開普敦停留，我從雪梨來的，要去倫敦。」

「嗯。」來回踱了幾步，他自言自語的說：「無論如何，你已經明白了，嗯，差不多明白了。」

「只是部分。」我說：「我的了解仍然離謎底非常遠，不過你放心，我是個朋友，你只需告訴我——呃，如果我能夠爲你做什麼。」

「也許。」他說：「也許。」又來回踱了幾步，他說：「我會和你聯絡。」

我們的朋友華北並沒如他所說的：會和我聯絡。

等了兩天又兩夜，恐怕他病了，我在白天和夜裡各打了幾次電話；總是沒人接應。還幾次，我幾乎就在維多利亞街附近了，也恐怕冒犯什麼危險而不敢再次登門探望。我有充分的理由這麼擔憂：假始我們的朋友華北純然只是委屈，是無辜的，憑我們的友誼，在這個寒冷的異鄉相遇，他應該會坦然的尋求我的了解和安慰；可是，那個晚上，在我離開維多利亞街的時候，我們的朋友華北顯然的又陷在狂亂的情緒或者精神的病態，並且在他的眼神中不時的閃爍起像是仇恨的火光。

我想，他在太平洋三號航海日記後段的空白裡掩埋了使他煩惱和心神錯亂的秘密。或許，這也正是他要使它繼續空白，以及現在要問離我的原因。

無論如何，我不是一個警察，是一個朋友。如果我的存在增加了他的精神負擔，我就應該離開，並且立刻讓他明白我的心意。因此，再試了一次無效的電話之後，我就簡短的寫了一封信，並且開始整理我的行李。可是，就這麼離開開普敦任他獨自爲了什麼原因繼續陷在這裡發狂，我實在不忍心。至少我應該弄清楚，是否他有較合理的打算，身上是否還有錢，或者爲了什麼原因需要由我通知他的家人；我想，事實上他眞需要這樣的友誼的支持和安慰。我立刻改寫了那封短信，在祝福之外又加進這些問句，而且爲了可能的需要，保證將我所知道的任何東西爲他保密。

那封信是我親自搭計程車去送的，因爲我不知道他的門牌號碼；我只認得那條街和那間房子。在寒冬的深夜裡，那條街幾乎家家戶戶熄了燈，顯得十分陰暗。我在巷口下車，觀前顧後的小心走我的步子。坦白說，除了擔心他的精神狂亂，我，呃，即使知道我們的朋友懷有一把手槍之前的那幾天，和他面對面的坐在街上的酒吧我都保持著幾分戒惕。是這樣的，在我們第一天的會談之後，我在回家的途中彷彿被人跟踪了兩條街。

我相當緊張，因此走到門口把信投進信箱的時候，那扇門突然打開了，更加嚇了我一跳。

「對不起。」一個女孩子以手心貼著胸口說：「你也嚇了我一跳，呃，你在這裡找什麼人嗎？」

我想起梅岑給華北的信中曾經提過一個舞女、妓女或者吧女；因此，我說：「你是Sakura 小姐？」

「Sakura？」搖了搖頭，她說：「我想，我們這條街沒住日本人。」

她仍然把手心貼在胸口上，並且呼吸得很急促；這是一個相貌淸麗的年輕女孩，身材也不像梅岑信中所提到的喝多了啤酒而發福的樣子，我想她眞不是Sakura 小姐，不過使我感到意外的是，除了緊張之外，她也始終一手抓著門板像是攔著恐怕我闖進去。

「我希望我沒嚇到你。」我說：「我是華北——我不知道妳是否也是這樣喊他的名字，我是他的好朋友，我剛從澳洲來要到英國去，我是半途逗留的，事實上，三天前的晚上我來過這裡，呃，我就要走了，我來和他打個招呼，我才剛剛丟了一封信在你們的信箱裡。」

「對不起。」她說：「你可能記錯了門牌，我們這裡沒有中國，呃，沒有日本人。」

「如果妳是他的朋友，請妳相信我，我是來幫助他的，我眞是來過這裡，而且曾經在街上和他談過幾次，呃，妳看，我知道你們樓上的育嬰室有一個查禮。」

「好吧。」猶豫了片刻，她鬆了肩膀垂下兩臂說：「他不在家，他在這附近什麼地方散步，我正要去找他，我是茉莉，我希望你眞能夠幫助他，他像是瘋了，我擔心他可能自殺，有一次我無意中看到他把槍口頂上額頭，這幾天他更加狂亂了，他失眠，整天走來走去，像是被嚇到了，你是那個一直打電話的人嗎？」

「是的，我是那個人。」我說：「不過，我不知道要怎麼說才好，我也不全明白爲什麼他怕我，我們是眞正的好朋友，我關心他，我意思是他是個非常好的人。」

「他是，他眞是，我愛他。」

「他呢？」我說：「他愛妳嗎？」

「我不確定。」她說：「你要進去坐一下嗎？」

「謝謝，我想我就要走了，記得信箱裡有一封信。」我說：「關於查禮，呃，你知道梅岑在那裡？」

「梅岑?是查禮的爸爸嗎？」搖了搖頭，她說：「我，坦白說，除了華北我知道得很少，這裡面有什麼秘密，我曾經問過華北一次，他說了一點，啊，關於太平洋三號，他只說了一點點，但是很懊惱，所以我不曾再問，我甚至於不知道查禮的母親是誰，啊，是你剛說的 Sakura 小姐？」沉默了片刻，她又說：「也許你知道得比我多。」

「我知道了許多，但是離謎底仍然很遠，呃，坦白說我希望能夠明白整個眞相，來衡量我能夠幫他什麼忙，呃，你看他對我有敵意嗎？」

「我想，呃，我看他只是煩惱，他應該不會傷害你，他是個善良的人，你必須相信他，而且如果你們是眞正的好朋友，請你一定救救他。」

「我會試試看。」我說：「我要回去了，很高興看到妳，再會。」

「你不等他回來？他就在附近。」

「我想我還是回去旅館等他的電話好些。」

「好吧。」她伸出手來和我握別。

3

我們的朋友華北仍然沒給我電話；不過，出乎我的意料，他在第二天大清早就跑來看我。

從他佈滿血絲的眼睛看來，他沒睡好覺。他看起來也非常沮喪，而且時常失神。偶爾他回答我一些無關緊要的簡單問句，好比：吃過早飯沒有？今天的天氣算冷嗎？大部分的時間他站在窗口瞭望海港。事實上，進門來沉默的和我點個頭，他就逕直的走到窗口撩開窗簾，彷彿是特地來看港灣裡的船隻。

這仍然是個颳風飄雨的日子，濁綠色的港灣顯得格外濕冷，而岸邊晃蕩的船影就像成排的琴鍵，無聲的彈奏他們的悲歌。

「這是巴哈的長笛和大鍵琴吧？」他忽然說。

聽了聽收音機的廣播音樂，我說：「我不清楚，我很多年不聽這種音樂了。」

「我想，我突然這麼想，音樂，無論是那一種曲調，從來不曾撫慰過誰的創傷，剛好相反，音樂只顯示了人的創傷，像是永無止境的呻吟。」說著，他放下窗簾，在角落的沙發躺下來，點了一根菸，沉默的抽了片刻，沉吟的說：「這幾天我的喉嚨被菸燒壞了，我也沒能睡好。」

「你要泡個熱水澡嗎？」

「算了。」他說：「我來和你談太平洋三號。」

「你可以不必談太平洋三號。」我說：「如果你覺得困難。」

「嗯，我是有些困難，不過這可能是個適當的時候，我曾經幾次有殺你的念頭，即使在昨天晚上，我還想今天哄你搭纜車去桌山，將你推下懸崖在那裡繼續埋藏我的秘密，請你原諒我，我瘋了，事實上這秘密算不得什麼，問題在於我必須同時爲我自己做出結論，喔，一個徹底失敗的結論。」

「算了，華北。」我說：「我們不談這個，我們可以簡單的談談茱莉，談你還有多少錢，或者像我信中所說的，你有什麼較長的打算，要不要通知你父親。」

「嗯，這比較簡單。」把身體在沙發裡滑得更低落，他閉起眼睛深深的呼吸幾次，然後望著我說：「我不想談這些，呃，我不能只談這些。」

「好吧。」我說：「我來弄兩杯咖啡。」

「嗯，我也需要一點時間。」他說：「我尤其需要勇氣，嗯，我真需要勇氣。」

一九七六年冬　南非開普敦

王家騏整理自錄音帶

1

我還有許多錢，幾千塊美金吧，確切的數目要問茱莉。茱莉是一個遠洋輪船船長的女兒，是個獨生女。她一個人住在維多利亞街，因爲她母親和她父親離婚了。她在第一銀行工作，就在OK百貨公司附近，我們是在銀行認識的。太平洋三號第一次進港的時候，我和船長帶了三千美元去換蘭特，那不是小數目，所以銀行——我想，花了時間去查驗美鈔的眞假；這使我們在櫃臺上談了不少航海的東西。坦白說，這裡面沒有什麼青年男女那種浪漫的東西，她主動和我交談似乎只是因爲她是一個船長的女兒，想念她父親而多給我們一些感情。太平洋三號第二次進開普敦，呃，也就是最後一次進開普敦的時候，我沒在銀行遇到她，實際上我根本也把她忘了——喔，我談這些東西幹什麼呢？我的航海，呃，我那些雜記整理到那裡了？

嗯，那個病倒的大副。

我曾經到醫院去看他；除了他的老朋友德安，沒有誰願意去看他，那時候他穿著病人的衣服，坐在病房附近一間小庫房的廊下曬太陽，睡容因此有些潤色。不嚴格的說，當然我這麼說是有點冷酷，不過事實上這個大副除了胃痛並沒什麼病，呃，我的意思是他不是我們想像的那樣病得必須大量投藥或者動刀。他只需適當的休息，就像整日無事的躺個幾天。也許當他在船上放倒，躺了兩三天的時候，身體就已無恙。可是他那麼一躺，而且繼續躺下去就中了船長的心計。當然，當他把自己放倒的時候，心中可能確實充滿恐懼和憂慮；恐懼自己一病不起，憂慮再度中途被遺棄。如果他的心不是被恐懼和憂慮完全塞滿，或許仍然有餘地輾轉反省自己的生活。我想，他的病很簡單，他只不過是因爲長年夜賭弱了身子，並且因賭博的緊張和人際的不和諧而近於胃潰瘍。

無論如何，他永遠，嗯，或許永遠不會這麼檢點自己；因此，他只會哀嘆那種沐雨櫛風的苦活或者怨恨人情冷暖的無常。最後，他明白船長確實有意順水推舟將他遺棄，就以要繼續留在船上做威脅，要了船長一張同意書讓他免費搭機回高雄，並且要船長以轉帳的方式代幾個船員結清他們欠他的賭債。

那時候正是豐盛的魚季，碼頭上除了太平洋三號停泊，其他漁船都在外海追逐魚群。這種情況下，無可選擇，即使是那些白人妓女也都主動的爬上船，任他們在簡陋、狹窄而且髒臭的床上擺佈。毫不誇張的說，他們把船上弄的到處腥味，日夜騷鬧；這樣的狂歡倒是安慰了他們因爲魚價敗落和安家費短發的苦悶和氣忿。

當時，南非的幾個地方黑人開始暴動得很厲害，報紙連著幾天報導了校園的縱火和街頭的搶劫；開普敦也不例外。你記不記得那個老是賭博輸錢的三副？呃，是的，他的名字叫森木。這個可憐人在那幾天時來運轉，贏了許多錢。可是，據說是這樣的，有一個晚上他突然想上街去找較年輕又漂亮的女孩子，一個人出門了。他捨不得坐計程車，從碼頭一路走出來，剛過了海關不久，呃，就在我們這裡的窗口可以看到的街邊的一片草地，被幾個黑人用亂棒打昏了，打得頭破血流。他們搶了他大約三百美元，連衣服和皮鞋都剝了；老天可憐，那只是一雙老舊的皮鞋，說是舊得後沿都軟塌了。他們只留給他一條麵粉袋縫製的內褲，並且就那樣任他半昏迷的躺在草堆裡。虧他在海上磨鍊得結實的身體，第二天早上，有一輛路過的計程車把他送進醫院，縫了幾針。

我就住在這裡，船進港的那一天晚上我就住在這裡；代理行的一位先生轉告我梅岑約我在這裡見面。我已經忘了我住幾樓，讓我看看——嗯，高許多，還要高個兩三層。這點我倒是記得很清楚，因為梅岑來找我的那個晚上，當電話響的時候，我正好站在窗口俯視樓下的方場。你看，那時候方塊四邊這些高聳的寬大樓牆零落的點綴幾處守夜的燈光，方場外圍的花飾也相當明亮，但是夜色很濃，因此隔著夜色俯視那片磚鋪的方場，就像遠望一個燈色朦朧的小劇場。

我們的朋友梅岑看起來很沮喪，喔，是否讓我暫時不談梅岑，先談太平洋三號？

這比較簡單，我一樣曾經做過筆記。

我曾經想把太平洋三號好好的做個整理，所以努力的做各種筆記，可是這很困難，你看過了，即使我記得巨細無遺並且回想那些人的生活、個性、談吐和簡略的個人背景加以註明，試圖使它豐富些，結果仍然只能把握住最低的層面。

是的，是的，這正是我想強調的，這是一種幾乎接近完整的眞實，因爲他們的生活太簡陋，思想貧乏而空洞，可憐的像禽獸般日月重複單調的生活。

2

我想我們可以直接談太平洋三號的最後幾天。

嗯，在某一天的前幾天，差不多只有五天，我們就把兩個共是二十噸的前艙塡滿，這麼一來我們只需要再工作個三兩天，大約再塡滿預凍室裡那三個小隔間，就可以塞滿船上任何可以裝魚的地方。

前後這將只是十來天的一個短暫航次，船員顯得很輕鬆，而船長更是躊躇滿志，毫不在意海洋電臺的暴風警報。

那一天，南非外海將近四十條船，除了太平洋三號和另外兩條船，嗯，我記得總共只有三條船繼續冒著風浪工作，其他船在無線電連絡中通告休息漂船。

最早覺得吃不消的是輪機員，他名叫，呃，陳俥。這些在機艙裡操作螺旋槳車軸離合器的人，通常，即使在大風浪的日子裡也都能坐著打盹，僅以單手操作。這一天他必須老老實實的用雙手抓牢離合器的操作轉盤，儘管如此用心，他的身體隨著船身大幅度的搖來晃去，大部分的時候他仍然無法趕上喇叭的信號，配合駕駛台傳下來的指令。

甲板上的人更是跌得東倒西歪，而船長親自在駕駛房操舵；他必須抱緊舵機站著操舵。

不過，甲板上不停的拉上大大小小的鮪魚仍然使他們很開心。

那天因為工作這麼不順手，我們沒能如期吃晚餐，事實上我們沒有晚餐吃。電鍋裡的飯因為水晃來晃去沒能煮熟，而從頂窗灌進來的海水把廚房裡做好的菜糟蹋了。再說，那時候我們也已經被暴風雨搞慘了；船身時常被風浪打橫，而且鐘擺般擺個不停。我們甚至於在天色發黑的時候，就必須暫時把未收回來的漁繩放棄，任它在海中漂流，因為誰也不敢再在甲板上逗留。

燈光下，我們可以看到一陣接一陣頭上頂著白花的浪羣，毫無阻攔的越過船牆重跌在甲板上撞碎成翻攪的泡沫，而船身兩側的排水口上單向外開的活動遮板給浪打掉了，甲板上不但無法排水反而被倒的海水灌飽。看起來，那個地方已經是陷在水裡。

海浪更加狂烈了，我仍然可以記得那陣開頭的第一擊。那陣浪一聲不響的翻過剛打擺的船身，被截成兩股：上面的一股碎成一片浪花越過夜空，在船燈裡令人炫目；下面的一股結實的打在船體，撞出一陣令人耳聾的鑼聲。這陣浪擊碎了一扇窗子和木板門，把駕駛房搞得一塌糊塗。

船長被嚇壞了，他軟了腳跌坐在地上問我風浪幾級，並且神經質的提醒我仔細聽那風聲，那眞是鬼哭神嚎。我們都認為我們不應該任船在風浪中自然漂流；我們這麼漂流，因為恐怕跑遠了把漁繩遺失，而且這是傳統的方法。不過，關於航向我們有些爭執。這個可憐的船長，雖然一生耗在海上見過許多風浪，這時候慌得六神無主，一心只想逃跑。這個念頭使他想把船頭朝向陸地，乘風逃逸。我不這麼想，我認為兩三百浬外的陸地當時對我們來說是毫無意義，而且他那樣背風順走，萬一舵打不正就可能翻船。起先，我非常詫異他的想法，任何一個懂航海術的人都不會這麼糊塗。後來，我想他的想法也有幾分道理；如果迎風踟躕，他擔心衝過船頭的浪再三在甲板上重跌，可能會把船身撞裂而折斷。無論如何，我們無可選擇，而他是船長。

我不知道那些船員當時怎麼想；他們必定嚇壞了，早都躲進下住艙，誰也不敢上來探究竟。

駕駛房就剩下我和船長：我用勁把腳頂在電羅經的座架，將背部緊貼在雷達的機體上站穩；他一手緊抱著鎖緊的舵輪，一手操作油壓機的操縱桿。每次，當船爬上浪坡而船尾挨浪，船身就會失速的向前撲進幾尺；那時候，我們就都必須出盡氣力來平穩我們的身體和姿勢，應付隨後即將發生的劇烈墜跌。那種船身在浪谷間浮空墜跌的衝力，幾次下來，已經震得我們全身痠痛四肢乏力。

那些浪持續的在兩舷呼嘯而過，越牆跌落的海水在甲板中線附近互撞，喧嘩得像是在發洩被切割的疼痛，而它們的主體匯聚在船頭再起東山，以一種排山倒海的氣勢顯示未能一擊全功的憤怒。過了一會兒，我們發覺屋頂上開始掠過浪花，然後，突然從那裡衝出一陣結實的浪頭，把屋頂上堆放的備用玻璃浮球一骨腦兒全都搗成碎片，並且捲走了最後的兩盞水銀燈。

眼前乍暗，而船身忽然憑空斜直並且大幅度的傾倒，我眼睜睜的看到船長鬆滑了手，在淒慘的喊叫聲中跌出駕駛房。我不記得我自己是如何跌出那個角落，不過我只跌到門口：我因爲跌得四平八穩只滑到門口就被門欄擋住。我大約昏眩了片刻，然後發覺船身被打橫了；那是非常怪異的景象：我躺在地板上，但是事實上幾乎是腳踏門欄斜站著，從空洞的門口面對狂亂的海面或者海浪的斜坡。那時候船身曾經靜止片刻，我不記得我是怎麼爬起來並且抓到那根操舵桿。我也不記得我是怎麼弄的，我可能打了一個滿舵，以至於顯然原將翻覆的船做了一個急轉彎，而被另一陣撞個滿懷的巨浪打正了。在黑暗中，嗯，在一陣混亂之後，我能夠感覺船又在跑了，跑得很慢，我趕忙定下心來看舵機上的指針。微弱的燈光下那根指針平穩的站在儀表的中段，這使我略微放心。

我大聲的喊那個二副，喔，他已經補缺升大副了。沒人應聲，但是經這麼仔細一聽，我聽到梅岑在我房間裡低聲詛咒和呻吟。我幾乎把他忘了，我叫他去找幾個人上來看看船長是否還在船上，這也有些困難：他說他的左手扭到了而房間裡的東西倒得亂七八糟，他必須費一點勁才能把門打開。

這時候我們的船頭和原來的航向正好相反，是頂著風浪，船頭時常裹在水裡無法輕易游移，因此船身雖然顛簸得厲害卻走得還算平穩。可是，就在我才開始心安的時候，突然面前響起一陣沈悶的撞擊和喧嘩的玻璃聲，而船頭高昂的立起來。這一下子我什麼也抓不住，仰天一跤摔跌在背後的走道，並且滑撞到底端的牆板，在頭頂上碰出一個傷口。我又聽到梅岑帶著呻吟的詛咒，不過他已經鑽出門了。我告訴他無論如何要去找幾個人上來，否則我們都完了。

我的傷口在浸飽海水的頭髮中又刺又痛，而且流個不停的鮮血沿著髮腳鑽過頸項使我既厭惡又害怕。無論如何，我仍然拚命的抱住那個舵輪；喔，我脫了衣服把自己綁在輪盤上。沒了窗子，駕駛房又濕又冷，那些強勁的帶著浪花的寒風，使我顫抖而且窒息。好多次，我幾乎昏了過去。其中的一次，我隱約在喧嘩的風浪聲中聽到三聲連續的爆炸聲。我擔心艙裡爆炸了什麼東西，但是船身始終繼續跑個不停。然後我聽到寶童和千印在背後的走道對我招呼，他們立刻把我從舵輪上弄下來；這是我最後所能記得的。

當我醒的時候，天已經亮了，而那陣低氣壓也已經完全過境。沒了壓迫，海面正逐漸安靜下來。在水平線上，我能夠看到一條抓黑鮪的日本船；只有日本船才敢跑到這麼低的海域。是這樣子的，最早我們是在南緯三十八度線上，兩天以後我們在四十二度；我們曾經想開上去，但是我們抓到魚捨不得離開，而且這裡海流太急了。

甲板上到處是破木板和碎玻璃，欄杆東倒西歪。原來高架在兩根桅杆間的無線電天線和一根粗鋼索，扭扭纏纏的掛在船邊，因爲船頭三角甲板上那根桅杆被風浪打得齊根截斷。此外，機艙頂上的煙囪在根部也有一些裂痕。大抵說來，太平洋三號的情況還算好。

整天，大家忙著整理這個修理那個，對於他們來說這是非常可怕的經驗；他們急著想把船開進開普敦。對於我來說，這倒不是什麼可怕的經驗，可是把船開到那裡去對我來說已經變成一個難題。我不是說航海的困難，對我來說，只要有油，要把船開到任何港口都是輕易的事。你記得我說過曾經聽到三聲爆炸聲？嗯，當時我以爲機艙裡什麼東西爆炸了，事實上那是梅岑在下住艙開了三槍，打死了二副——就是升上去的大副、他的弟弟清江還有學仁。

爲什麼梅岑要打死那個大副？他說，當他請那個大副來駕駛房幫忙的時候；大副說船長被浪打下海，他以後必須帶船，所以不能上來冒險。梅岑火大了，就一槍把他打死。當時，據說眞也是這麼回事；不過，清江和學仁跟著倒楣卻是另外一回事。千印告訴我，在梅岑上船的第二天，曾經在甲板上開玩笑的問這兩個人想不想把船開去中國大陸。這兩個人當時也開玩笑的說：如果連打牌的自由都沒有，他們是不願意的。爲什麼梅岑開這樣的玩笑，我並不吃驚，他藏了一把槍才眞正令我疑慮。

我從來想不到梅岑會這樣算計我；那個晚上，在開普敦，在這裡，當他來找我的時候，我說過了他顯得很沮喪，他什麼話都沒說，我以爲他已經被躲躲藏藏的生活弄膩了，因此也沒談太多什麼。我甚至於把他難得的沉默當成一種轉機，所以我就避免去談刺激的話題。當晚我們上街去看一場電影，然後去一家義大利酒店吃蝦子；因爲千印和寶童盡談些荒唐的事，我們的時間過得很愉快，而且我們都喝醉了，醉得好睡。在離開開普敦的前兩天，我租了車子，帶他們三個將南非的海岸線繞了一圈；這弄得我們都很忙。我們所談最認眞的事，就是一年後太平洋三號期滿，他們都將留下來繼續操作這條船，嗯，對於誰將做船長他們也有一番嬉笑的爭論。這以後，當太平洋三號開進海，梅岑都很認眞的待在甲板和大夥兒一起幹活。我以爲——唉，我未免太天眞了。

船上的人開始議論是非了，而梅岑仍然保持沉默。在隨後的兩天或者三天，當我把船航向開普敦的時候，他也完全的保持沉默，偶爾只簡單的問我尙有多少天航程。我甚至於在他蒼白的臉上，看不出什麼焦急或憂慮的跡象。

我實在無法專心想什麼，因爲天氣寒冷我的傷口情況還好，不過受了一夜暴風雨我感冒得很厲害，大部分的時候我躺在床上發高燒，只在每天的黃昏爬起來測量海圖和定航向。我一直以爲我們的朋友千印——有一陣子他和船長學六分儀和航海曆，我以爲他已經學通了，可是他沒有單獨工作的經驗，對於六分儀和航海曆的附件和基本原理他也沒清楚的概念。那夜的暴風雨弄亂了一些這類的工具，比如說航海鐘；這東西必須精確來配合天文，否則就眞是差之毫釐失之千里。總之，他的動作和程序雖然都中規中矩，但是出了一點差錯。那天下午，當我醒來的時候，我發覺我的高燒已經退了，我只是有點虛弱。廚子特別用肉末給我熬稀飯，黃昏的時候我又覺得好許多。我徹底的量了一次船位，發現我們偏離開普敦太遠，雖然離海岸很近。那天黃昏天空並不明朗，天色也暗得很快，我恐怕自己不曾把星測得準，而且無線電天線和收發報機都損壞了，我既無法接聽海岸電臺也無法對外通信來驗證船位，我只好停船，等天亮再測一次船位，以便修正航向。

那個晚上沒誰肯留在駕駛房値夜；那些船員再沒什麼紀律感，都認爲這趟船已經完全結束了。發生了這麼幾條命案，事實上也差不多如此，而且駕駛房下面的冷凍庫冰藏的三具屍體，也使他們心驚。整個晚上，就我、梅岑、千印和寶童留在駕駛房。除了懊惱和沮喪我沒什麼話說，而且這樣低沉的情緒使我的精神傾向混亂；我在駕駛房待了一會兒就關了門在自己的房間試著睡去。

梅岑終於坦率的說出他的企圖，並且開始說服千印和寶童。他再三提醒他們的童年生活，並且流暢的在其中交雜道德思想家無邪的論理和道德家慫恿的詞句。可是這些美麗的修辭或激動的話語，對於千印和寶童都沒意義。我們這兩個可憐的朋友，在現實生活的折磨下，早已經把他們童年時期所受的額外教育和特別被灌輸的理想，忘得一乾二淨。現在我明白了，爲什麼梅岑不認眞的去試那些船員；他一開始就認定他們缺乏一種必要的激情，一種清明的理念，他們只是說著玩。嗯，他看清楚，群衆眞是不能承擔任何理想的。

無論如何，梅岑是沒辦法得到千印和寶童的共鳴了，於是他——我相信那眞是出自誠心，請他們站在好朋友的立場想想我的處境；這點倒是好像使他們有些動心。他們之間的辯論忽然安靜下來了，然後，好一陣子，我又聽到梅岑以一種極溫柔的語調請他們下住艙去休息，去思慮。有一會兒，我仍然能夠聽得梅岑在駕駛房裡來回踱步的聲音，最後，因爲身體虛弱和疲倦我終於睡著了。

我不記得那時候是夜裡幾點，我恍恍惚惚聽到狂亂的捶門聲和淒慘的哭喊聲，心想是惡夢，然後，過了一陣子我終於被濃烈的氨氣弄得兩眼刺痛，呼吸困難而驚醒。我趕忙翻下床，一路咳嗽一路跑出房間和駕駛房。海風使我完全清醒了，可是我一時還沒能——我只是詫異船上一片漆黑，然後我又聞到濃烈的氨氣味道，這使我毛骨悚然。我順手拿下駕駛房外壁掛著的太平斧，跑到船後去。梅岑站在那裡，臉色在黑暗中陰沉得像幽魂或厲鬼。我們彼此都嚇得發出驚駭的叫聲，一時慌亂他還對我盲目的亂發一槍，把我轟軟在地上發呆。他立刻關心的問我是否受傷，我才發覺我只是被震昏了。我爬起來問他躲在那裡幹什麼；他以一種顫慄的聲音說：他已經放了氨氣，把船員都全部毒死在裡面。我趕忙衝到船員住艙留在後甲板的那扇鐵門；它關著，並且上了一只大鎖。我立刻拿斧頭去劈它；他咆哮著要我放手，並且威脅的往天空又放了一槍。不顧他的阻攔，我繼續劈砍那個大鎖，因此，他用槍托狠狠的在我背上砸了一下，使我痛得跪在地上好一會兒才能夠喘出氣來。坦白說，當時我已經忘了我們深厚的友誼，我只覺得恐懼。我從來不曾那樣恐懼，所以，雖然他以懇切的話語來勸慰我，我仍然跪著回頭拚勁砍了他一斧。那一斧正中他的胸膛，把他砍倒在甲板上。他的胸口立刻噴出鮮血，嘴巴和鼻孔也冒出血泡，那些漿濃的球泡因爲他急促的喘息，一個接一個的爆破，濺得整張臉盡是血斑。

你這個蠢蛋！他這麼詛咒我，並且淒慘的以最後一口氣放聲大喊：他們的意志是無效的啊——喔，老天！你這個蠢蛋！

喔，請你給我一點白蘭地。

噓，我曾經呆了片刻，坦白說，我哭了，哭得像小孩那樣發出聲音。這使我的神經輕鬆些，於是我又去砍那個門鎖。

我打開燈去找任何仍有一口氣的人；大部分的人曾經醒來找活路，但是連個電燈開關都沒能摸到，就不明不白的在住艙的走道上倒得七橫八豎。我們的朋友千印和寶童，或者因爲睡得遲，累得爬不起來，根本，天知道，也許根本就死得迷迷糊糊。有幾個人曾經趕到前後兩個鐵門的梯口，可是反鎖的水密鐵門仍然斷隔了他們的生機。老天可憐，原來那住艙有幾個小圓窗，就在他們的床邊牆上，可是有一次被浪打下了一個，船長下令將它們全都封死了。嗯，這一封，那時候他們已經交上了死運。

每次我只能夠在裡面待幾秒鐘，因爲氨氣太濃了。最後，當空氣隨著海風重新把住艙灌滿，我才能夠任意在裡面走動。顯然的，梅岑早就把機艙壁上那櫃冷凍機用的氨氣弄清楚了，他甚至於知道先扯斷自動警報器的線路才去打開放氣的活閥。他的意志一開始就很堅定，從這點可以看得出來，他買了一把黑市的槍和兩個大鎖的意義也如此。這一切使我十分感慨，不過，我沒有太多時間想別的事情了，因爲我無意中看到機艙底板被翻開了一片，水底門在一潭積水中繼續噴湧起蕈狀的水泉，輪機長的屍體仰天躺在水裡。我不清楚這是怎麼一回事，或許這是他最後一口氣的反擊。歇了片刻，我趕忙跳進水池想把那個被他掀開的水底門塞住，可是急湧而入的海水使我無能爲力。

我趕忙跑上甲板爬上駕駛房的屋頂，把救生艇放下水，然後匆忙的收拾我的衣物，以及航海用具。那船因爲滿載魚貨沉得很快，只這麼一會兒，船牆起魚的缺口就開始進水。我趕忙跳下救生艇，解開纜繩隨波漂去。救生艇漂得很快，當船上的舷燈被黑暗吞沒的時候，我已經看不見任何殘存的船影。

我抬起頭去看天空，天狼星連串人馬座到天羯宮，一路上星群密佈；另半邊，雲煙濛蔽，站立的弦月圍著淡色的彩暈。弄準了航向，我開始用勁的划船。爲了避開商船的航道，以及在附近打魚的船隻——這些船的船位，我都按照幾天前的魚況通報，將它們在海圖上標明。我迂迴曲折的多跑了一些航程，並且選擇了荒僻的海岸登陸。在海岸外大約五十公尺處，我把錢、護照、那些筆記、信件、手槍和一套乾淨的衣服用塑膠雨衣包好，放進一個水桶，然後從救生艇上拆一塊木板下來，搭著，摸黑游上岸。

我把救生艇弄翻了，這樣，除了我和我的記憶，太平洋三號的最後一切都沉下海了。

我搭了一天火車，在第二天黃昏抵達開普敦。

差不多兩個星期之後，我在報紙上看到太平洋三號失蹤的消息。

3

你看過開普敦的火車站嗎？

你可以去看看，它很奇特，就在這條街上。

那天黃昏，我曾經坐在那裡發呆。我原來打算坐在那裡想想我的後路，可是我一發呆就無法思慮。一切像極了那個車站，我坐在一排椅子上望著剪票口，那是一道厚牆上的又矮又狹的洞口，一列車廂擋著，我幾乎找不到天空，只能看到蹄形的月臺和縱走的鐵道。嗯，如果鐵道是橫在我面前或許我能夠簡單的想左右的方向，可是那鐵道是平行我的視線，而且只露出一小段。你記得我們童年時候玩的那種紙捲吧？嗯，除了碰運氣你根本無法猜測……呃，不是這樣，除了危險，我想的是，呃，我沒有方向，我無法——是不是這樣呢，噺，我能夠把無限遠當做一個方向嗎？

天黑了，我租了一個寄物櫃把我的小提箱和大部分的美鈔鎖在裡面。我必須好好的睡一覺，雖然我已經昏沉沉的在車上睡了一整天。我知道開普敦這些街上只有這裡可以住中國人，可是我不敢來，我恐怕櫃臺的人認得我。我買了一份報紙，從船期版上記牢一條日本船名，我忘掉那個船名了，不過我仍然記得當我在街上找到一家旅社的時候，我用了當時日本首相山木武夫的名字登記了旅客名簿。呵，我是懷著輕蔑的惡意。

我在那裡住了兩天；白天我總是離開港區跑得遠遠的，實際上我是在那裡住了兩夜。我花光了身上的蘭特，因此必須跑一趟銀行去兌換美金，我是這麼又遇到茱莉的。我不曾對她有過什麼幻想，因此當她邀請我一同吃晚餐的時候，我，坦白說，若不是臨近下班時間，我的窘迫眞會使她羞慚。

我們就近在一家餐廳吃牛排，這次我們沒談海，因爲一開始我們就把海的話題導進彼此的人生觀。我不明白那個晚上我怎麼會有那麼大的興致談人生，而且談得滔滔不絕，而且我喝了許多杜松子酒。那幾天我都在喝杜松子酒，午餐和晚餐都喝一點，夜裡則喝許多，因爲我的四肢關節累瘦了，並且希望夜裡好睡。我根本沒——我根本不知道我是怎麼回家的，喔，我是說我是怎麼和她一起回家的。

第二天醒來的時候，我發覺自己躺在一個陌生的地方，著實大吃一驚。我連衣帶鞋的蓋著一條羊毛氈，躺在一條沙發上。那是一個客廳，很寬敞的客廳，厚重的窗簾一片片的蓋在牆上掩著幾扇寬大的窗子。從簾邊透進來的陰暗光線裡，我可以看到角落的一臺鋼琴，和兩櫃子從世界各地搜集來的手工藝品。然後，我看到門板上用膠帶貼著一張字條；茱莉上班去了，不過她爲我做了早餐。字條上還告訴我這房子裡再沒別人，如果我晚上沒睡好，白天裡可以繼續睡個痛快。我一點睡意也沒有，你知道那樓房，它安靜得令人憂鬱。我又開始憂鬱起來；在多日的意識空白之後，我又開始憂鬱起來了。我突然想去看海，想去碼頭看船，呵，多年來我已經習慣於海上生活，像是一隻以船爲背殼的寄生蟹，心理一不平衡就想船，把身子縮進去。

我不敢在任何一個碼頭下車，以免遇到熟臉。我讓計程車從最冷僻的修理碼頭進港，沿著港邊一直跑到南碼頭；那都是太平洋三號停靠過的地方。這樣的浮光掠影無法使我滿足，我接著要計程車跑到 Table Mountain 的山腳下，從那裡搭纜車上山。

我選定了一條像太平洋三號那樣大小的船，用山頂上的觀光望遠鏡瞧。我看到一個無線電報務員在駕駛房的屋頂上清理電源箱裡的鉛酸電池，另兩個船員在駕駛房裡聊天說笑，又一會兒，我看到幾個衣著乾淨的年輕人從船舷跳上碼頭，顯然是要上街遛達。這使我悲哀，我再無法看到什麼東西，因爲滿眼是淚水。

我努力許久才能夠止住泉湧的淚水，然後走到山頂的另一邊去眺望海岸。我記不得那邊是什麼樣的景象了，因爲特別的原因，我只記得好像是一片沙灘，我甚至於——呃，事實上我們只需談海浪。那天風颳得很厲害，我可以看到海面上滾著一排排的浪條，但是，事實上從高空俯視我聽不到絲毫海浪的聲音也看不到它們的滾動，它們在遙遠的山腳下，在藍色的海面上安靜的浮現潔白的條紋，並且被陽光照得發亮。那時候的海水眞可能把我的心洗乾淨，呃，我，多年來總是在盼望海水能夠把我混亂而且黑暗的心淘洗乾淨。這經驗雖美，卻不是新鮮的。許多許多年前，第一次上船離開基隆港航進太平洋的時候，我就曾經有過這種感覺。在海天的深處，我好多天沒看到山沒看到成群結隊的人，聽不到陸上那些紛亂的聲音，日復一日，重複的海水、天空、幾張平板的熟臉和單調的引擎的震動，使我的官感和意識都痲痹到空白的狀態。在一種極度的安靜裡，我覺得自己好像剛走下一個舞臺，卻沒聽到熱烈的掌聲。啊，親愛的朋友，我們在童年的時代就已經習慣於聽到掌聲和喝采。在遼闊的海天之間，我無法不謙卑的想像自己只不過是一個瞬息即碎的水泡。可是這對我沒用；我遲早還是會進港去面對那些形形色色的人，尤其是我自己那混亂的心。嗯，我曾經想弄一條帆船，獨自在海洋的深處漂個兩年或三年，或許多年。是的是的，我曾經在紐約啓航，可是，我有病，我足夠勇敢，可是我有病，我害怕孤獨，我害怕，呃，我是病態的恐懼，我有病。

那個 Table Mountain 眞是平坦得像桌子，像舞臺，而山腳下那片永恆般寂靜的遙遠的海水又使我覺得自己像個易碎的水泡，老天，但是我不在船上，我是在陸上，我尤其是在南非——在好望角附近。我只要回頭一看就可以看到山陵後面不遠處的好望角，而在好望角這個非洲最後的陸地之後，我就可以看到時間的海洋，歷史的海洋，看到衆多的戰船飄揚滿帆，畫著圖騰，呵，像我們的朋友梅岑所說的以及那些白人所想的：帶我去中國。我彷彿也聽到他們像海盜般豪邁的大聲唱歌，看到他們大杯的喝甜酒。

我的心立刻又亂了，黑暗起來了；精神錯亂的徵兆又再次的在我腦海中閃亮開來。我一路跑一路默念我自己的名字，然後衝進一家餐館喝酒。我又在茱莉家那張長沙發睡了一個下午，一直睡到夜裡將近十點鐘。再次醉酒使我很慚愧，好一陣子我想解釋我並不是一個好酒的人，不過我只平淡的道歉並且立刻就要離去。突然間我們沉默得又像陌生人了；我們面對面坐著，各自低著頭。那時候客廳裡的老鐘開始敲十點鐘；她說：如果你不願意看醫生，我可以幫你清理頭頂上的傷口。關於我頭頂上的傷口，關於我頭頂上的傷口，呃，自從上了岸——呃，我曾經在救生艇上好好的洗過一次，以後我就不曾再碰它，我出門就戴一頂毛線帽，它只是一個小傷口，只弄亂了我一點頭髮，我幾乎已經把它忘了。當她那麼說的時候，我能夠看到她滿眼關心的神情，這使我感動，那個晚上我沒能離開 Victoria Walk。將近一年了，我仍然掩藏著那個傷口的秘密。我倒是沒想欺騙她，事實上，一開始我就明白的告訴她，我會慢慢的在適當的時候，當然，這還要考慮我的精神情況，我終會把一切讓她弄清楚。我們已經談過一些了，每次只談一點點，唉，有時候我眞希望這些點滴的回憶，最後都會導進一個結果：像我們的現況，或者像我們第一次共進晚餐所談的那樣美好的人生。我們的朋友梅岑說得對，不談我的權利，我也有完全的條件去過一種美好的世俗生活；可是這有什麼用呢，就說我們的朋友梅岑，他自己也有相當的條件，並且也完全的明白什麼是美好的世俗生活。嗯，我們都有病。可憐，我們都有病。

我眞不該冒著危險來做這麼多的回憶，我很可能陷在任何一個難以通過的階段，發狂，然後在自己的腦袋上放一槍。我想，嗯，我想我已經到了邊緣了。

沒關係，既然我已經談這麼多了。

我最近夢到我祖父，好幾次；可憐的老頭子。

關於我祖父，嗯，我正要談他，呃，我應該先談談我父親。你知道我的童年時代幾乎是和我祖父一起生活的，以後我也很少有較長的時間和我父親相聚。我，我可以這麼說，我和我父親的感情並不很濃烈，而正因爲有這麼一些距離，我才能夠對他做出較客觀的認識。嗯，我眞正應該順便談談他，因爲在我們的時代中，這樣的人也顯現了某種層面的眞實。大抵而言，我父親有足夠的財富使他生活很舒適。以他爲中心，他的親戚朋友也連帶的能夠享有舒適的生活；這其中有等級的差別，當然，這些等級外的其他人和陌生人則不是他的能力或者情感所願意顧及的。他有一些嗜好，不過他的最大嗜好在於不斷的開創財路，持續的累積財富，嗯，這不能僅算是嗜好，假使生活還有目的生命還有意義，對他來說，這就是了。就這麼樣，他逐漸在自己建立起來的世界裡封閉起來。在所謂的人生旅途中，他喪失了靈敏的觸覺，偶爾只是零碎的在自己的回憶裡，欣賞自己的得意和歡樂，撫慰自己的挫折和悲傷——一點點悲傷。在現實的今天裡，他反覆昨天的內容；明天也將如此。對於他自己之外的世界，就說一般所謂的社會吧，如果沒有任何狂暴的浪潮波及他寧靜的港灣，他絲毫也不會費心和傷神，是啦，他再不去思慮什麼社會正義、人情冷暖等等這些抽象的問題；基本上，他也認定這些問題是愚蠢的庸人自擾。整個世界對他來說就是一些風景區；所有人類的面孔他所願意看的，就是一些微笑的、歌唱的和說謊的。

我祖父對他很失望，轉而把希望寄託在我身上，呵，當我才開始學習走路的時候，這個老頭子就把我當做同志看待，這使我一生的起步點倒退了將近一個世紀。在我們童年的某一個春天，雨季過後不久，梅岑他們村子的山坡上突然出現了一群工人，七手八腳的剷除了大片荒草和林木，蓋起了一棟樓房，那時候，我們朋友之間的幾個人，像梅岑，一生的起步點也都倒退了將近一世紀。

你在笑，你是在笑吧？嗯，我看得出來。

我祖父，我後來想，有許多複雜的原因要孤獨的住在那棟望海的別墅。我不想談他私自的部分，因爲這裡面或許有些混亂。大抵而言，我們可以這麼說：對於勞苦的人，他懷有強烈的同情心和愛意；因此，在他餘生的最後五年，他認眞的找來那麼幾個扎實的專業家敎，想從那個齷齪的村子裡拯救出一些高貴的心靈。天知道，結果我們都下地獄去了。

嗯，我看我又醉了；我想睡一會兒。

謝謝，我眞需要一條毛氈。

外面又在下雨了？嗯，我終會在雨中融化得無影無踪。有這麼一天，嗯，曾經有這麼一天，我撩起一角窗簾去看窗外的小雨，那是夜裡，在路燈下，我——當我望著 Victoria Walk 的街牌，附近人家有一個婦人在訓斥她的兒子，George！George！George！她這麼繼續喊個不停，那小孩就哭了起來，而我在他的哭聲中想起英王喬治六世和維多利亞女王把中國整慘了。

我眞該好好的安靜的睡一覺。

我發誓再不談這些東西了。

一九七七年春　英國倫敦

在以後的三天裡，我們的朋友華北既沒和我連絡，當然，也沒再和我談什麼，雖然他似乎曾經下定決心要和我談個痛快，而且事實上也已經談了許多。茱莉說他病了，我不明白她所謂的病是指什麼情況，不過我覺得他是想再度和我保持距離。

我決定就這麼離開南非，因此打了電話請茱莉轉告我的問候和道別；結果，他邀我去維多利亞街和他們一起吃午餐，算是餞別。

他改變了主意；那天早上，他從火車站打電話將我吵醒：問我是否願意立刻去看他。那是上班前的尖峰時刻，車站裡不時的湧出一波波從各地趕火車來的人，一時之間我沒能夠看到他的人影。最後一批人潮消散之後，我才無意間看到他呆坐在候車室裡望著一個剪票口。他仍然穿著前幾天那條黑色呢冬褲，不過他新換了一件白襯衫並且打了一條紅底黑格花的羊毛領帶，外加一件帶著腰帶和翻領的白色風衣。此外，他剪短了頭髮。

「今天覺得好些沒有？」我說：「你看起來很有精神，你要去旅行嗎？」

在喉間輕哼一聲，他笑了笑；這一笑他肩膀又鬆垮下去，呼吸也顯得沉重起來。沉默個片刻，他說；「曾經有那麼一次，我們的朋友梅岑坐在這裡，望著剪票口，就像現在我們所看到的景象，沒有車廂擋住視線，那兩條鐵道就這麼筆直的伸展前去，在他面前垂直的伸展到天邊去，老天，或許當時在他耳邊就是這樣清冷的長笛和大鍵琴的音樂，他想去旅行，他多麼想去旅行，可是他一點希望都沒有，呵，那時候，據他自己說滿眼看到晴朗的陽光，陽光甚至於鑽進他的淚水中閃耀，我比他幸運，我總是比他幸運，即使現在我滿眼看到的是陰雲，鐵道是灰色的，而遙遠的地平線像是陰暗的下著雨，我有錢，有另一本護照，至少幾個月以後當茉莉的父親回來，我只要到了一個新地方，我就能夠重新開始任何一種新生活。」

「當然。」我安慰的說：「事實上你是非常堅強的人，你從小就顯現一種特別的能耐。」

「是的是的，問題是我太堅強了，所以易於傾向毀滅，我又在談廢話了，我眞有這種煩人的能耐，我眞是有病，我隨時都可能精神分裂，呃，事實上這不只是我自己的病徵，誇張的說吧，這或許還能夠切題的說，是我們整個民族的精神分裂的病徵，你看，將近一個世紀來，爲了對抗西方，我們的知識分子——那些曾經年輕以及現在年輕的知識分子，在各種領域中都以驚人的熱忱將自己提升到無懈可擊的境界，而我們的群衆仍然在齷齪的爛泥中打滾，我沒有輕蔑的惡意，我只是用來排比，以這樣不同的精神內涵來顯示我們的分裂病徵，喔，不是這麼簡單的，我們的群衆沒有什麼自覺，他們只是在某一段時間的前後有集體性的精神分裂，他們可以要這個可以要那個，這全要看他們能夠得到什麼，而我們的知識分子則在同一個時段裡有各種錯亂的精神分裂，這樣綜合的結果造成了我們全民族的精神分裂。在垂死之前，我們的朋友梅岑這麼悲慘的放聲大喊：他們的意志是無效的。他說得對，但是他也說錯了，就說宇宙吧，精神分裂根本就是它的一種本質。」

「華北。」我說：「我們談別的東西吧。」

「我是個愚蠢的人。」他似乎沒聽到我的建議，繼續沉思的說：「在我童年的時候，我曾經提了一把斧頭跑到海邊，獨自游到一片高浮在水面的岩岬，在上面砍出一個盔甲齊全的騎士像，心想它永遠留下痕跡，永恆，不朽，嗯，心想它永恆不朽，呵，海水早就將它刷洗得無影無踪，可是海水並沒能沖洗到我嵌在心靈深處的謎語。」

「你需要時間。」我說：「你需要一些時間。」

「我知道，我也需要海水，可是時間在我黑暗的心中已經無法流動，而海水一接觸我野心的烈火就被燒得枯乾了。呵，這些黑暗的故事。幾年前我到芝加哥去看我二姊，順路去看我們的一個朋友，那時候他正在攻讀生物化學的博士學位。他有許多苦惱：右派的學生時常會偷偷的打破他的車窗，刺破他發車胎；只因爲他認爲：爲了中國的遠景，臺灣海峽兩岸即使繼續保持隔離和武力對抗，也應該互通技術、資本和生產原料及產品。在這個理念中，他確認並且肯定臺灣這二三十年的經濟發展於中國歷史上有先驗的意義，並且認爲在這樣的階段中由臺灣主動推動談判則於中國現代史上更會有無法磨滅的價值；結果，他惹了這種麻煩。這使他痛心，他發誓將留在美國永遠爲星條旗效命。同一年，我在紐約逛哈德遜河，無意中在聯合國大廈附近遇到另一個我們的朋友。我忘了他是那一個組織或者是參加什麼組織，總之他是一個臺獨分子。認定我是一個童年好友，他把他的想法毫無保密的滔滔談個不絕。當然他也談到了臺灣人是如何的被壓迫，可是他並不提爲什麼客家人會被排擠到北部的丘陵地和南部的山區；關於山地人更不必提了。他談得興高采烈，然後，談完了，他顯然覺得很空虛。好一陣子，我們沉默的坐在路旁抽菸，聽著強風飛舞那些各國的國旗。我爲我們這些朋友難過，至於我自己，嗯，讓我告訴你一個秘密。在南京大屠殺那個可詛咒的大開殺戒三日裡，有幾個日本兵跑到我們家來了；當天我們家裡只有我祖母、二姑媽和一個叔叔在家。我二姑媽和叔叔及時躲上了天花板，我祖母以爲她差不多是個老太婆了，那些日本兵卻不這麼想。他們把她剝光了，一起汙辱她，他們拿軍刀割她的乳頭，狂笑著聽她的哀嚎，他們厭煩了就拿軍刀割她的咽喉，並且順勢砍她的胸腹到肛門，把她剖開來。我二姑媽因爲被叔叔掩著嘴巴，一口氣沒喘過來就嚇昏了，而我叔叔怒瘋了，忍不住就跳下天花板去和他們拚命；比較起來他死得痛快，因爲倉促間幾個日本兵各在他的腦袋上砍了幾刀。嗯，我眞不該談這些，我眞不該在這裡談這些。」沉默了片刻，他說：「我們去外面走走，你吃過早餐沒？」

「還沒。」我說

「我也還沒有。」他說：「可是我沒有胃口。」

我們立刻走出車站，沿著寬敞的馬路瞎逛，一路上他沉默的低著頭走路，但是嘴角帶著隱約的笑意；我很爲他擔心。

「我們這麼走是到那裡。」我說

「到公園。」他說：「我帶你去看一樣東西。」

我們在路的盡頭，從一條小徑逕直穿進公園的深處。小徑兩旁老樹槎枒，在路上整齊的排列。小徑右邊有一條歧路穿入一片暗鬱蔽天的樹林，奇花爭妍的草地間從容的走著野鴿子和斑鳩，不時還有幾隻小松鼠在樹幹上下遛達在枝叢間跳躍。樹林外的路上有個天使噴泉，荷葉底下游著金魚。池子附近是片開闊地，大片的陽光照著平坦的草皮和花圃。我們在那裡驚起一群野鴿子，牠們在低空盤旋幾圈，然後翻飛上空，掠過幾尊雕像、銅砲和博物館飛得無影無踪。

我們的朋友忽然停下步來，隔著一片草地望著一個記功碑。那根粗大的柱子上面高立著一個墨綠色的銅像，昂頭挺胸的望著太陽。

「Bartholomeu Dias 站在那裡。」他說：「一四八七年，他發現了好望角，他相信從那裡繞過去可以把船開到印度，當然，那以後的人也到了中國。」

我們在草地邊的長板凳坐下來休息；公園裡似乎只有我們兩個人，安靜極了。

「你不讓你父親或者姐姐知道你在這裡？」我說：「他們一定很想念你，他們將會很高興。」

「那當然。」他說：「但是他們會變成我的負擔，而我也會是他們的負擔。」

「你可以到美國去。」我說：「你可以去那裡從新開始。」

「我曾經在那裡待過一年，但是那沒有用。」嘆了一口氣，他說：「我有特殊原因，回到開普敦來，尤其是來到這裡。」

「也許我明白你的念頭。」我說：「我們剛剛談到宇宙，你說得對，它同時給予生命和死亡，在成長的過程中參雜毀壞，你是個尊貴的人，有英雄氣慨，你應該可以堅強的面對死亡和毀壞的部分，不像俗人那麼害怕。」

「你說得對。」他說：「我不再害怕，我曾經和他們一樣害怕，喔，更害怕，所以我混亂起來了，可是他們比我聰明，他們不須思慮就能夠明白歷史的本質，關於歷史，我和梅岑一樣犯過錯誤，當我們談歷史的時候，我們談的是一段裁剪過的歷史，我們就一對因果或者單一系列的因果群裁剪了一段，可是歷史是無法任意裁剪或抽樣的，它的眞實裡也沒有因果這樣明晰的東西，它的眞實是混亂而且無意義的連續，根本是一團混亂，一團混沌，喔，談這些都沒用，人的世界是注定要在這種相反的扭轉力中扭曲，永遠。」

「我眞希望這時候有誰能夠安慰你。」我說：「使你不這麼沮喪。」

「我有點悲哀，但是我並不沮喪，眞的，昨天晚上我特地抬起頭去看天空，我了悟了所謂的永恆本質上是一片黑暗和淒涼，即使那些群星最後也會像午夜的燈，一盞一盞的熄滅。」

從港口那邊突然響起了一陣船笛，我們的朋友華北就此結束了話題。好一陣子，他偏揚著頭，像是仔細在聆聽什麼訊息，或者就是等待下次的船笛。可是，他只能夠看到盤旋在樹林上空的鴿群。

「我想我們就這麼再見了。」他站起來說：「我眞應該陪你去吃午餐，喝兩杯酒爲你送行，唉，謝謝你來看我。」

我不知道該說些什麼，我握著他伸出來的手，然後我們激動的相擁了片刻；我從來不曾和人這麼熱烈的相擁。

「我們永遠的朋友華北，請你保重，不要做傻事。」我說：「如果世界在以後變得更糟，那不是我們的罪過。」

「是的。」他微笑的說：「那總是別人的罪過，再會了，我們就這麼再會了。」

「好吧。」我說：「不過我希望你不要——唉，保重呵。」

他垂下眼睛，示意的在身前緩緩的翻了一下手掌，那時候，他的神情平靜得像個塑像。我想起他所說的，他在山頂上看海的模樣，那時候，在遙遠的山腳下，他聽不到海浪的咆哮，看不到海浪的翻滾——在藍色的海面上，它們安靜的排列潔白的條紋，並且被陽光照得發亮。

我曾經兩次回過頭和他招手；第一次，站著目送我，他回應得很熱烈；第二次，坐在長板凳上靠著椅背發神，他沒留意我。最後一次，我再回頭的時候，他的影子已經被叢聚的樹林隔在遠處，我只能夠在樹叢上看到那個站立在記功碑上的航海英雄。在隨風搖曳的樹叢上，那個塑像栩生得彷彿是淩波急行的神祇，胸腹上的甲冑和俊挺的臉孔曬滿了柔和的陽光，而垂肩的長髮和裙裾上拂弄著海風的條紋。我忽然覺得不安；在這個寧靜的公園裡的早晨，我忽然覺得心慌。我想立刻跑回去，可是，我不知道在那樣莊重的擁別之後再回過頭去探望我們的朋友，是否會使他苦惱。無論如何，這一切都太遲了；在我這一猶豫之中，叢聚的樹林後面已經響起一陣槍聲。

第二天的報紙說：那個面目全非的年輕人，可能是個溜船的日本船員。

就這樣，太平洋三號完全失踪了。

一九七六年初稿完成於象牙海岸

一九八〇年初稿於《民衆日報》連載

一九八三年修訂稿於美國《世界日報》連載

船過水無痕（初版序）

一九七四年八月十六日近午，我所謂的「太平洋三號」，歷經巴士海峽、南中國海、麻六甲海峽以及印度洋，航越非洲南端的好望角，進入南大西洋，錨泊在南非開普敦的外港。八月的開普敦是個美麗的海港。早上，全身漆白的「太平洋三號」在漫天壯闊的雲彩下滑溜過蔚藍平靜的外港水道，我們看得見五花十色的各種海鳥或在空中啁啾或在海面鑽動。

任何再美好的地方或者季節的午後，也難免有令人疲倦的時候；然後，黃昏的濃霧從水面浮起，而深沉的夜幕隨著清冷的晚風席捲而落。第一批來到開普敦的歐洲人，就是那些帆船上的海員，他們看到怪異的桌山（Table Mountain），喊他爲灰爸爸（Grey Father），現在，這山像一座陰暗的城牆或者一片廣大的黑影，和我們隔著船燈照亮的外海、一條直長的波堤和一個遙遠的內灣，聳立在華燈琳瑯的街岸。在這樣的景象中，我們錨泊了三個白天和夜晚。

對於長途跋涉的海員來說，門前遇挫是十分沮喪的境況；他們日夜打麻將或者賭各種牌、抽菸、聽流行歌曲或者相互詛咒和毆鬥。

對於我來說，這是更加沮喪的境況；我時常日夜坐在駕駛房的邊窗，望著這堵灰色或黑色的山牆：這山所立基的世界，從前是弱肉強食的野生蠻荒，現在則是殖民地的活樣本；十九世紀縱橫全球的西方帝國主義的陰影，仍然在此盤踞。一個華人在此是二等公民，他的身分證上清楚的印著2nd Class。無論如何，就歷史或者航海地理來看，對於那些善於遠航的歐洲人來說，這巍峨的山巒是個界碑；看到這山，他們就將看到好望角（Cape of Good Hope）。一四八七年航海英雄迪亞士（Bartholomeu Dias）在非洲底端這好望角海峽，英挺的站在一艘帆船的艦橋上，豪邁的說：從此東去，可到達印度。當然，他如願的發現了印度；追隨他們的航路，有更多的歐洲兵艦去到了中國。近代中國的苦難歷史，有一筆確是從這裡開始的。不過，歷史的軌迹也曾經有過這麼一種眞實：當中國人以長城隔離遊牧民族，並且以勝勢的武力將其驅逐西去，無可避免的蹂躪西方世界，實已爲西方航海大發現的時代做了伏筆。

歷史的因果，事實上，很難斷視。

那一年的聖誕節，我隨著「太平洋三號」縱越南大西洋，過赤道，到了西北非洲的象牙海岸，停泊在阿必尚港。這個河海交錯的海港某一個角落被日本人租用了；他們在這裡和來自世界各國的人做生意，像是愉快的富豪。對於我來說，這個角落的碼頭像極了舞台，並且在那個聖誕夜裡演過一場活劇：

有一個受傷的法國船長氣急敗壞的從街上回來，一路咆哮的詛咒黑人爲豬玀；事情如此：街上有上百的黑人，集體搶劫各種遊樂場所的外國人。西班牙船尾的吉他鬧聲，曾經因爲這陣突然的喧嚷停息片刻，但是，只一會兒，我又聽得佛來明哥吉他的悲傷弦律和壯烈節奏，而葡萄牙人繼續愉快的喝他們的紅葡萄酒。夜漸深的時候，一個身材矮小的韓國船長在全體船員的目視下，以跆拳道有板有眼的連毆帶踢一個船員，打得鼻破血流。我不明白爲什麼這個魁梧的船員會馴服的，面對面的，逆來順受的挨打五六十公尺遠，而不敢回頭奔逃，或許爲了生活，或許爲了強加的紀律；可憐的韓國人。德國人爲那個聖誕夜掀起高潮，他們必定大杯歡欣的喝過許多甘醇的啤酒才會那麼有勁；雄壯的歌聲力透船艙的鋼甲，在平靜的黑夜的海面拂起波紋。一個黑人漁夫搖著舢舨在波紋上網魚；更多的黑人，一些共產黨，圍坐在碼頭外的營火聚會並敲打竹板做的風鼓，這種急速錯亂的肅殺鼓聲，在叢林的時代或有獵人頭的寓意。事實上，幾天以後，當這些外國商船卸下機械、汽車等等昂貴船貨，而載走廉價的礦砂和木材，並沒誰把頭顱留在碼頭。

這些景象，我看是很能夠引起豐富的聯想。

一九七六年十月五日，歐洲腳下堪那利亞羣島上的拉斯巴馬港，我坐在公園裡翻看《失踪的太平洋三號》初稿，在那個寂靜的午後，鋪滿樹林涼蔭和細碎陽光的公園草地上，走過一個醉酒搖晃的俄國船員，哼著草原的悲歌，而另一個小孩獨自在那裡翻觔斗。

這個黎巴嫩小孩和他父母因爲內戰，剛到此地投靠親友，他說：他想念故鄉的小朋友。這使我想家，畢竟我已經離家許久。

這一切都已經是八、九年前的事了，「太平洋三號」綿延萬浬的波紋，事實上也早就平靜得無影無踪；而我，多年來卻要繼續在夜燈下的稿紙上和風浪搏鬥。這種漫漫長期的苦心思慮和持續不停的熬夜書寫，對我自己來說，毋寧是一種苦刑；然而再沒有比孤獨的感覺：

一種清醒的意識，更可怕的了。

一九七八年我在愛荷華大學；那年冬天曾經去紐約，而在假日的街上迷了路。當時，當我在埋頭思慮間偶爾抬起頭，只見乾淨的、深廣的街上摔碎了一個折頸的酒瓶，像一幅陰暗蒼鬱的畫，而地下鐵在無人的冷峻的樓谷間掀起一陣隱約的風聲。我覺得孤獨，並且這麼想：對於擁有幾千年歷史的中國，我們所謂的「知識分子」總是想得過多，而所謂的「羣衆」則是想得太少；這可能使得大家都會覺得孤獨無助。

巴索洛米·迪亞士已經變成一座不朽的塑像，高高的站在南非開普敦市一個公園的立功柱上，俊美而且年輕的臉孔昂揚在東照的陽光中閃閃發亮，更多的航海英雄和太空船也已經在夜空裡航行，爲明日的里程立碑，而「我們的朋友華北」，或許是我們時代中一位最熱誠的年輕人，卻要——某一天的清晨，在南非開普敦的公園裡，呆坐在迪亞士的腳下徬徨不能自已，進而在自己的臉上開了一槍。無疑的，這是一個典型的歷史與民族的悲劇。

關於歷史，我的看法是這樣的：所有的昨天都將成爲民族的神話和史詩，所有的喜怒哀樂、榮耀和屈辱，都將豐富後人的想像力和進取心。因此，向前看歷史的時候，我沉痛的將本書獻給我們的朋友：華北。

至於我自己，我想我已經獲得了許多；尤其是我弄清楚了海洋的哲學。在沙灘、內灣、堤岸、外海或者深海看海，海都各有其完全不同的風貌和韻理；海的哲學和深度成正比。生活也如此。

一九八五年二月

叢書總目錄

郵撥九折，帳號：17623526聯合文學出版社有限公司
《聯合文學》雜誌訂戶八五折。掛號每件另加14元
本書目所列定價如與版權頁有異，以各書版權頁定價為準

A001	人生歌王	王禎和著	140元
A002	刺繡的歌謠	鄭愁予著	100元
A003	開放的耳語	瘂弦主編	110元
A004	沈從文自傳	沈從文著	180元
A005	夏志清文學評論集	夏志清著	130元
A006	如何測量水溝的寬度	瘂弦主編	130元
A010	烟花印象	袁則難著	110元
A011	呼蘭河傳	蕭　紅著	130元
A012	曼娜舞蹈教室	黃　凡著	110元
A015	因風飛過薔薇	潘雨桐著	130元
A017	春秋茶室	吳錦發著	180元
A018	文學・政治・知識分子	邵玉銘 著	100元
A019	並不很久以前	張　讓著	140元
A020	書和影	王文興著	130元
A021	憐蛾不點燈	許台英著	160元
A022	傅雷家書	傅　雷著	220元
A023	茱萸集	汪曾祺著	260元
A024	今生緣	袁瓊瓊著	300元
A025	陰陽大裂變	蘇曉康著	140元
A028	追尋	高大鵬著	130元
A029	給我老爺買魚竿	高行健著	130元
A031	獵	張寧靜著	120元
A032	指點天涯	施叔青著	120元
A033	昨夜星辰	潘雨桐著	130元
A034	脫軌	李若男著	120元
A035	她們在多年以後的夜裡相遇	管　設著	120元
A036	掌上小札	蘇偉貞等著	100元
A037	工作外的觸覺	孫運璿等著	140元
A038	沒卵頭家	王湘琦著	140元
A039	喜福會	譚恩美著	160元
A041	變心的故事	陳曉林等著	110元
A043	影子與高跟鞋	黃秋芳著	120元
A044	不夜城市手記	蔡詩萍著	180元

A045	紅色印象	林　翎著	120元
A046	世人只有一隻眼	凌　拂著	120元
A048	高砂百合	林燿德著	180元
A049	我要去當國王	履　彊著	120元
A050	黑夜裡不斷抽長的犬齒	梁寒衣著	120元
A051	鬼的狂歡	邱妙津著	150元
A052	如花初綻的容顏	張啟疆著	100元
A053	鼠咀集——世紀末在美國	喬志高著	250元
A054	心情兩紀年	阿　盛著	140元
A055	海東青	李永平著	500元
A056	三十男人手記	蔡詩萍著	120元
A057	京都會館內褲失竊事件	朱　衣著	120元
A058	我愛張愛玲	林裕翼著	120元
A059	袋鼠男人	李　黎著	140元
A060	紅顏	楊　照著	120元
A062	教授的底牌	鄭明娳著	130元
A068	少年大頭春的生活週記	大頭春著	120元
A069	我們在這裡分手	吳　鳴著	130元
A070	家鄉的女人	梅　新著	110元
A072	紅字團	駱以軍著	130元
A073	秋天的婚禮	師瓊瑜著	120元
A074	大車拚	王禎和著	150元
A075	原稿紙	小　魚著	200元
A076	迷宮零件	林燿德著	130元
A077	紅塵裡的黑尊	陳　衡著	140元
A078	高陽小說研究	張寶琴主編	120元
A079	森林	蓬　草著	140元
A080	我妹妹	大頭春著	130元
A081	小說、小說家和他的太太	張啟疆著	140元
A082	維多利亞俱樂部	施叔青著	130元
A083	兒女們	履　彊著	140元
A084	典範的追求	陳芳明著	250元
A085	浮世書簡	李　黎著	200元
A086	暗巷迷夜	楊　照著	140元
A087	往事追憶錄	楊　照著	130元
A088	星星的末裔	楊　照著	150元
A089	無可原諒的告白	裴在美著	140元

A090	唐吉訶德與老和尚	粟　耘著	140元
A091	佛佑茶腹鳾	粟　耘著	160元
A092	春風有情	履　彊著	130元
A093	沒人寫信給上校	張大春著	250元
A094	舊金山下雨了	王文華著	140元
A095	公主徹夜未眠	成英姝著	160元
A096	地上歲月	陳　列著	120元
A097	地藏菩薩本願寺	東　年著	120元
A098	四十年來中國文學	邵玉銘等編	500元
A099	群山淡景	石黑一雄著	140元
A100	性別越界	張小虹著	180元
A101	行道天涯	平　路著	180元
A102	花叢腹語	蔡珠兒著	180元
A103	簡單的地址	黃寶蓮著	160元
A104	在海德堡墜入情網	龍應台著	180元
A105	文化採光	黃光男著	160元
A106	文學的原像	楊　照著	180元
A107	日本電影風貌	舒　明著	300元
A109	夢書	蘇偉貞著	160元
A110	大東區	林燿德著	180元
A111	男人背叛	苦　苓著	160元
A112	呂赫若小說全集	呂赫若著	500元
A113	去年冬天	東　年著	150元
A114	寂寞的群眾	邱妙津 著	150元
A115	傲慢與偏見	蕭　蔓著	170元
A116	頑皮家族	張貴興著	160元
A117	安卓珍尼	董啟章著	180元
A118	我是這樣說的	東　年著	150元
A119	撒謊的信徒	張大春著	230元
A120	蒙馬特遺書	邱妙津著	180元
A121	飲食男	盧非易著	180元
A122	迷路的詩	楊　照著	200元
A123	小五的時代	張國立著	180元
A124	夜間飛行	劉叔慧著	170元
A126	野孩子	大頭春著	180元
A127	晴天筆記	李　黎著	180元
A128	自戀女人	張小虹著	180元

A129	慾望新地圖	張小虹著	280元
A130	姐妹書	蔡素芬著	180元
A131	旅行的雲	林文義著	180元
A132	康特的難題	翟若適著	250元
A133	散步到他方	賴香吟著	150元
A134	舊時相識	黃光男著	150元
A135	島嶼獨白	蔣　勳著	180元
A136	鋼鐵蝴蝶	林燿德著	250元
A137	導盲者	張啟疆著	160元
A138	老天使俱樂部	顏忠賢著	190元
A139	冷海情深	夏曼・藍波安著	180元
A140	人類不宜飛行	成英姝著	180元
A141	夜夜要喝長島冰茶的女人	朱國珍著	180元
A142	地圖集	董啟章著	180元
A143	更衣室的女人	章　緣著	180元
A144	私人放映室	成英姝著	180元
A145	燦爛的星空	馬　森著	300元
A146	呂赫若作品研究	陳映真等著	300元
A147	Café Monday	楊　照著	180元
A148	我的靈魂感到巨大的餓	陳玉慧著	180元
A149	誰是老大？	龐　德著	199元
A150	履歷表	梅　新著	150元
A151	在山上演奏的星子們	林裕翼著	180元
A152	失蹤的太平洋三號	東　年著	240元

當代觀典系列

F001	文學不安	張大春著	180元
F002	愛與解構	廖咸浩著	180元
F003	騷動島嶼的論述反抗	蔡詩萍著	180元
F004	台灣文化的邊緣戰鬥	王浩威著	180元
F005	文學、社會與歷史想像	楊　照著	180元

繽紛系列		定價
B001 陳松勇訐譙	陳松勇／著	120元
B002 英雄少年	吳淡如／著	140元
B003 用生命寫故事	張平宜／著	140元
B004 100位名人談理財 I	聯合報理財版／編	150元
B005 台灣職棒怪百科	棒槌子／著	140元
B006 狂人寫真集	李　苑／著	130元
B007 問愛情	愛　寧／著	160元
B008 我的生活週記（國小組）	康培倫等／著	120元
B009 我的生活週記（國中組）	雷中行等／著	120元
B010 100位名人談理財 II	聯合報理財版／編	150元
B011 100位名人談理財 III	聯合報理財版／編	150元
B012 燃燒，野球！	瘦菊子／著	160元
B013 我在建中的日子	蘇有朋／著	160元
B014 獨家的代價	烏凌翔／著	160元
B015 解心書	游乾桂／著	160元
B016 解性書	江漢聲／著	160元
B017 解情書	曾昭旭／著	160元
B018 英文小魔女	鮑佳欣／著	160元
B019 漂亮寶貝	錢薇娟／著	180元
B020 情人的黃襯衫	陳美儒／著	160元
B021 人生的路怎麼走	雨揚居士／著	200元
B022 英文小魔女在哈佛	鮑佳欣／著	160元

人物系列		定價
C001 周聯華回憶錄	周聯華／著	250元
C002 原始的酷	克里斯多・山福／著 張慧倩／譯	200元
C003 詹姆斯・狄恩	喬・漢姆斯／著 汪仲／譯	280元
十色盤系列		**定價**
D001 詠嘆調	陳　黎／著	130元
D002 愛情學	游乾桂／著	130元
D003 再錯也要談戀愛	蔡康永／著	180元
幽默黑皮書系列		**定價**
E001 打嗝時間	陳承中／著	160元
E002 李總統的三個敵人	陳承中／著	160元
E003 林洋港的三個願望	陳承中／著	160元
E004 台北亂講	陳承中／著	160元
健康生活系列		**定價**
G001 台灣100位醫師	李師鄭、陳建宇／著	300元
G002 找對醫師看對科	陳建宇／著	180元
G003 六分鐘 護一生	劉偉民／著	200元

備註

聯合文學　失蹤的太平洋三號　書友卡

感謝您購買本書，這一小張回函，是專為您、作者及本社搭建的橋樑，我們將參考您的意見，出版更多的好書，並提供您相關的書訊、活動以及優惠特價。

姓名：＿＿＿＿＿＿＿＿

地址：＿＿＿＿＿＿＿＿

電話：＿＿＿＿＿＿＿＿　職業：＿＿＿＿＿＿＿＿

出生：民國＿＿年＿＿月＿＿日　性別：＿＿＿＿

學歷：＿＿＿＿＿＿＿＿

您得知本書的 方法

□ 報紙、雜誌報導　□報紙廣告　□ 電台　□ 傳單　□ 聯合文學雜誌
□ 逛書店　□親友介紹　□其它＿＿＿＿＿＿＿＿

購買本書的方式

□＿＿＿＿市(縣)＿＿＿＿書局　□ 劃撥　□ 贈送
□ 展覽、演講活動，名稱＿＿＿＿＿＿＿＿其他

對於本書的意見(請填代號　❶ 滿意　❷ 尚可　❸ 再改進　請提供建議)

內容＿＿　封面＿＿　編排＿＿　其它＿＿＿＿＿＿＿＿

綜合建議＿＿＿＿＿＿＿＿

您對本社叢書

□ 經常買　□偶而選購　□初次購買

您是聯合文學雜誌

□ 訂戶　□曾是訂戶　□零售選購讀者　□一般讀者　非讀者

購買時間　　年　　月　　日

信用卡訂閱單

《聯合文學》

◆ 郵購叢書

□一般讀者，享9折優待

□聯合文學雜誌訂戶，享85折優待

訂戶編號：UN　　　　(為維護權益，敬請註明)

□請以掛號寄書(另加郵費14元)

書名或書號(請註明本數)

____

____

____

合計金額：__________ 元

◆ 信用卡資料

信用卡別(請勾選下列任何一種)

□VISA　□MASTER CARD　□JCB　□聯合信用卡

卡號：______________________________

信用上有效期限：_____年_____月

身分證字號：______________________________

訂購總金額：______________________________

持卡人簽名：______________________________　(與信用卡簽名同)

訂購日期:_____年_____月_____日

訂購人姓名：__________________電話：__________________

寄書地址：□□□

____

填妥本單請直接郵寄回本社或傳眞(02)27567914

請填妥後對折裝訂，直接投郵即可，免貼郵票。

聯合文學出版社有限公司

台北市基隆路一段180號10樓
服務專線：(02)27666759

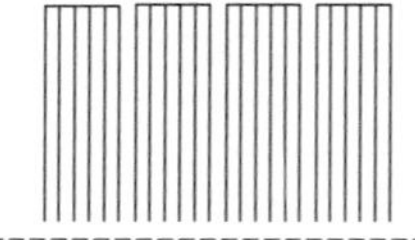

更方便的購書方式：

(1)信用卡訂閱 填妥「信用卡訂閱單」，傳真或直接郵寄回本社

(2)郵政劃撥 聯合文學出版社有限公司 帳號:17623526

◎凡以上列方式郵購叢書，可享9折，雜誌訂戶85折優待
◎服務專線：(02)27666759讀者服務組

聯合文叢 130

失蹤的太平洋三號

作　　者／東　年
發 行 人／張寶琴

總 編 輯／初安民
主　　編／江一鯉
編　　輯／余淑宜
美術編輯／戴榮芝
校　　對／鄭毓晴 東　年

出 版 者／聯合文學出版社有限公司
地　　址／台北市基隆路一段180號10樓
電　　話／27666759・27634300轉5107
郵撥帳號／17623526聯合文學出版社有限公司
登 記 證／行政院新聞局局版臺業字第6109號

印 刷 廠／成陽彩色印刷有限公司
總 經 銷／聯經出版事業公司
地　　址／台北縣汐止鎮大同路一段367號三樓
電　　話／（02）26422629

出版日期／1998年2月 初版
定　　價／240元
特　　價／ 99元

ISBN 957-522-185-0（平裝）　　Printed in Taiwan

國家圖書館出版品預行編目資料

失蹤的太平洋三號／東年著. -- 臺北市：
聯合文學. 1998〔民87〕
面：　公分. --（聯合文叢；130）
ISBN 957-522-185-0（平裝）

857.7　　　　87000961

聯合文叢092

去年冬天

東 年／著

定價／150元

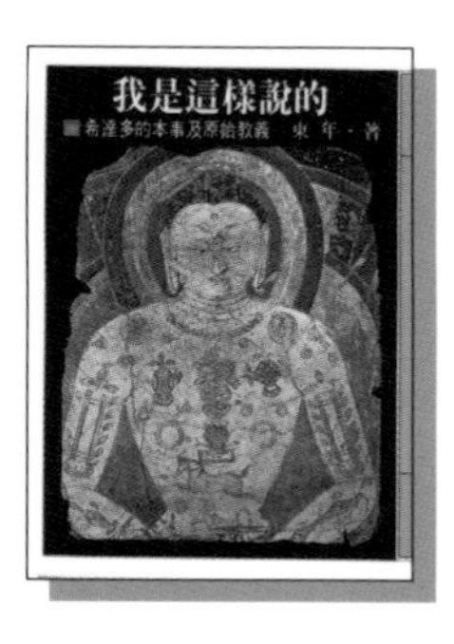

聯合文叢097

我是這樣說的

東 年／著

定價／150元

聯合文叢077

地藏菩薩本願寺

東 年／著

定價／120元

封面繪圖／東　年
封面設計／山嵐設計

這本小說各有不同的評論家給予讚譽，諸如：中國及台灣海洋文學的先驅、對於整個民族做了深沉的精神分析、由於小說中大幅度閩南語對白或也是戰後台灣文學中台語文學的初見和範本。

無論如何，還沒有一位中國或台灣作家，潛入那麼深廣的海洋。

東年，一九五〇年生。美國愛荷華大學寫作班研究。曾獲《聯合報》、《中國時報》小說獎，現任聯經出版公司副總經理兼副總編輯，《聯合文學》社務顧問，《歷史月刊》編輯顧問。著有短篇小說集《落雨的小鎮》、《去年冬天》、《大火》等，長篇小說、《模範市民》、《初旅》、《地藏菩薩本願寺》、《我是這樣說的：希達多的本事及原始教義》等。

ISBN 957-522-185-0 (857)

9 789575 221850 00099